太宰治的开开心心故事集

HAPPY STORIES COLLECTION

だざい おさむ

[日] 太宰治 著

烨伊 译

江苏凤凰文艺出版社
JIANGSU PHOENIX LITERATURE AND ART PUBLISHING

卷四

杂趣篇

目录

卷一 御伽草纸

卷二 聊斋新编

卷三 怪谈

御伽草纸

前言

“啊，响了。”

父亲说着，放下钢笔站起身来。光是听到防空警报，还不至于站起来，但高射炮的发射声一响，他便停下工作，把防空头巾裹在五岁女儿的脑袋上，抱着她钻进防空洞。母亲已经背着两岁的儿子窝在了防空洞深处。

“好像离得很近啊。”

“嗯。话说，这个防空洞有点儿小啊。”

“是吗？”父亲似乎有些不满，“但这个大小刚刚好啊，要是挖得太深，又有被活埋的危险。”

“不过，挖得再宽敞些也没什么吧？”

“嗯。哎，是没什么，但现在土冻得瓷实，挖起来很困难啊。以后再说吧。”父亲的含糊其辞令母亲闭上了嘴，他得以全神贯注地听收音机里的空袭情报。

母亲的抱怨刚刚告一段落，五岁的女儿又开始吵着要从洞里出去。要想哄住她，唯一的办法就是读绘本。于是父亲给孩子读起故事来——《桃太郎》《噼里啪啦山》《舌切雀》《摘肉瘤》《浦岛太郎》……

这个父亲衣着寒酸，样貌愚钝，但他并非等闲之辈。他是一个精通故事创作的男人。

“很久很久以前……”

用木讷而独特的声音给孩子读绘本的时候，他在心中情不自禁地酝酿着另一个故事。

摘肉瘤

很久很久以前，
有一个老爷爷。
他的右脸上，
有一个碍事的肉瘤。

这位老爷爷住在四国岛阿波国[1]的剑山山脚下——只是在我印象里是这样的，并没有什么考究的依据。这摘肉瘤的故事，似乎最早见于《宇治拾遗物语》[2]，但在防空洞里，要想考据原典到底是不可能的。不仅摘肉瘤的故事有史可循，《日本书纪》[3]中也有关于接下来要讲的浦岛太郎的故事的明确记载，《万叶集》[4]中也有歌咏浦岛的长歌。此外，《丹后风土记》[5]《本朝神仙传》[6]等古书中，似乎也有相关

1 日本古代的令制国之一，领域为今德岛县。——译者注（后文如无特别说明，均为译者注。）
2 日本民间传说故事集，成书于13世纪前期。
3 日本留传最早的正史，成书于公元720年，被誉为“六国史之首”。
4 日本现存最早的和歌总集，收录4—8世纪中期的4500多首和歌。
5 一部记录日本丹后国（今京都府北部）风土人情的书，成书于8世纪中期。
6 日本最早的神仙故事集，约成书于1098年。

记述。近几年，鸥外[1]的戏曲、逍遥[2]的舞曲好像也曾以这个故事为蓝本。浦岛太郎还屡屡在能乐、歌舞伎乃至艺伎的徒手舞中登场。我习惯把读完的书立刻送人或卖掉，故而一直没有所谓的藏书。在这样的时候，不得不凭借模糊的记忆四处寻找之前读过的书。但眼下就连这个也很难办到，因为我正蹲在防空洞里，膝头只摊着一册绘本。我只好放弃考据，仅凭自己的空想展开整个故事。不，或许这样反而能得到一个生动有趣的故事——这个做父亲的古怪男人不服输似的自问自答了一番，然后在防空洞的一隅一面读着绘本，一面在心里描摹一个和绘本完全不同的新故事。

很久很久以前……

这位老爷爷很爱喝酒。一般来说，好酒之人在家中总是孤独的。至于是因为孤独而喝酒，还是因为喝酒才被家人嫌弃，自然而然地落得孤独的下场，深究这个问题简直是装腔作势，恐怕就和探究拍手时发出声响的是哪只手一样，必将无果而终。总之，这位老爷爷在家中时常闷闷不乐。话虽如此，他的家庭并没有多么糟糕。老婆婆还健在，年近七十，但腰不弯，眼也不花，据说以前是个大美人。老婆婆年轻时就沉默寡言，每天只是勤勉地忙于家事。

“春天到了啊，樱花都开了。”

老爷爷如此兴高采烈，老婆婆的回答却没有一点儿兴致：“是吗？你躲开点儿，我要扫一下这里。”

---

1 即森鸥外，日本小说家、评论家，著有《舞姬》《高濑舟》等。

2 即坪内逍遥，日本戏剧家、小说家，著有《小说神髓》等。

于是，老爷爷又变得闷闷不乐。

这位老爷爷还有一个儿子，已经快四十了，其品行之端正世间罕有，不喝酒、不抽烟，非但如此，还不嬉笑、不动怒、不欢喜，只管默默地干农活儿。街坊四邻都情不自禁地对他敬畏有加，拥他为“阿波圣人”。他不娶妻，不剃须，几乎让人怀疑他是木头或石头做的。总之，我们不得不说，这位老爷爷拥有非常美满的家庭。

然而，老爷爷却不知为何闷闷不乐。故而尽管他在意家人的感受，但还是经常觉得非喝酒不可。可在家喝酒只会让他更加郁闷。其实就算老爷爷喝酒，老婆婆和他的儿子阿波圣人也不会说他什么。他们无非是沉默着，在老爷爷慢悠悠地小酌时吃饭罢了。

“怎么说呢，这时节啊……”老爷爷喝得微醺就想找人聊天，总会说些没营养的话，“春天终于来啦，燕子也飞来了。”

这话是无关紧要的。

老婆婆和儿子都默不作声。

“春宵一刻，值千金啊。”老爷爷又嘟囔了一句无关紧要的话。

“多谢款待，我吃好了。”阿波圣人吃完饭，对着饭菜恭恭敬敬地行了一礼才站起来。

“我差不多也该开吃了吧！”老爷爷哀伤地将酒杯倒扣在桌面上。

在家里喝酒，大抵就是这番情景。

大清早就是好天气。

老爷爷去山里打柴。

这位老爷爷最大的乐趣就是在天气晴朗的日子里挂一壶酒在腰间，登上剑山拾柴。他总是适可而止，拾累了就盘腿坐在岩石上，大模大样地“嘿”一声，清清嗓子，道一句：“风景真好啊！”然后慢悠悠地喝起挂在腰间的酒。那时，他的神色着实快活，和在家时简直判若两人。唯独不变的是他右脸上的那个大肉瘤。肉瘤大概是二十年前，老爷爷刚刚年过半百的那个秋天有的。起初右脸总发烫、发痒，慢慢地，脸颊一点点肿了起来。他用手摸了摸，肉瘤却越来越大，老爷爷落寞地笑了：

“这下，我也有可爱的孙子啦。”

可儿子阿波圣人一本正经地说了句煞风景的话：“脸是生不出小孩的。”

老婆婆也只是板着脸问了一句：“这不会要了你的命吧？”

此后，二人再没关心过这个肉瘤。反倒是邻居同情地嘘寒问暖：“你这肉瘤是怎么长出来的啊？”“疼不疼呀？”“一定很碍事吧？”可老爷爷只是笑着摇头。如今，他非但不觉得碍事，反而真的把肉瘤当成疼爱的孙子和唯一会抚慰他孤独的人。早上起床洗脸的时候，他会尤其小心地用清水把肉瘤洗得干干净净的。像今天这样一个人在山上喝酒喝得开怀的时候，肉瘤更是老爷爷不可或缺的绝佳聊天对象。老爷爷盘腿坐在岩石上，一边喝葫芦里的酒，一边摸着脸上的肉瘤，对它悄声说着某些人的坏话：“什么嘛，没什么好怕的。用不着顾忌他。人嘛，喝醉也是应该的。一本正经也要有个限度。阿波圣人实在让人受不了。是我有眼不识泰山。人家多伟大呀。”说完又“嘿”了一声，大声清了清嗓子。

忽然之间，天昏地暗，
呼呼呼，狂风呼啸而来，
唰唰唰，暴雨倾盆而下。

春天少有阵雨，但对剑山这样的高山来说，这种异常气候无疑是常见的。山峦在雨中变得白蒙蒙的，野鸡、山鸟四下里啪啦啦地腾空而起，像箭一般钻进林中避雨。老爷爷不慌不忙，笑嘻嘻地说：“让肉瘤淋淋雨，凉快一下也不赖。”

他又在岩石上盘腿坐了一会儿，眺望雨中的风景。但雨越下越大，根本没有要停的意思。

“这雨可真是的。凉透了，开始冷了。”老爷爷站起来，打了一个大喷嚏，然后背起拾来的木柴，轻手轻脚地走进树林。树林里挤满了来避雨的飞禽走兽。

“呀，不好意思，借过一下，不好意思。”

老爷爷一面好脾气地挨个儿向猿猴、兔子、山鸠打着招呼，一面走向山林深处，钻进一棵大山樱树树根下面宽阔的洞穴里。

“哎呀，这个房间不错嘛。怎么样，大家也过来吧？”他招呼着野兔们，“这个房间里没有自大的老婆婆，也没有圣人。各位不用客气，请进吧！”老爷爷很是兴奋了一阵，没过多久就发出轻轻的鼾声，睡着了。爱喝酒的人醉酒后往往会说些无聊的话，但大部分都是这种无害的内容。

老爷爷，等雨停。
等呀等，等累了。
不知不觉，沉沉地睡着了。
山里放晴了，万里无云，
变成了清朗的月夜。

这月亮是春天的下弦月。夜空仿佛是一汪浅绿色的清水，月亮浮于其中，林子里的月影像松叶一般散落一地。但老爷爷还在香甜地睡着。蝙蝠振着翅膀从树洞里飞了出去。老爷爷忽然惊醒，发现天已经黑了，吓了一跳：“这下糟了！”

他眼前立刻浮现出老婆婆那一本正经的表情和圣人严肃的面庞。啊，大事不好了。他们俩虽然没骂过我，但这么晚才回家，一定会搞得很不愉快。哎，没有酒了吗？他晃晃酒葫芦，壶底隐约传来液体碰撞的声音。

“这不是还有嘛！”老爷爷猛地抬头，把葫芦里的酒喝得一滴不剩，“呀，月亮出来啦。春宵一刻——”他借着淡淡的醉意，嘟囔着无关痛痒的话爬出树洞，却看到了奇异的场景。

哎呀，是什么在吵吵嚷嚷？
放眼望去，简直神奇得像在做梦。

看吧，山林深处的草原上正在上演不可思议的一幕，简直不像是世间应有的光景。我不知道所谓的鬼究竟为何物，因为我从没见过。虽然自孩提时代至今见了太多鬼的画像，以至看到腻烦，但我还未有幸目睹其真容。鬼似乎也有很多种。夺命鬼、吸血鬼……人们给鬼取了这些可恨的名字，可见鬼想必是一种性格丑恶的生物。可另一方面，报纸的新书推荐区却动辄出现“文坛鬼才某某老师的杰作”等词句，不免令人困惑。记者总不会是想揭发这某某老师有鬼一般丑恶的才能的事实，以此警告世人，才在推荐区用“鬼才”等令人生疑的古怪字眼吧？更有甚者，还会用“文学之鬼”等失礼的过分词语形容某某老师。被说成这样，这某某老师怎么也会生气吧？可事实似乎并非如此，即使被冠以如此失礼的丑恶名号，某某老师也不以为意，好像默许了这诡异的称号。听了这个消息，迂腐如我者就更困惑了。我无论如何也无法理解，那系着虎皮兜裆布、手持粗糙铁棍的赤面厉鬼，为何会是诸多艺术之神？我一直心怀愚见：“鬼才”“文学之鬼”这种晦涩的词，是否还是不用为妙？但或许这只是我见识太少的缘故，鬼可能也有许多种类。在这一领域，只要翻翻日本的百科词典，我也能当即摇身一变，成为受老少妇孺尊敬的博学之士（世间那些见多识广者大抵如此），以鬼为话题，装模作样地讲上万语千言。不巧我蹲在防空洞中，膝头只摊着一册儿童绘本，也就只能靠这绘本里的画做论断了。

看啊，山林深处那片稍显宽阔的草原上有十几个怪物——应该说是十几头吧，总之毫无疑问，就是那种穿着虎皮兜裆布的巨大红色生物——正围成一个圆圈，坐在月下举办盛宴。

老爷爷先是愣怔了一下。不过，好酒之人虽然不喝酒时一点儿魄力也没有，完全不中用，但喝醉的时候会表现出超越常人的胆量。老爷爷现在喝得微醺，成了不把严肃的老婆婆和品行端正的圣人放在眼里的勇士。面对眼前异样的景象，绝不可能露出瘫软在地的丑态。他保持着从树洞中爬出来的姿势，审视前方那场诡异的酒宴，嘟囔道：“它们都醉了，看样子心情很好呢。”继而不知为何，内心深处涌出一种奇妙的欢愉来。好酒之人看到旁人喝醉，似乎也会生出一种欢愉。他们大概不是那种所谓的利己主义者。也就是说，他们或许有一种近似于博爱之心的情感，会为邻居的幸福举杯庆贺。虽然本来就想喝醉，但如果邻居愿意和他们快乐地同醉，那份欢愉似乎也会加倍。老爷爷其实也清楚，眼前那非人也非动物的巨大红色生物属于鬼这一可怕的种族。这是直觉告诉他的。单凭虎皮兜裆布就已经确认无疑。可是，那群鬼正开心地醉着，老爷爷也醉着，这叫人如何不产生亲切感呢？老爷爷仍然保持着爬行的姿势，仔细端详月光下那场不同寻常的酒宴。他已经看穿了，眼前的虽然是鬼，但并不属于夺命鬼、吸血鬼这类狞恶的种族。尽管它们的脸红得可怕，但似乎十分开朗单纯。老爷爷的这种判断大体是准确的。也就是说，那群鬼的性格相当温和，堪称剑山隐士，和地狱厉鬼根本不是同一个种类。首先，它们身上没有铁棒等吓人的东西，这便是它们没有害人之心的证据。不过，它们虽是隐士，但不像那些所谓的竹林贤者，满肚子学识不知如何发挥，才逃进竹林中归隐。这群剑山的隐士心灵愚钝至极。我听过一个简洁明了的说法："仙"字既然写作"山中之人"[1]，那么只要住在深山中，任谁都可以被称作"仙人"。假若遵从这个说法，那么无论这群剑山的隐士再怎么愚钝，我们都应将"仙"之尊称送给它们。不管怎么说，与其将这群在月下之宴上把酒言欢的巨大红色生物唤作鬼，还不如称呼它们为隐士或仙人来得妥当。至于它们内心的愚钝，虽然方才已经说了，但看看它们在酒宴上的模样吧：有的毫无意义地怪叫、拍腿大笑；有的起身四下里跳个没完；有的蜷起巨大的身躯，咕噜咕噜地从圆圈的一头滚到另一头，大约把这一行为视作跳舞。既是如此，它们的智力水平大概十分低下，至于艺术细胞就更别提了。光是这一件事就可以证明，"鬼才""文学之鬼"等词语根本毫无意义。要说这帮愚蠢而没有艺术才华的家伙是诸多艺术之神，我是无论如何也难以理解的。这低级的舞蹈把老爷爷也看呆了。他独自微笑着喃喃道：

"这是什么糟糕的舞蹈啊。我干脆跳个徒手舞，让你们见识见识吧。"

1 "仙"字由"人"字和"山"字组成。

喜欢跳舞的老爷爷，
立刻冲过去跳起舞来。
肉瘤在脸上晃呀晃，
又滑稽，又有趣。

老爷爷有微醺给予的勇气，更何况他还觉得这群鬼很亲切，所以一点儿也不害怕，冲进圆圈的正中间，跳起拿手的阿波舞来。

姑娘们梳岛田髻[1]，老人家戴假发。
为红束带着迷，也不无道理。
媳妇也戴上斗笠跳舞吧，来吧来吧！

他还用好听的声音唱起阿波国的民谣。众鬼怪大概也非常高兴，发出叽叽哇哇、咔啦咔啦的奇怪声音，又是流口水又是流眼泪的，笑得直打滚儿。

路过大山谷呀都是石头！
路过竹林山崖都是竹子！

老爷爷更来劲了，继续唱着歌，声音越发洪亮，舞姿也越发灵巧，跳完了一整支舞。

鬼怪们高兴极了，

1　日本发式之一，起初发髻呈扁平状，后根据身份阶层形成不同的种类。

请老爷爷一定要在月夜再来，
跳舞给大家看。
还要他留一件重要的东西，
作为约定的凭证。

鬼怪们窸窸窣窣地小声商量了一阵，觉得老爷爷脸上的肉瘤闪闪发亮，看上去像个不同寻常的宝物，愚蠢地认为若是扣下这肉瘤，老爷爷一定还会再来，便以迅雷不及掩耳之势一把将肉瘤摘了下来。它们虽然脑子不灵光，但毕竟在深山老林里住得久了，或许早已将类似仙术的东西熟记在心，不费吹灰之力就将肉瘤摘了下来，没留下一点儿痕迹。

“哎呀，这可不好办了。那是我的孙子啊！”听老爷爷这样说，鬼怪们得意地欢呼起来。

天亮了，晨露在路上闪着光。
被摘掉肉瘤的老爷爷
怅然若失地摸着脸颊，
缓缓走下山去。

肉瘤是孤独的老爷爷唯一的倾诉对象，没了肉瘤，老爷爷有些寂寞。可脸上的负担轻了许多，迎着晨风的感觉倒也不坏。到头来可算得上无得也无失、喜忧参半吧。好久没这样尽兴地唱歌跳舞了，这大概是唯一的收获吧。他不慌不忙地想着这些下了山，路上偶然遇见了出门去田里干活儿的儿子阿波圣人。

“早上好。”圣人摘下头巾，庄重地向父亲问安。

“哎……”老爷爷只觉得茫然无措，两人就这样擦肩而过了。看到老爷爷的肉瘤一夜之间消失得无影无踪，阿波圣人的内心也有些惊慌。但他觉得随意评论父母的容貌有悖圣人之道，便假装没有察觉，沉默地离开了。

回到家，老婆婆只是平静地说了句“您回来了”，压根儿没问他昨晚发生了什么，接着低声嘟囔着“味噌汤都凉了”，就去给老爷爷准备早饭了。

“哎呀，凉了也没事。用不着再热啦。”老爷爷很是拘谨，小心翼翼地坐到餐桌前。老婆婆服侍他吃早饭时，他特别想把昨晚发生的那些不可思议的事讲出来，可又被老婆婆严肃的态度震慑，话卡在喉头，什么都说不出来。他低下头，怏怏地吃着饭。

“你的肉瘤好像瘪了呢。”老婆婆忽然说。

“嗯。”老爷爷什么也不想说了。

“是不是破了，出水了？”老婆婆面不改色，若无其事地问。

“嗯。”

“今后应该还会积水，再肿起来吧。”

“大概是吧。”

总之，肉瘤消失之事在老爷爷家没有掀起任何波澜。不过，老爷爷的邻居里还有一位左脸长着碍事肉瘤的老爷爷。那位老爷爷可是对左脸那个碍事的肉瘤恨之入骨，每天都要对着镜子长叹好几次——就是这个肉瘤妨碍了我出人头地，因为这个肉瘤，我可是受尽了侮辱和嘲笑！那位老爷爷甚至故意蓄起络腮胡子，想用胡子遮住肉瘤。但不幸的是，肉瘤顶端仍然从花白的胡子中露出来，有如汹涌浪涛间冉冉升起的朝阳，反而成了天下奇观。那位老爷爷的品性原本是非常好的，他身材魁梧，鼻梁高挺，目光炯炯，言行举止稳重老成，思虑也十分周详。他的衣服很华贵，似乎也相当有学识，还有数不尽的家财，嗜酒的老爷爷和他根本无法相提并论。街坊四邻也对他刮目相看，尊称他“老爷”或“老师”。这样一位各方面都卓尔不凡的老爷子，却为左脸那个碍事的肉瘤整日整夜郁郁寡欢。他的妻子很年轻，今年三十六岁。虽不是什么绝世美女，但白皙丰满，只是有些轻浮，总是开朗地笑着，十分活泼。两人有个十二三岁的女儿，相当貌美，但性格中几分狂妄。不过，母女俩意气相投，动不动就笑闹个没完。因此，虽然老爷一脸愁苦，但这家人给人的印象总还是开朗的。

“妈妈，爸爸的肉瘤到底为什么这么红啊？好像章鱼的脑袋啊。”任性的女儿毫不避讳地说出自己的感想。母亲也不训斥她，而是呵呵笑道：“是啊，脸上好像挂了个木鱼。”

“闭嘴！”老爷生气了，狠狠地瞪了妻子一眼，倏地起身退到昏暗的里屋，偷偷照着镜子，失望地嘟囔道，“这真是没救了。”

老爷甚至钻了牛角尖，打算心一横，用小刀将肉瘤切掉，就算死了也无所谓。就在这时，他听到了传闻——附近那个爱喝酒的老爷爷脸上的肉瘤最近突然消失了。当天晚上，老爷悄悄来到爱喝酒的老爷爷住的茅草屋，于是得知了月光下那场不可思议的酒宴。

老爷听完高兴极了：
“好啊好啊，老夫也一定要让它们帮忙，
把这肉瘤摘掉。”

正好那天晚上也有月亮。老爷跃跃欲试，像出征的武士般目光炯炯，嘴巴抿得紧紧的。无论如何，今晚老夫都要跳一支精彩绝伦的舞，让那群鬼怪心服口服。万一它们不服，老夫就用这把铁扇把它们都杀掉。不就是一帮好酒的蠢鬼吗？有什么好怕的！也不知他是去跳舞给鬼看的，还是去降妖除魔的。总之他干劲儿十足，右手持一把铁扇，大摇大摆地走入了剑山深处。这种认定自己会创造杰作的人表演的才艺，通常不怎么样。老爷的舞蹈也因为用力过猛，以彻底失败而告终。

“献丑了。”他恭恭敬敬地走到鬼怪们围成的圆圈中央，轻轻点头致意，悄然打开铁扇，定定地仰望月亮，像大树一般岿然不动。过了一会儿，他轻盈地迈开步子，开始慢悠悠地低吟：

“在下乃在阿波鸣门[1]做夏日修行、闭门不出的僧人。听闻此浦乃平家灭门之地，着实痛心，遂每晚来此岸边诵经超度。有人泛舟于白波之间，有如礁石山上岩根间的松柏。鸣门海湾静夜如斯，只听见桨声回荡。昨日已逝，今朝也已黄昏，明天定然也一如往昔。”

唱罢，他只缓缓动了动身子，又定定地仰望着明月。

鬼怪们闭口不言，
一个个站起身来，
向深山逃去。

“等一等！”老爷悲恸地大喊着追在鬼怪身后，“你们现在还不能跑啊！”

“快跑，快跑。他说不定是钟馗！”

“不，在下并非钟馗。”老爷拼命追赶，“求求你们！无论如何、无论如何也要为我摘掉这肉瘤！”

---

1 鸣门海峡的别称，位于德岛县名门世孙崎与兵库县淡路岛门崎之间。

“什么，肉瘤？”仓皇之间，鬼怪们会错了意，“哎呀，是这么一回事啊！那肉瘤是前一阵子一个老爷爷留在我们这儿的珍稀之物。既然你那么想要，就给你吧。但那支舞，拜托你还是别再跳了，搅了我们难得的醉意。拜托，饶了我们吧。这下我们得去别的地方重喝一遍。求求你，放过我们吧。喂，来人啊。把上次的肉瘤送给这个怪人。他好像很想要。”

鬼怪们把上次摘下的肉瘤
添在老爷的右脸上。
哎呀呀，老爷竟然有了两个肉瘤。
晃来晃去，沉甸甸的。
老爷难为情地
回了村庄。

这真是一个悲惨的结局。一般来说，童话故事都以做坏事的人得到恶报告终。可老爷并没有做什么坏事，他不就是太紧张了，把舞蹈跳得怪模怪样吗？而且，老爷家里也没有什么大恶人。再说了，那位爱喝酒的老爷爷也好，他的家人也好，甚至是住在剑山上的鬼怪，都没做一件坏事。也就是说，这个故事里没有一件所谓的“不正当”的事，但还是有人遭遇了不幸。因此，要想从这摘肉瘤的故事中得到什么道德品行方面的启示，那可太困难了。假如有性急的读者问我：“那你写这个故事是为了什么呢？”我恐怕只能这样回答：

“这就是性格导致的悲喜剧。这个问题一直存在于我们的生活深处。”

浦岛太郎

浦岛太郎据说是真实存在的人物，好像是丹后水江一带的人。提到丹后，指的是如今京都府的北部。我听说北海岸的某个荒僻的村落里，现在还有供奉浦岛太郎的神社。虽然我没去过北海岸，但听说那里是极荒凉的海滨，我们的浦岛太郎就住在那个地方。当然，他不是独自生活的。他有父亲也有母亲，有弟弟也有妹妹，家里还有很多用人。总之，浦岛太郎是这片海岸上有名世家的长子。话说这世家长子，似乎不论古今都有一个同样的特征，那就是爱好广泛。说得好听点儿，是风流倜傥；说得难听些，就是不务正业。不过，不务正业毕竟和所谓的放荡——沉迷女色或美酒——有很大区别。那些自暴自弃、下作地大口喝酒、和出身不好的女人纠缠、给父母兄弟脸上抹黑的放荡公子，往往是家里的老二或老三。长子不会有那种粗野的性格。既有祖上传下来的所谓“恒产”，长子自然能生出一颗恒心[1]，大多是知书达理的。也就是说，长子就算不务正业，也不

1 “恒产”“恒心”二词出自《孟子》：“无恒产而有恒心者，惟士为能。若民，则无恒产，因无恒心。”

会像老二老三那样发酒疯般任意妄为，只是抽空玩玩罢了。若人们认同他的玩乐，认为配得上他世家长子的身份，他自己也能陶醉于这种生活品位，一切就圆满了。

“哥哥没有冒险精神，这可不行啊。”今年十六、像个假小子的妹妹说，“他太小气了。”

“不，不是的。”年方十八、性格粗暴的弟弟不同意，“他是长得太好看了。”

这个弟弟肤色黝黑，相貌丑陋。

浦岛太郎听到弟弟妹妹无所顾忌的评判，却一点儿也不生气，只是苦笑着用大彻大悟般的语气说了些让人摸不着头脑的话：“让好奇心爆发的是冒险，能抑制好奇心的也是冒险。无论怎样，都是危险。人活于世，是有所谓‘宿命’一说的。”说完，他将双手背在身后，独自走出家门，在海岸上四处散步，像往常一样吟诵着颇有风流气质的诗句：

渔人的钓船，
有如割下的茭白，
从四面八方涌现。[1]

“人啊，为什么不相互批评，就活不下去呢？”他文雅地摇摇头，思考着这个朴素的问题，“这沙滩上的胡枝子花、爬来爬去的小螃蟹，还有在海湾休憩的大雁，它们都不批评我。做人也应该如此。每个人都有自己的生存之道，难道就不能尊重彼此的道义吗？我尽

1　出自《万叶集》的和歌，作者是柿本人麻吕。

力不给任何人添麻烦，过着高雅的生活，可大家还是要说三道四。真是啰唆。”他说着，幽幽地叹了口气。

“喂，喂，浦岛先生——”这时，他脚边传来一个低低的声音。

那声音的主人，就是上次那只出问题的龟。我无意夸耀自己的博学，但还是想说，龟也是有许多种类的。住在淡水里的龟和住在海水里的龟的长相自然不同。在辩才天[1]的池畔睡大觉、晒龟壳的，大概是叫水龟。儿童绘本里常有浦岛太郎坐在草龟背上，手搭凉棚远眺龙宫的画面，但水龟要是游进大海，恐怕会立刻被咸咸的海水呛死。在办婚礼用的岛台[2]上，在蓬莱山上和仙鹤一起陪在尉姥[3]身边，应“鹤寿千年，龟寿万年”这句老话，被人们当作吉祥物的好像也是这水龟。几乎没人会把甲鱼、玳瑁等造型用在岛台上。所以说，绘本的绘者认定给浦岛先生带路的一定是这水龟（蓬莱和龙宫是同一类地方），也就不足为奇了。只不过，水龟用它那长着指甲的丑陋脚掌划水，逐渐潜入深深海底的情景实在不太自然，悠悠分开海浪的怎么也该是玳瑁那样宽大的鳍状脚掌啊。可是——绝不是我在炫耀自己的学识——又出现了一个麻烦的问题，我听说本土的玳瑁只分布于小笠原、琉球等南方诸地。很遗憾，玳瑁不可能爬上丹后的北海岸，也就是日本海一带的海滩。既然如此，要是干脆把浦岛先生变成小笠原或琉球人士呢？可浦岛先生是丹后水江人一事已是自古以来的定论，更何况浦岛神社现今仍位于丹后的北海岸，从尊重日本历史的角度出发，就算童话故事都是荒诞无稽的，也不能

1 佛教中的护法神之一，也是日本神话中的七福神之一，是象征口才、音乐与财富的女神。
2 日本婚庆活动时用的寓意吉祥的装饰物，岛状的台面上装饰有尉姥像、松、竹、梅等。
3 身穿能剧服装的老夫妇手持竹耙和扫帚扫松叶的形象。被制成人偶、雕刻等物件，多用于婚礼、女儿节等节庆活动。

开这种草率的玩笑。这回无论如何也得让小笠原或琉球的玳瑁长途跋涉，来日本海一趟了。但这样一来，生物学家又要抗议了："这可不行，你们文学家就是缺乏科学精神！"我也不愿意被他们这样小瞧，于是开始思考：除了玳瑁，还有没有脚掌是鳍状的龟呢？是不是有一种龟叫红海龟？十多年前（看来我也上年纪了），我曾在沼津的海滨旅馆度过了一个夏天，那时候，我听说有龟壳直径接近五尺的大海龟爬上那片海滩。渔夫们都很兴奋，我也亲眼见到了。我记得那种龟的名字叫红海龟。就是它，就换成它吧！既然它能爬上沼津的海滩，大概也能转到日本海那一侧，从丹后的海滩上岸。这样就不会惹得生物学家大呼小叫了吧。假如他们还不罢休，一个劲儿地说洋流如何如何，我就管不着了。到时候干脆糊弄一下算了：出现在不可能出现的地方正是童话故事的不可思议之处，可见那不是普通的海龟。就这样告诉他们吧。看来也不能过分指望所谓的科学精神，定理、公理不也都是假说吗？瞎耍什么威风啊。言归正传，红海龟（红海龟这个名字很拗口，后面就简单地称为海龟）此时伸长了脖子，抬头望着浦岛先生，"喂喂"地叫他，然后说："不用太逞强啦，我能理解的。"

浦岛大吃一惊："什么嘛，是你啊。你不是前一阵子我救的那只海龟吗？怎么还在这里瞎转悠啊？"

原来它是不久前被浦岛先生放归大海的那只海龟。他看见孩子们欺负它，觉得可怜，便从孩子们手里把它买下来放生了。

"竟然说我瞎转悠，您可真是无情。我会恨您的，少爷。别看我这副模样，但从那天起，我可是每日都到这片海滩来等您，想向您报恩哪。"

"你办事也太欠考虑了，或者说是有勇无谋。要是再被孩子们发现了可怎么办？再有下次，你可就不能活着回去了。”

“您装得有模有样的。要是再被他们抓到，我就打算再让少爷赎我一回。如此考虑不周，真是对不起呢。我无论如何也想再见少爷您一面，所以也没什么办法。这份无奈，正是一见钟情者的软肋啊。您就领了我这份情吧。”

浦岛苦笑着嘟囔道：“你这任性的家伙。”

海龟立刻发难：“哎呀，少爷。您这不是自相矛盾嘛。您刚刚分明说过讨厌批评，这会儿不是批评我个没完吗？一会儿说我欠考虑，一会儿说我有勇无谋，现在又说我任性！少爷您才任性呢，我有我自己的生存之道，拜托您理解理解我呀。”这通反击漂亮极了。

浦岛脸红了，只好说些场面话应付过去：

“我这不叫批评，而是训诫。说婉言规谏也行。规谏，这就是所谓的‘忠言逆耳利于行’。”

“只要您不装腔作势，还算是个好人……”海龟小声说，“算了，我什么都不说了。请您坐到我的背上来。”

浦岛惊呆了：“哎哟，你在说什么？我可不喜欢做那么粗鲁的事。坐在海龟的背上简直是在发疯，绝不是什么风雅之举。”

“这些事根本怎样都无所谓吧？我只是想带您去一趟龙宫，报答您前些日子的救命之恩。行了，赶快坐到我背上来吧！”

“什么，龙宫？”浦岛太郎忍俊不禁，“别开玩笑了。你是不是喝醉了啊？都开始胡说八道了。尽管自古以来，龙宫一直是诗歌歌咏的对象，还会出现在神仙故事里，但它是不存在的。我说，你懂吗？可以说，那是我们这些风流人物自古以来的美梦和憧憬。”他的话说得太文雅，以至有些做作。

这回轮到海龟忍俊不禁了：“真受不了。您对风流的高见，之后再慢慢向您请教。拜托您相信我的话，先坐到我背上来吧。看样子您还没尝过冒险的滋味，这可不行。”

“哎哟，你也和我妹妹一样讲话不礼貌啊。我这人就是不太喜欢冒险。我觉得冒险和曲艺娱乐是一回事。虽然花哨，但毕竟是粗俗的东西。大概可以说是歪门邪道，缺乏对命运的冷静观察和传统文化的修养。就像初生牛犊不怕虎一样，是让我们这些正统的风雅之士头疼的玩意儿，我们对它的态度可以说是很轻蔑的。我想沿着先人留下的康庄大道笔直地走下去。”

“噗！”海龟又笑出声来，“您说的先人留下的路才是冒险之路吧？不，‘冒险’这样糟糕的词，大概会让人觉得血腥，仿佛说话的人是个不讲卫生的无赖。如果换一个说法，用‘相信的力量’来形容又如何呢？只有相信那片山谷对面真有美丽花朵盛放的人，才能毫不犹豫地攀着藤蔓去到那边。人们把那当作曲艺娱乐，或为之喝彩，或认为那是某种博人眼球的东西，提到它就眉头紧皱。可那绝不是曲艺师在走钢索。攀着藤蔓越过山谷的人只是想看山谷那边的花而已。他们没有认为自己正在冒险的卑劣虚荣心。哪里会有让人自大的冒险呢？太愚蠢了。越过山谷的人心怀信仰，深信山谷的另一边有花。哎，我只是将他们的所作所为比喻为冒险罢了。相信是粗俗的吗？相信是歪门邪道吗？你们这些绅士活在这个世上，一直以不相信为傲，所以才不好对付。那不叫头脑聪明，而是很卑鄙的行为，是活脱脱的吝啬，是你们一心不想吃亏的证明。放心吧，不会有任何人死乞白赖地求您。因为你们甚至不知道如何老实地接受别人的好意，只觉得欠了人情就不好办了。哎呀，所谓的风雅之士，实在是小气。”

“你这话说得太过分了。妹妹和弟弟一天到晚说我也就罢了，来到海滩上，竟然连我救过的海龟都用同样失礼的话批评我。丝毫不为自身的传统感到自豪的家伙，说话就是这么随便。这也可以说是一种自暴自弃吧。我什么都明白。虽然这种话不该从我的嘴里说出来，但你们的命运和我的命运有着天壤之别。从出生起，这区别就已经定下了。这可怨不得我，这是老天爷的赏赐。但你们似乎很不甘心，总是说这说那，想把我的命运拉低，向你们的命运看齐。可天命是不以人的意志为转移的。你夸下海口，说要带我去龙宫，试图和我平起平坐，还是算了吧。因为我已经看破了这一切。别再做无用的挣扎，快回你海底的住处去吧。真是的，我好不容易救了你，要是你再被孩子们抓去，不就白瞎了吗？你们才真是不懂得如何老实地接受别人的好意呢。”

“嘿嘿，”海龟露出无畏的笑容，“好不容易让您救了我一回，着实惶恐。你们绅士就是这些地方惹人讨厌。认为自己对别人施以好意是天大的美德，内心多少期待对方报恩，却对别人的好意警惕万分，生怕和对方变成平起平坐的关系，这样实在让人泄气。事已至此，我也把我的想法说出来吧。您之所以救我，无非是因为我是海龟，而欺负我的是一群孩子吧？即使介入海龟和孩子之间论断是非，也不会给您添什么麻烦。而且对孩子们而言，五文钱就是一大笔钱。不过，唉，这五文钱也是讲价讲出来的，我本以为您会多出一些，您的小气让我无话可说。想到我这条命只值五文钱，我就觉得无地自容。而且当时面对的是海龟和孩子，您才愿意拿出五文钱来调解，也就是心血来潮罢了。假若您当时面对的不是海龟和孩子，嗯，比如说是鲁莽的渔夫欺负一个病弱的乞丐，那别说五文钱了，您恐怕连一文钱都不会出。不，您肯定会沉着脸从他们身旁急匆匆地走过。因为你们这种人非常讨厌被迫看到人生真实的模样，似乎这样就给你们高贵的身份泼上了屎尿。你们所谓的好意，是一种游戏、一种享乐。因为我是海龟，您才会救我。因为对方是孩子，您才会给钱。若是鲁莽的渔夫和病弱的乞丐，您才不干呢。因为您极其厌烦让真正的生活的腥臭气味吹到您高贵的脸上，不想弄脏您尊贵的双手。我说的这些都是我听来的。浦岛先生，您应该不会生气吧？毕竟我喜欢您嘛。啊，您生气了？对您这样身份高贵的大人物来说，就连被我们这些下贱的东西喜欢似乎都是件丢脸的事，真是没办法啊。更何况我是一只海龟。或许您觉得被海龟喜欢太恶心了，可是啊，拜托您原谅我吧。喜欢和讨厌是没有理由的啊。我不是因为被您搭救才喜欢您的，也不是因为您是个风流人物才喜欢的，只是突然就喜欢了。因为喜欢，才想说您的坏话，想嘲笑您。这就是我们爬行动物表现爱情的方式嘛。怎么说呢，毕竟我是爬行动物，是蛇的亲戚，您信不过我也并不奇怪。可恕我直言，我不是伊甸园里的蛇，而是日本的海龟。我可不打算引诱您去龙宫，让您堕落。您想得有模有样的，其实根本不是那么一回事。我只是想和您一起去龙宫玩一趟。那个国度没有什么烦人的批评，大家都过得悠闲自在，很适合游玩一番。我能自由地游到岸上，也能随意潜入海底，所以可以比较两边的生活。依我看，陆地上的生活太动荡了，人与人之间的批评太多啦。人活在陆地上，要么就是说别人的坏话，要么就是自吹自擂。太烦人啦。由于我时常到陆地上来，多少受了些影响，所以才会把听来的批评说出来。我一方面觉得这是了不得的坏影响，一方面似乎又戒不掉这批评别人的癖好，竟渐渐觉得远离批评的龙宫生活有些无趣了。看来我这是学了个坏毛病，算是‘文明病’的一种吧。如今的我已经不知道自己是海里的游鱼还是陆地上的爬虫了，就像蝙蝠不知道自己是飞禽还是走兽一样，很是可悲。唉，我就像海底的异类似的，渐渐在故乡龙宫也待不下去了。可是，龙宫是个适合玩乐的好地方——这一点我敢保证。相信我，那是一个歌舞升平、满是美食佳馔的国度。对你们这些风流人物来说，真是再适合不过了。您刚才不是不住地感慨，说自己不喜欢批评吗？龙宫里是没有批评的。”

海龟惊人的长篇大论让浦岛彻底哑口无言，不过，它的最后一句话忽然打动了他。

“要是真有那样的国度就好啦。”

“啊呀，您还在怀疑吗？我没有说谎，您为什么不相信我？再这样，我可要生气了。难不成所谓的风流人士只会羡慕、叹气，却没有实际行动？着实让人作呕。”

饶是性情宽厚的浦岛，被贬损到这份儿上，也没法善罢甘休了。

“那就没办法了。”他苦笑道，“那我就悉听尊便，坐到你背上试试看吧。”

“您的每一句话我都不爱听。”海龟真的生气了，“坐到背上试试看是什么意思？‘坐上去试试’和‘坐上去’，结果还不是一样的吗？将信将疑地试着往右拐和深信不疑地往右拐面临的是同一种命运，无论怎样都无法回头。在尝试的瞬间，您的命运就确定了。人生不存在什么尝试。‘做做看’和‘做了’是同一回事。你们这些人办事真是不痛快，总以为一切都有重来的余地呢。”

“好吧，好吧。那我就相信你，坐上去了！”

“来吧！”

浦岛往海龟的背上一坐，它的背眼见着越变越大，宽敞到能铺下两块榻榻米。它慢悠悠地游向大海。游到离岸边一百来米的时候，海龟严厉地命令道：“把眼睛闭一下。”浦岛老实地闭上眼，听到一阵暴雨般的水声，继而便有春风般温暖却猛烈的风环绕周身，吹拂着他的耳朵。

“水深千寻[1]。”海龟说。

浦岛晕船了似的，觉得胸闷。

“我能吐吗？”他闭着眼问海龟。

“哎呀，您想吐？”海龟换回方才那种轻佻的语气，“好不讲卫生的乘客呀。哦哟，您还老老实实地闭着眼呢？我就是喜欢太郎先生的这一点啊。可以睁眼啦。睁开眼，看看四周的风景，那股难受劲儿很快就会好了。”

浦岛睁开眼，眼前一片模糊，透着明亮而奇异的淡绿色，没有影子，只是苍茫一片。

“这就是龙宫？”浦岛像没睡醒似的，呆愣地问道。

“您说什么呢，现在不过水深千寻，龙宫在一万寻深的海底呢。”

“啊——”浦岛发出一声怪叫，“大海真是无边无际啊。”

“亏您长在海边，怎么说话像深山里的猴子似的？这大海嘛，确实是比您家的池塘大一些。”

前后左右，无论看向哪里都是模糊的。低头看看脚下，也是无穷无尽的幽幽淡绿。抬头一看，则是不同于苍穹的汪洋形成的一个大洞。除了浦岛和海龟的说话声，再无其他声音。像春风却比春风强劲些的风抚得浦岛的耳朵痒痒的。

终于，浦岛在遥远的右前方看到一个模模糊糊的污点，活像有谁在那里撒了一把灰。

“那是什么？是云吗？”他问海龟。

1　长度单位，一寻约合一点八米。

“开什么玩笑，大海里哪会有云彩啊？”

“那么它是什么呢？像滴了一滴墨水似的。只是一粒尘埃吗？”

“您好傻哦。这还看不出来吗？那是一大群鲷鱼呀。”

“欸？看上去好小啊。不过，至少得有两三百条吧？”

“傻乎乎的。”海龟冷笑道，“您不是认真的吧？”

“那就是两三千条？”

“拜托您清醒一点儿！少说也有五六百万条。”海龟坏笑着说，“那不是鲷鱼，是海里的火灾，浓烟滚滚。照我看，失火的面积恐怕有二十来个日本那么大。”

“胡说八道。海里怎么可能失火？”

“肤浅，实在肤浅。水里也是有氧气的嘛，又不是着不了火。”

“别糊弄我了。你这是愚蠢的诡辩。不开玩笑了，那堆垃圾似的东西到底是什么？就是鲷鱼吧？反正不可能是火灾。”

“不，就是火灾。您有没有想过：即使陆地上无数的河川不分昼夜地流向大海，海水仍然不增不减，永远保持同样的水量，这到底是为什么呢？大海也很为难呀，水就这样没完没了地往它这里流，它也不知该如何处理啊。所以，有时就会用那种办法把多余的水烧干。唉，烧呀烧呀，每次都是一场大火。”

“那烟怎么不扩散呢？那东西到底是什么？从刚才开始，它就一动不动的，看样子也不像一大群鱼啊。别再故意跟我开玩笑了，快告诉我吧。”

“好吧，那我就告诉您。那个呀，是月亮的影子。”

“你这又是在耍我啊？”

“没有。陆地上的影子不会映到海底分毫，但天上星星的影子还是会从正上方投射下来映在海底的。海底不光能看见月亮的影子，还能看见每颗星星的影子。所以龙宫借助日月星辰的影子制定历法，划分四季。我看这月亮的影子离浑圆还欠缺几分，今天是十三号吧？”

海龟的语气一本正经的，浦岛觉得它说的也许是真的，但又说不出哪里有些奇怪。不过，放眼望去，一个幽幽的黑点定在这片广阔无边的淡绿色大空洞的一隅，哪怕海龟说的是谎话，对风流的浦岛来说，把那黑点当成月亮的影子欣赏，终归要比把它当作一大群鲷鱼或火灾要有趣许多，也更能勾起他的乡愁。

这时候，四周变得异常昏暗，还有狂风似的东西伴着巨大的轰鸣声逼近，浦岛险些从海龟背上掉下去。

“再把眼睛闭一下。”海龟严肃地说，“现在我们刚好来到了龙宫的入口。来海底探险的人类总认为这里就是海底的尽头，到了这里就会折返。您将是头一个穿过这里继续往前的，说不定也是最后一个。”

浦岛感觉海龟好像灵活地翻了个身，然后保持着翻身的姿势，也就是用肚皮朝天的姿势游泳。于是浦岛整个人贴在海龟的背上，好像筋斗翻了一半便定在半空中那样，并没有掉下去。于是，他有一种头朝下、和海龟一起向上前行的奇妙错觉。

“睁眼看看吧。”不过，海龟说这句话时，浦岛已经没有头朝下的感觉了。他很自然地坐在海龟的背上，海龟还在不断下潜。

四下里像黎明到来一般微微发亮，脚下隐约能看到一些白色的东西。如果说是塔，实在太过庞大。浦岛看了半天，才发现好像是山。连绵起伏的山峰有如一座座高塔。

“那是什么，是山吗？”

“没错。”

“那是龙宫的山？”浦岛的声音因兴奋而沙哑。

“是的。”海龟奋力划水。

“怎么雪白雪白的呀？是不是下雪了？”

“身份高贵的人想的东西都和别人不一样呢。不愧是您，居然认为海底也会下雪。”

“可海底不是也会着火吗？”浦岛意欲回击海龟方才那番话，“那肯定也会下雪啊。毕竟海底有氧气嘛。”

“雪和氧气可是八竿子也打不着啊。就算有关系，大概也就像下雨天卖伞能多赚几个钱一样不切实际，傻了吧唧的。想用这些话驳倒我可没门儿。你们这些高贵的人啊，真是不会说俏皮话。是不是想说‘下雪容易下山难’[1]？这都什么跟什么啊，也太无聊了吧。不过，雪比氧气好一些。不然就要说醉氧了，听着像牙石似的。[2]看来这氧气怎么也帮不了您啊。”

“话说回来，那些山……”浦岛苦笑着刚说了一半，海龟就又嘲笑道：

“还‘话说回来’呢，口气不小嘛。话说回来，那些山上没有下雪，那些是珍珠山。”

“珍珠？”浦岛惊道，“不不不，怎么可能呢？就算把十几二十万颗珍珠堆在一起，也不会形成那么高的山啊。”

“十几二十万颗实在是小家子气的算法。龙宫的珍珠可不论颗来细算，都是一山、两山这样算。据说一山大概有三百亿颗珍珠，不过谁也没一颗颗地数过。大概堆到一百万山，就能堆出那样的山峰。珍珠没地方扔，可真是伤脑筋啊。归根结底，珍珠不就是鱼的粪便吗？”

1　日语俗语中有一句“上山容易下山难”，“上山”的读音和“雪”相同，作者在此处使用了谐音，有一语双关之意。

2　在日语中，“醉氧”的读音和“牙石”相似。

不知不觉间，他们到了龙宫门口。没想到这道门格外小巧，孤零零地立在珍珠山的山脚，发出荧光。浦岛从海龟背上下来，在海龟的带领下弯腰穿过大门。四周微微发亮，寂静无声。

“好安静啊，安静到让人害怕。这里怕不是地狱吧？”

“少爷啊，拜托您清醒一点。”海龟用鳍拍了拍浦岛的后背，“所谓的王宫都是这么安静的啊。以为龙宫里一年到头就像丹后海滩上那样有许多人吵闹地跳舞庆祝渔获丰收，是多么迂腐的空想啊。真是可悲。所谓的朴素深邃，不就是风雅的极致吗？竟然说这里是地狱，真是肤浅。等您习惯了，这种昏暗的环境就是放松心灵的绝佳氛围。注意脚下哦，滑倒了可就丢人现眼了。咦，您怎么还穿着草鞋？快脱掉，这样太没礼貌了。”

浦岛红着脸脱下草鞋，赤着脚向前走去，感觉脚底滑溜溜的。

“这条路是怎么回事？好恶心啊。”

“这不是路，是走廊。您已经走进龙宫了。”

“是吗？”浦岛惊讶地四处张望，但周围空无一物，连墙壁和柱子都没有，只有晦暗的光影在身边浮动。

“龙宫里不会下雨，也不会下雪。”海龟慈祥地为浦岛讲解，“所以没必要像陆地上建房子那样建造令人憋屈的房顶或墙壁。”

“但大门上方不是有屋顶吗？”

“那只是一个标记。不光门上有屋顶，二公主的房间也有屋顶和墙壁。但建造这些只是为了维护二公主的尊严，不是为了遮风挡雨。”

“这样啊。”浦岛似乎更惊讶了，“那位二公主的房间在哪里呢？放眼望去只有萧条的幽境，看不到一草一木，冥界大概也不过如此吧。”

“乡下人真叫人头疼，会因为看见巨大的建筑、过度的装潢而吓得闭不上嘴，却对这种幽静深邃的美毫不动心。浦岛先生，看来您的高雅不过如此。毕竟您只是丹后荒滩的风流人士，我也不能强求什么。还跟我说什么传统教养，听了实在让人冒冷汗啊。堂堂风流人物竟会这样说。这样亲临实境地看一看，乡巴佬儿的面貌就露出来了。我都替您不好意思。唉，您今后还是别再东施效颦，假扮风流了。”

抵达龙宫后，海龟的刻薄似乎又上了一个台阶。

浦岛惶恐至极，说话时几乎带了哭腔：“可我根本什么都看不见嘛。”

“所以我刚才叫您注意脚下。这可不是一条简单的走廊，是鱼儿组成的吊桥啊。请您仔细看看，几亿条鱼紧紧地挤在一起，才有了走廊地板的模样啊。”

浦岛吓得踮起了脚尖。怪不得他刚才一直觉得脚底滑溜溜的，低头一看，脚下果然有无数条大大小小的鱼毫无缝隙地贴在一起，一动不动。

“这也太过分了。”浦岛倏然踉跄了一下，“这是什么糟糕的嗜好？难道这就是所谓的朴素深邃之美？踩在鱼背上走路，简直野蛮到家了。先不说别的，这些鱼儿多可怜呀。你们这种诡异的风雅，我这样的乡巴佬儿可欣赏不来。”他将刚才被说成乡巴佬儿的愤懑发泄出来，总算痛快了些。

“不，”这时，脚边响起一个纤细的声音，“我们每天都聚集在这里，听二公主的琴声听得入迷。这座鱼儿吊桥不是为了附庸风雅而打造的。您尽管走过去吧，不用在意我们。”

“这样啊。”浦岛暗暗苦笑，“我还以为这也是龙宫的装饰之一呢。”

“不仅仅是龙宫的装饰，”海龟立刻插嘴道，“说不定这座吊桥是二公主为了欢迎浦岛少爷，特意命令鱼儿们——”

“啊……”浦岛红了脸，很是狼狈，“我还没有自恋到这份儿上。只不过因为你荒唐地说这群鱼儿组成了走廊的地板，我才自然而然地担心鱼儿们被踩到会很疼。”

“鱼的世界不需要什么地板。我刚才那样解释，只是觉得假如拿陆地上的房屋打比方，这就相当于房屋走廊的地板。我绝没说什么荒唐话。您觉得鱼儿们会很疼吗？在海底，您身体的重量就像一张纸一样呀。您不觉得自己的身体轻飘飘的吗？”

听海龟这么一说，浦岛才意识到确实如此。他总觉得海龟在嘲讽自己，恨得牙痒痒。

“我已经什么都不信了。就是因为这样，我才讨厌冒险。因为就算被人欺骗，我也没办法识破，只能听带路人的话，人家说什么就是什么。冒险可真能骗人。琴声和别的声音，我一点儿也听不见啊。”浦岛的理论逐渐变成了抱怨。

海龟冷静地说：“您总是生活在陆地上，所以认为目标就在东南西北中的某个方向上。但大海里还有两个方向，也就是上和下。您刚才一直在朝前寻找二公主的居所，可您犯了一个重大的错误——您为何不看看头顶，也不看看脚下？海里的世界是漂浮着的。刚才的大门和珍珠山都在海底浮沉。只不过因为您自己也在上下左右地浮沉，所以感受不到其他东西在运动。您也许以为从刚才到现在已经前进了许多路程，其实我们还在同一个位置，说不定还倒退了一些呢。受到潮汐的影响，海水正哗哗地倒流。所以和刚才相比，一切事物都上浮了百寻左右。不管那么多了，再沿着这鱼组成的吊桥向前走走看吧。您看，鱼没有刚才那么多了吧？留神脚下，别踩空了哦。就算踩空了，也不至于一下子就会掉下去，毕竟您也就和一张纸一样轻。也就是说，这座桥是断桥。即使走过去，前面也什么都没有。可是，请您看看脚下。喂，鱼儿们，让一让，少爷要去见二公主了。这帮家伙就这样组成了龙宫正殿的屋顶。海月漂浮成华盖——只要这样说，你们这群风雅之士就会高兴吧？”

鱼儿们安静地退到两旁。隐约有琴声自脚下传来，和日本筝的声音很像，却没有那么强硬，而是更为柔和、空灵，余音绕梁。弹的是《菊露》《薄衣》《夕空》《砧》《浮寝》还是《雉子》？[1]不，都不是。琴声中流淌着惹人怜爱、无依无靠的情绪，却又暗含一股陆地上听不到的清贵和孤寂，就连风流人物浦岛也说不清那究竟是什么曲子。

“这曲子真是不可思议，叫什么名字呢？”

海龟静静听了一会儿，简短地答道：“《圣谛》。”

“《圣地》？”

“神圣的圣，谛听的谛。”

“啊，是哦，《圣谛》。”浦岛喃喃着，第一次在海底龙宫的生活中感受到完全超越自己兴趣爱好的崇高。自己所谓的品位实在是上不了台面，也怨不得海龟听见自己大谈什么传统教养、正统风流会冷汗直流。自己的风流不过是东施效颦，和乡下的猴子无异。

“从今以后，无论你说什么我都相信。《圣谛》。原来如此。”浦岛呆呆地站着，还在倾听这首不可思议的乐曲。

“来吧，我们从这里跳下去。一点儿也不危险，像我这样张开双臂向前迈出一步，您就会飞身而下，惬意得很呢。从这座鱼儿吊桥

1　以上均为日本筝曲。

中断的地方直接下去，正好能落到龙宫正殿的台阶前。来吧，您还发什么呆呢？要跳了哦，准备好了吗？”

海龟晃晃荡荡地下沉，浦岛也回过神来，张开双臂，向外迈出一步。突然，他感觉自己被吸入了更深的地方，两颊凉凉的，像有微风吹过，十分舒爽。没过多久，周围的颜色变得绿油油的，琴声也仿佛越来越近了。不知不觉间，浦岛已经和海龟并排站在正殿的台阶前了。说是台阶，其实级与级之间的分隔并不明显，更像是一道闪着灰色亚光的小珠子铺就的缓坡。

“这也是珍珠吧？”浦岛小声问道。

海龟用同情的目光望着浦岛：

“您这人只要看见珠子，就觉得是珍珠。珍珠不都被我们扔了，堆成那么高的山了吗？算了，您用手捧起这珠子看看吧。”

浦岛听话地捧起珠子，感觉到一股沁凉。

“啊，是雪珠！”

“开什么玩笑？您把珠子放进嘴里尝尝。”

浦岛老实地将五六颗冷冰冰的珠子放到嘴里。

“好吃。”

“好吃吧？这是海樱桃。吃了它，就能三百年长生不老。”

“是吗，无论吃多少都一样吗？”风流人物浦岛终于忘了节制，摆出想多吃几捧的架势来，“我这人着实厌恶老丑。死亡都没那么可怕，唯独老丑不合我意。要不然我多吃点儿？”

“会让人笑话的。您抬头看看，二公主出来接您了。呀，今天二公主更漂亮了。”

一个身穿蓝色薄衫的娇小女人微笑着站在海樱桃缓坡的尽头，薄衫下透出她白皙的肌肤。浦岛慌忙移开目光，在海龟耳边低声问：

“是二公主吗？”他的脸通红。

“这还用问吗？您怎么张口结舌的？快去和二公主打招呼吧。”

浦岛更加犯起难来：“但我要和她说些什么呢？我这种人就算报上名字，也不会改变什么。说到底，我们这次来访本就唐突。没意义的。还是回去吧。”拥有高贵身份的浦岛在二公主面前也彻底变得卑微，甚至想逃走。

“二公主早就知道您的事迹了，有道是‘阶前万里’嘛。您就别多想了，恭敬地向她鞠上一躬就行。另外，二公主本就不是什么小气的人，对人没有戒备。就算她对您的事一无所知，您也没什么好斟酌的，说自己是来玩的就行了。”

“怎么可能那么失礼！啊，她笑了。总之，我先行个礼吧。”

浦岛毕恭毕敬地鞠了个躬，腰弯得双手几乎要碰到自己的脚尖了。

海龟都替他捏了把汗：“您也太恭敬了，会让人反感的呀。您不是我的救命恩人吗？大可以表现得更有威严一点儿啊。使出浑身解数行这么大的礼，您还有什么高贵可言呢？看，二公主向我们招手了。走吧，昂首挺胸，要拿出‘我是日本第一好男儿’的态度，带着最高贵的风流人物的表情，威风凛凛地走过去哦。您对我们那么傲慢、那么装腔作势，在女人面前却压根儿抬不起头来呢。”

“不不不，对待高贵的人，必须尽到相应的礼数才行。”浦岛紧张得嗓子都哑了，脚步也磕磕绊绊的。他迈着蹒跚的步子，踉踉跄跄地爬上台阶。放眼望去，眼前是一个极为宽敞的房间，说能铺下一万张榻榻米也不为过。不，说是广场可能比房间更贴切。树荫般的绿色光线不知是从哪里射进来的，将这足能铺下一万张榻榻米的广场照得氤氲模糊。广场上也铺着雪珠似的小珠子，黑色的岩石无序地散落在各处。不过，广场上也只有这些而已。屋顶当然是没有的，连柱子也没有一根，偌大的广场荒凉至极，目光所及之处简直和废墟没什么分别。若仔细观察，还能发现不少紫色的小花从那些小珠子的缝隙间露出来，又给广场平添了几分寂寞，或许可以说是幽邃到极致了。浦岛太郎忽然生出一种慨叹：真想不到竟有人能在如此孤独的地方生活。然后他整理了一下思绪，偷偷看了一眼二公主的脸。

二公主默默地转身，慢慢向后走去。浦岛这才发现有无数比鳉鱼还小的金色鱼儿挤在她身后，闪闪发光地游弋着。二公主迈开步子，那些鱼儿就随着她的步伐移动，宛如金色的雨不停地在她身边降下，散发着一股此物只应天上有的高贵气息。

二公主赤脚走着，薄衫飘飘。仔细端详，她那双青白色的小脚并未踏在那些小珠子上，脚底和珠子之间留有极小的缝隙。或许迄今为止，那双脚不曾踩过任何东西，脚底就和刚刚出生的婴儿一样柔软而美丽。这样想来，浦岛觉得二公主不加任何耀眼装饰的身姿仿佛越发透出一股纯正的气质，优雅大方。来龙宫一趟可真好。他渐渐愿意感谢这次冒险，陶醉地跟在二公主身后。

这时，海龟用鳍调皮地蹭了蹭浦岛的侧腹，在他耳边低语道：“怎么样，还不错吧？”

“啊，什么不错？”浦岛狼狈地顾左右而言他，“这花、这紫色的花还挺漂亮的。”

“这个啊？”海龟无趣地说，“这是海中的樱花，和堇菜有点儿像吧？它的花瓣相当于龙宫里的酒，吃下去就能美美地醉上一场。还有，那好像岩石的东西是海藻。它们已经生长了数万年，所以像岩石一样凝成了一个大疙瘩。不过，它们比羊羹还要柔软呢，比陆地上的任何美食都好吃哦。每块‘藻岩’的味道都不一样。在龙宫里的每一天我们都吃这种海藻，嚼花瓣，渴了就含颗樱桃，沉醉于二公主的琴声，欣赏鱼儿们的舞蹈——像一场有生命的花瓣雨。怎么样？我邀请您来的时候，说龙宫是一个歌舞升平、满是美食佳馔的国度，如今看来，是否符合您的想象？”

浦岛答不上话，很不好意思地苦笑了一下。

“我知道，您起初想象的龙宫整天敲锣打鼓、沸反盈天，吃的是大盘的鲷鱼、金枪鱼刺身，总有穿着红色衣衫的小姑娘跳徒手舞，到处都是金银珊瑚、绫罗绸缎——”

“怎么可能？”饶是高贵的浦岛，面上也有些不悦了，“我这个男人还没俗气到这份儿上。不过，我之前一直自认是个孤独的男人，到了这里，遇见了真正孤独的人，不由得为自己以前那装腔作势的生活而羞愧得无以复加。”

“您是说那位大人吗？”海龟小声说着，随意地朝二公主那边扬了扬下巴，“那位大人一点儿也不孤独哦，她根本不介意孤独。有野心的人才会为孤独所困，要是对别人的世界漠不关心，就是独自待上一百年、一千年也会觉得轻松快乐。只有不介意所谓的批评的人才能如此。话说回来，您现在是要往哪儿走啊？”

“不，我没什么目标。”浦岛被这个突如其来的问题吓到了，“你刚刚不是说，那位大人——”

“二公主并不打算把您带到什么地方去。她已经把您忘记了，现在多半是要回她的寝殿。拜托您清醒一点儿，我们已经到龙宫了。我也不想带您去别的地方。好了，您就在这里随意游玩吧。难不成，您还有什么不满意的吗？”

“别再欺负我啦。我现在到底该怎么办啊？”浦岛哭丧着脸，

“并不是我妄自尊大，既然那位大人出来迎接我了，我就认为跟在她身后才是礼貌的啊。我可没有什么不满意的。你这样说，就好像我有什么下流肮脏的想法似的。你可真喜欢作弄人，这样也太过分了。自打出生以后，我还没经历过如此尴尬的事呢。你真是太过分了。”

“您不能这么介怀，二公主是个稳重大方的人。您毕竟是从陆地上远道而来的稀客，又是我的救命恩人，她出来迎接您是理所应当的。更何况您神色清朗，又很有男子汉气概——不，这是我开玩笑的，要是又让您古怪地自大起来就不好了。总之，二公主要走到台阶这里迎接家中的稀客才能安心，随后就看您的想法，您愿意在这里玩几天都行。接着，她就这样假装毫不知情地回自己的房间去了。依我看，就是这么一回事吧。其实我们也不太懂二公主平时在想些什么。反正无论怎样，她都是稳重大方的。”

“不，你这样一说，我好像明白了一些。你的推测似乎大部分是没错的，也就是说，真正的贵人接待客人大概就是用这种方式。迎接客人后，便忘掉客人。而且毫不刻意地在客人身边摆好美酒佳肴，歌舞乐曲也并非为了招待客人而特意安排的。二公主心无旁骛地弹琴，并非想弹给任何人听。鱼儿们自由自在地欣然起舞，绝无向谁炫耀之意。大家不期待客人的褒扬，客人也无须表现出格外留心、佩服的样子，就算躺下来睡觉或显得漫不经心也没关系。因为主人已经忘记客人了，而且给了客人自由行动的许可，所以客人想吃就吃，不想吃就不吃。即使听琴时喝得醉醺醺的，也不至于失礼。待客之道本该如此啊。好想让那些动不动就劝客人吃下平平无奇的料理、和客人互换无聊的奉承、没什么好笑的却呵呵笑个没完、对一句普通的话故作惊讶、社交时满口谎言、以为自己的待客之道高雅得不行却只会耍小聪明的小家子气的大笨蛋们看看，龙宫招待客人是多么落落大方！那帮家伙不过是担心自己的品位下降，于是绷紧神经，巧妙地对客人保持警惕，徒劳无功地独自忙活。那帮人的诚意还不如指甲缝里的污垢多呢。那叫什么事儿啊，客人明明已经不想再喝酒了，他们还硬是要劝。仿佛是在和客人交换证据：‘我请你喝酒了啊。’‘我喝了啊。’真是受不了。”

“没错，您说得很对。”海龟很高兴，“但您要是太兴奋了，引发急性心肌梗死就难办了。好了，坐在这海藻结成的岩石上，尝点儿樱桃酒吧。初次尝试的人光吃樱花瓣可能会觉得味道太重，把花瓣和五六颗樱桃一起放在舌头上，樱桃和花瓣会很快溶化，就成了爽洌的酒。樱桃和花瓣的混合方式不同，酒的味道也千变万化，您可以自己尝试，酿出符合心意的美酒喝下去。”

浦岛现在想喝度数高一些的酒。于是，他备好三片花瓣和两颗樱桃，把它们往舌尖上一放，口中立刻溢满了美酒，光是在嘴里含着就让人心旷神怡。酒水轻快地从喉头滑过，浦岛觉得喉头微微发痒，身体里仿佛点亮了一盏明灯，愉悦极了。

“这酒真好，简直是扫走忧愁的玉扫帚。”

“忧愁？”海龟赶忙追问，“您有什么烦心事吗？”

“啊，也没什么。啊哈哈哈——”浦岛勉强地笑着掩饰自己的羞怯，接着叹了一小口气，瞄了一眼二公主的背影。

二公主一个人沉默地走着，整个人沐浴在浅绿色的光线中，像一株透明而清香的海草，轻摇款摆地踽踽独行。

“她要去哪儿呢？”浦岛情不自禁地嘟囔着。

“回她的寝殿吧。”海龟一副毫无疑问的神色，利落地回答道。

“你刚才一直说寝殿、寝殿的，那寝殿究竟在哪里啊？我怎么什么都看不见啊？”

这个目光所及之处平坦得和旷野一样的地方亮着钝重的光，根本看不到像是宫殿的建筑。

“一直往前，二公主走的那个方向的最前面，您能看见什么吗？”

浦岛蹙着眉头凝视海龟所说的方向：“啊，你这么一说，那边好像是有些什么。”

一里[1]开外的远处，在摇荡的海水朦胧氤氲的地方有个东西隐约可见，有如一朵小小的、纯白的水中花。

“是那个吗？真小啊。”

“二公主一个人睡，也不需要巨大的宫殿吧。”

“这么说倒也没错……”浦岛又调了一口樱桃酒喝下，“那位大人啊，总是这样沉默吗？”

“嗯，是的。语言这东西，是不是从生活的不安中萌芽的？就像腐烂的泥土会长出红色的毒蘑菇一般，生命的不安也会让语言发酵呀。虽然也有开心的词句，但就连它也是下了不少卑劣的功夫才能被说出口的吧。人类即使在欢愉中，也会感受到不安吧。人类的语言都是加工的产物，都是装腔作势。如果没有不安，又何必再做那种卑劣的加工呢？我没听二公主说过话。不过，沉默的人往往会在心里悄悄地对外界进行辛辣的观察——所谓的皮里阳秋就是这样的吧。不过，二公主绝不会那样做。她什么都不想，只是那样幽幽地笑着抚琴，或在这间大厅里走来走去，含樱桃花瓣作乐。她确实是一个悠闲的人。”

“是吗？那位大人也会喝这樱桃酒吗？这真是好酒，只要有这酒，别的我就什么都不要了。我能再喝点儿吗？”

1　指日里，一日里约为四千米。

“好啊，请随意。若是到了这儿还客气，那就太愚蠢了。龙宫对您没有任何约束，您不妨再尝点儿别的试试看。您能看见的这些岩藻都是上等的佳肴。您喜欢吃油大的，还是带点儿酸味的？各种味道应有尽有哦。”

“啊，听见琴声了。我可以在这里躺下来听吧？”老实说，浦岛有生以来头一次产生了为所欲为的想法。他几乎忘记了全部，包括作为风流人物该有的样子，仰面躺着，肆意舒展身体。“哎呀，醉酒后躺下来太舒服了。顺便再吃点儿什么吧，有没有味道像烤山鸡的海藻？”

“有的。”

“另外，有没有味道像桑葚的海藻？”

“应该有。您的口味还真是粗野呢。”

“本性暴露了呗，我就是个乡巴佬儿。”浦岛说话的口气好像都变了，“这就是风流的极致啊。”

抬眼望去，鱼儿组成的屋顶静静地漂浮在遥远的上方，泛着模糊的青蓝色。忽然，一群鱼摇摇摆摆地离开屋顶，舞动时各自的银鳞闪着光，就像漫天飞雪。

龙宫中没有夜晚也没有白昼，永远像五月的清晨般清爽，树荫般的绿色光线照遍了每一个角落。浦岛根本无法判断自己在这里过了几天。在此期间，龙宫的确对他没有约束。他甚至进了二公主的寝殿，二公主没表现出任何不满，只是幽幽地对着他笑。

就这样，浦岛到底还是厌倦了，也许是厌倦了龙宫对他的毫无约束。他开始怀念陆地上贫穷的生活，渐渐觉得陆地上那些介意别人的批评，时而落泪时而愠怒，斤斤计较、蝇营狗苟地生活的人可爱无比，甚至非常美好。

浦岛向二公主说了再见，这突兀的辞行也在二公主无言的微笑中得到了默许。这也是不约束，从开始到结束，浦岛无论做什么都被允许。二公主将他送到龙宫的楼梯口，默默递上一只小小的贝壳。两片外壳咬得严丝合缝，散发着炫目的五彩光芒。这就是人们所说的玉匣，里面装着龙宫的纪念品。

正所谓“去时容易归时难”，浦岛又坐到海龟的背上，神情恍惚地离开了龙宫。一股莫名的忧愁涌上他的心头：“啊，刚才忘记道谢了。没有比龙宫更好的地方了。啊，应该永远待在这里的。可我是陆地上的人，即使在龙宫里生活得再安逸，我的家、我的故乡也还是在脑海一角挥之不去。即使喝了美酒醉倒睡着，我做的也是关于故乡的梦。好失望啊，我没资格在龙宫这样的好地方游玩。”

“啊，不行！太寂寞了！”浦岛自暴自弃似的大喊起来，“真不知道我是怎么回事，但这样不行。喂，海龟。你再说几句精神头儿十足的坏话吧。从刚才开始，你不是一句话都没说吗？”

在此之前，海龟一直默默地摆动着四肢。

“你是不是生气了？气我在龙宫骗吃骗喝之后还要回去？”

“您带着偏见看问题就不好了。就是因为这样，我才讨厌陆地上的人。您想回去就回去嘛。我从刚开始就一直说：‘要怎么做，全看您的想法。’”

“但你怎么看上去无精打采的？”

“依我看，说这话的您才是莫名其妙地颓丧呢。我呢，接人还算在行，但着实不擅长送别。”

“这就是‘去时容易归时难’吧。”

“现在可不是说俏皮话的时候。送别这件事，着实让人开心不起来。没完没了地叹气，无论说什么都会扫兴，我恨不得把你送到这儿就打道回府。”

“看来你也觉得孤单啊。”浦岛动情地说，“这次受了你不少照料，谢谢你。”

海龟没有回答，只是微微晃了晃，像是在说“说这些干吗”，然后继续奋力划水。

“那位大人现在应该还在龙宫里独自嬉戏吧。”浦岛的情绪无处宣泄，叹了口气道，“她给了我一只这么漂亮的贝壳，该不会是让我吃掉吧？”

海龟扑哧一笑：“在龙宫待了没几天，您怎么变得如此贪吃啊？似乎只有这个东西不能入口，具体情况我也不太清楚，但里面应该装了些东西吧。”这时候，海龟就像伊甸园的蛇一样，忽然说了些勾人好奇心的话。难道这是爬行动物相通的命运吗？不，如此臆断，这只善良的海龟就太可怜了。海龟之前对浦岛说了些豪言壮语：“我不是伊甸园的蛇，而是日本的海龟。”若是不相信它，它也怪可怜的。更何况，从这只海龟此前对浦岛的态度来看，它绝不像伊甸园的蛇那样邪恶奸佞，不会低声诉说可怕的诱惑之词。不仅如此，它就像五月高挂的鲤鱼旗一样胸怀坦荡、有口无心[1]，不过是一个可爱的诡辩者罢了。也就是说，海龟没有任何恶意——至少我愿意这样认为。海龟又继续说道：“不过，那只贝壳恐怕还是不要打开为好，因为里头多半藏有类似龙宫精气的东西。若在陆地上打开，可能会出现奇异的海市蜃楼，或者发生什么让您发狂的事。说不定还会有海潮从中喷涌而出，引发大洪水。总之直觉告诉我，若是将海底的氧

1　每年五月五日是日本的男孩节，有男孩的家庭会在院子里挂上鲤鱼旗。鲤鱼旗迎风飘荡时嘴巴张开，里面空无一物，被视作有口无心的象征。

气释放到陆地上，肯定不会发生什么好事。”它言辞恳切。

浦岛相信了海龟的真诚：“你说的话也许是对的。龙宫那高贵的氧气如果真藏在这只贝壳里，和陆地上恶俗的空气接触时，说不定会引发大爆炸。好吧，我就将它原封不动地收藏起来，永远当作传家之宝保管吧。”

海龟已经游到了海面上，耀眼的阳光下能看见故乡的海滩。浦岛恨不得立刻冲进家门，将父母、弟妹和许多用人召集起来，把龙宫的模样清清楚楚地讲给大家听，告诉大家：“冒险就是信任的力量，这世间的风流都是小家子气的东施效颦，所谓的正统是庸俗的别称。”他还要问问大家：“你们知道吗？真正的高贵是《圣谛》的境界，可不是单纯的放弃哦。你们知道吗？龙宫里没有批评这种啰唆的东西，那里只有微笑，我在那里不受任何约束。你们知道吗？最好的待客之道是忘记客人的存在。你们不会懂的。”浦岛想将刚学来的新知识可劲儿普及给每一个人。如果他那现实主义的弟弟露出一点儿狐疑的神色，浦岛就会把龙宫美丽的纪念品拿到他眼前，让他哑口无言。

浦岛满脑子想的都是这些，甚至忘了和海龟道别就从它背上跳下来，慌张地沿着海岸朝自己的家跑去。

怎么变成这样了，我的故乡？
怎么变成这样了，我的房子？
放眼望去，一片荒原。
没有人影，也没有路。
只有风声呼啸着穿过松林。

故事就是这样的。尽管浦岛犹豫再三，最终还是选择打开了那只作为龙宫纪念品的贝壳。不过，世人认为那只海龟是不必对此负责的。人性存在容易因好奇心而被诱惑这个弱点，越是被叮嘱“千万不要打开”，就越想打开看看。不光浦岛太郎的故事是这样的，希腊神话中的《潘多拉的魔盒》似乎也体现了同样的心理。可是，在《潘多拉的魔盒》这个故事中，众神一开始就是想复仇的。他们用“千万不要打开”这句话刺激潘多拉的好奇心，早就恶毒地预想到有朝一日潘多拉必定会打开盒子，才向她下达了“不要打开”的禁令。相比之下，善良的海龟要浦岛别打开贝壳，完全是出于好意。单凭海龟当时那种没有杂念的说法，它的话也值得信赖。那是一只老实的海龟，它不必为此承担责任。在这一点上，我可以肯定地为它做证。不过，现在还剩下一个让人怎么也放心不下的问题——浦岛打开龙宫的纪念品，贝壳中便升起袅袅白烟，他立刻就成了三百岁高龄的老头子。所以，人们口中的《浦岛太郎》一般来说都以“他要是不打开那贝壳就好了”“好可怜啊”等感叹来结尾。但我对此抱有深深的疑问：如果是这样的话，龙宫的纪念品岂不是和盛满了人类诸多灾祸之种的潘多拉魔盒一样，要么承载着二公主深深的复仇欲望，要么是一份暗藏惩罚之意的礼物？二公主表面上一句话也不说，只是微笑着默许浦岛做任何事，难道实际上她内心隐藏着冷峻严酷的“阳秋”，不允许浦岛有半点儿任性，是本着严惩的想法赠予浦岛那贝壳的吗？不，这种想法未免太悲观了。即便并非如此，难道说所谓的贵人大都习惯了这种残酷至极的嘲弄，二公主是想来一场天真的恶作剧，才开了这样糟糕的玩笑？不管怎么说，二公主那样真正高贵的人，送给浦岛那样一件充满恶意的纪念品，实在令人费解。潘多拉魔盒中装着疾病、恐惧、怨恨、哀愁、疑惑、忌妒、愤怒、憎恶、诅咒、焦虑、后悔、卑微、贪欲、虚伪、怠惰、暴行等邪恶的因子，潘多拉轻轻打开魔盒的刹那，它们像一大群飞蚁似的一齐飞出来，无孔不入地遍及世界的每一个角落。呆若木鸡的潘多拉垂头丧气地望向那空空如也的盒子时，却在盒底的阴暗处找到了一颗孤星般闪耀的小小宝石，据说那颗宝石上竟写着“希望”二字。看到那颗宝石后，据说潘多拉苍白的脸上泛起了一丝红晕。从那以后，无论人类被妖魔侵袭得多么痛苦，都能凭着这希望得到勇气，忍受困苦。相比之下，龙宫的纪念品没留一丝情面，只有一阵白烟。烟雾消散后，浦岛太郎瞬间就成了一个三百岁的老头子。就算在贝壳底部留下一颗希望之星，也无法改变他成了老头子这个事实。给三百岁的老头子希望，那简直就是恶作剧，无论怎样都是不可能的。既然如此，这时候送他一曲《圣谛》又如何呢？他已经三百岁了，现在送他这样矫揉造作的东西又有什么用呢？人要是活到三百岁，那可真是想不放弃也不行了。到头来，一切都是徒劳，就是想拉他一把也没办法。不管怎么说，浦岛太郎收到的都是一个糟糕的纪念品。但是，如果我们就此举手投降，说不定外国人会认为日本的童话故事比希腊神话还要残酷，那就太遗憾了。再说了，就算赌上令人眷恋的龙宫的名誉，我也要想尽办法从这不可思议的纪念品中找出些高贵的意义来。就算龙宫里的几天相当于陆地上的几百年，也不必将这段时光做成劳什子纪念品让浦岛带走。倘若从龙宫浮上海面的瞬间，浦岛就成了三百岁的白发老人，故事还算符合情理。即便二公主大发慈悲，想让浦岛永远保持年轻的模样，她也不必特意让浦岛带走那样危险的“千万不能打开的”物件。把它扔在龙宫的某个角落里难道不好吗？还是说二公主的意思是“你的屎尿，走的时候也要一并带走”？那这做法就太下流了，简直是当面侮辱。很难想象弹奏《圣谛》的二公主会像住在长屋里的夫妻吵架似的，做出这种烂俗的事来。这个百思不得其解的问题折磨了我很久，直到今天，我好像终于想通了一些。

其实，一直以来，我们都先入为主地以为三百岁对浦岛来说是一种不幸。绘本上讲到浦岛一下子变成三百岁的老头子后，并没有写“他的命运真悲惨、真可怜”之类的话，而是以“他立刻成了白发苍苍的老爷爷”收尾。至于“可怜”“愚蠢”等形容，不过是我们这些凡夫俗子的主观臆测。对浦岛来说，变成三百岁的老头子绝非不幸。

至于贝壳底部有一颗希望之星、浦岛因此得到救赎等情节，想来难免带着少女的梦幻趣味，并非没有做作之感。浦岛其实是被那升起的白烟救赎的，就算贝壳底部什么都没有也无所谓，这根本就不是问题。

常言道：

> 岁月是人的救赎。
> 忘却是人的救赎。

龙宫那高贵的待客之道在这件精妙绝伦的纪念品上体现到了极致。回忆不是越久远越美丽吗？而且就连是否要接受这三百年的岁月，也全凭浦岛自己的选择。直到最后，浦岛在二公主面前仍有不受约束的特权。倘若不觉得寂寞，浦岛肯定不会打开贝壳一探究竟。也许浦岛实在是走投无路，只得向那只贝壳求救，才将它打开了。不需要什么解释，贝壳一开，便是倏忽而过的三百年光阴和遗忘。日本的童话故事就蕴含着这样深刻的慈悲。

据说自那之后，浦岛成了个幸福的老人，又活了十年。

噼里啪啦山

《噼里啪啦山》这个故事中的兔子是少女，悲惨落败的狸猫则是恋上兔少女的丑男——在我看来，这是明确而不容置疑的事实。事情发生在甲州[1]富士五湖之一的河口湖畔，也就是如今的船津后山一带。甲州人性情粗犷，大抵因为如此，这个故事和其他童话故事相比难免更加粗野。首先，故事的开头就是残酷的。把老婆婆煮成汤这种做法简直太过分了，既不幽默也不风趣。狸猫的恶作剧也相当无聊，关于它将老婆婆的骨头撒在檐廊下面的描述更是凄惨、恐怖到了极点。作为所谓的儿童读物，这样写肯定会被禁止发售。因此现在市面上流通的《噼里啪啦山》绘本故事均做了巧妙的模糊处理，只说狸猫伤了老婆婆后便逃掉了。这样一来，绘本免于被禁，自然是件好事。可另一方面，狸猫的恶作剧仅止于此，却遭到了那样严酷的惩罚，又显得兔子的复仇过于执拗。兔子的复仇并不利索，它不是将仇人一拳打倒，而是将狸猫害到半死，然后不停地折磨，最后才让它坐上泥舟，咕嘟咕嘟地淹死在水里。兔子的复仇从头到尾

1 日本古代令制国甲斐的别名，其领域约为现今的山梨县。

都用了诡计，和日本武士道的做法大相径庭。可既然骗术多端的狸猫用了将老婆婆煮成肉汤这样恶劣的手段，作为反击，兔子执拗地令其尝遍苦头恐怕也无可厚非，所以原本的故事情节我也不是不能接受。但考虑到原本的故事可能会给孩子的心灵带来阴影或原样出版可能会被禁止发行，就潦草地删改故事，在我看来是不太妥当的。狸猫不过是伤了老婆婆后逃跑，便受到兔子那么严酷的惩罚，尝尽耻辱和苦痛，最后难堪至极地溺死在水中。这只狸猫原本没有任何罪过，是在山里悠闲地游玩时被老爷爷抓住了，老爷爷要将它煮成狸猫汤。它无论如何也要在这绝望的境遇中杀出一条血路来，经历了一番痛苦挣扎，穷途末路之际才骗了老婆婆，九死一生，捡回一条性命。将老婆婆煮成肉汤的企图当然是罪大恶极，可在时下的绘本中，狸猫仅仅是在逃跑时抓伤了老婆婆。它逃跑时使出了浑身解数，可谓是在正当防卫时拼死挣扎，也许是无意间伤到老婆婆的。我想，这并不是多么令人发指的罪过。我家五岁女儿的度量就和我很像，不幸的是头脑也随了我，有些古怪的地方。我在防空洞中给她读《噼里啪啦山》时，她便意外地说出这么一句话来："狸猫好可怜呀！"

说起来，这孩子口中的"可怜"不过是她记住的一种表达，她最近看见什么都一个劲儿地说"可怜"，是想以此博得宠爱她的母亲的称赞，这点儿小心思被我看得明明白白。所以听她这样说的时候，我并没有特别惊讶。也可能是我带她去家附近的井之头动物园时，她看到一群一直在笼中慌张地走来走去的狸猫，认准了它们是一种可爱的动物，所以听《噼里啪啦山》的故事时，无论故事中发生了什么都想偏袒狸猫。不管怎么说，我家这位小同情者的话大概是不能算数的。她思考的基础还太单薄，同情的理由也很模糊。总之她的反应没有什么参考价值。可听了女儿不负责任的无心之言，我从中得到了某个暗示。尽管这孩子对世事一无所知，只是胡乱念叨新学会的话，她的父亲却由此展开了思索："原来如此，这么说来兔子的报复是有些过分。幸亏听故事的是这么小的孩子，我还能随便说些什么应付过去。要是孩子再大一些，已经接受了武士道或堂堂正正的道德观念，她是否会认为兔子的惩罚是所谓的'肮脏手法'呢？这是个问题。"于是，愚蠢的父亲皱起了眉头。

在最近出版的绘本中，狸猫只是抓伤了老婆婆，就要接受兔子如此恶毒的愚弄：后背被烧伤，烧伤的地方被抹上辣椒粉，最后还被骗上泥舟谋杀。若是孩子已经到了上国民学校[1]的年纪，看到被修改的情节，得知狸猫命运之悲惨，一定会立刻提出疑问：就算狸猫真的不讲道理地将老婆婆煮成了肉汤，兔子为何不堂堂正正地报上姓名再举刀惩恶扬善呢？在这种情况下，兔子的柔弱不能成为辩解的理由。报仇就应当堂堂正正的，神会站在正义的一边。哪怕力不从心，也要大喊一声"天诛"，从正面向对方杀过去。假如双方实力相差太过悬殊，就应该卧薪尝胆，隐入鞍马山[2]之类的地方，专心致志地修行剑术。自古以来，日本那些伟大的人物基本上都是这样做的。不分青红皂白地使用诡计，而且将对方玩弄致死，这样的复仇故事在日本仿佛从没有出现过。唯独这《噼里啪啦山》与众不同，这种复仇的办法着实不光彩。总之，无论是孩子还是大人，只要心怀正义，恐怕谁看了这样的故事都会有些不悦：这样做也太缺乏男子汉气概了吧！

1 二战时期日本对国民进行基础教育的学校，主要进行初等教育和前期中等教育。
2 位于京都北部，是日本有名的灵山。

放心吧，这个问题我已经思考过了。我也明白兔子的做法自然是缺乏男子汉气概的，但这只兔子根本就不是男性，这一点不容置疑。这兔子是一个十六岁的少女，虽然身上还没有香艳的成熟气息，但无疑是个美人。而最残忍的一类人偏偏就是这样的女性。希腊神话中有很多美丽的女神，但除了象征爱和美的女神阿佛洛狄忒，人们一般认为狩猎女神阿耳忒弥斯是最有魅力的。众所周知，阿耳忒弥斯也是月亮女神，额头的月牙闪着清辉，性格机敏而倔强。一言以蔽之，她简直就是太阳神阿波罗[1]的女性版，下界的凶猛野兽都是她的仆从。但她的体格绝不像那些寻常的粗野女人一样健硕，而是娇小且苗条，手脚生得精致可爱，还长了一张妖媚得令人害怕的脸。不过，她不像维纳斯那样有女人味，乳房也不丰满，会面不改色地对不顺眼的人做出残忍之事。她甚至曾将水猛地泼到偷看她洗澡的男人身上，将其变成一头鹿。只是洗澡时被人偷看，她就如此气愤，若是被人牵了手，她的报复不知会多夸张。假如哪个男人迷上这样的女人，定会蒙受奇耻大辱。可男人总是如此，而且越是愚钝的男人，就越容易迷上这种危险的女人。而他们的结局往往也早就注定了。

怀疑我的人，看看这只可怜的狸猫就会明白。其实，狸猫早已偷偷对阿耳忒弥斯式的兔子少女产生了爱慕之情。在叹息的同时，我们不得不点头承认，将兔子设定为阿耳忒弥斯式的少女，无论狸猫是抓伤了老婆婆还是将老婆婆煮成了肉汤，只要他犯下罪过，对他的惩罚就自然是格外扭曲毒辣并且缺乏男子气概的。更何况这只狸猫和其他迷恋阿耳忒弥斯式少女的男人并无区别，在狸猫中也没有出众的风采，只是一个普普通通、愚笨贪吃的土包子，他悲惨的

1　阿波罗与阿耳忒弥斯为孪生兄妹（一说为姐弟）。

命运就更加不言自明了。

话说这狸猫被老爷爷抓住，险些被煮成一锅狸猫汤。为了再见那兔子少女一面，他拼命挣扎，终于逃回深山老林，一面念念有词地说着什么，一面四处转悠着找兔子。好不容易找到了，便对她说：

“为我高兴吧！我刚刚捡回一条命！我瞄准老头子不在家的时候，狠命地推开那老婆子，跑出来了。我是个幸运的男人啊！”狸猫得意扬扬地讲着自己大难不死的经过，讲得口沫横飞。

兔子嗖地向后一蹦，避开狸猫的口水，不以为意地听狸猫说完：“我有什么好高兴的？你说话时溅了那么多口水，脏死啦。而且，那老爷爷和老奶奶是我的朋友啊，你不知道吗？”

“是吗？”狸猫大吃一惊，一下子蔫巴了，“我不知道。原谅我吧，早知道是这样的，就算他们要把我做成狸猫汤，我都心甘情愿。”

“事到如今，你说什么都晚了。你明明知道的呀，我经常去老爷爷和老奶奶家的院子里玩，那样就能美美地吃上香甜软糯的豆子。你明知如此，还撒谎说不知道，太过分了！从今往后，你就是我的敌人！”兔子无情地宣布。这时候，兔子已经动了心思，想用某种方式对狸猫复仇。少女的愤怒是毒辣的，对丑恶的愚钝之人更是冷酷无情。

“求求你原谅我吧。我没有骗你，我是真的不知道，请你相信我。”狸猫死缠烂打地哀求着，伸得老长的脖子垂得低低的。这时，他看到一颗果子落在旁边的地上，立刻捡起来吃进肚中，又东张西望地寻找四周是否还有其他的果子。他边找边说：“没想到会让你这么生气，我简直不想活了。”

“瞎说什么呢？你的脑子里分明只想着吃。”兔子像是轻蔑到了极点，把脸扭到一边，“好色又贪吃，你这人没救了。”

“别追究这个了，我肚子饿啦。”狸猫一面说，一面更起劲地在四周搜寻，“真是的。你要是能懂得我此刻内心的痛苦该多好。”

“都说了，别靠近我！很臭啊！离我再远一点儿啊。你平时吃蜥蜴，对吧？我都听说了。还有啊，滑稽死了，听说你还吃大便。”

“怎么会？”狸猫无力地苦笑着说。但不知道为什么，他似乎无法强烈地否认，反而更无力了，只是撇着嘴说了句：“怎么会呢？”

“少跟我装高雅，你身上那味道可不光是臭。”兔子面不改色，厉声与狸猫划清界限。然后，她像是想到什么精彩的事似的，突然两眼放光，强忍着笑意重新面向狸猫说：“既然如此，这回我就破例原谅你一次。咦，刚才都说了，别凑上来。我是不会放松警惕、露出破绽的。能不能把你的口水擦一擦？下巴都湿乎乎的了。冷静下来，仔细听我说。这回我只破例原谅你一次，但我的原谅是有条件的。那位老爷爷现在肯定灰心丧气，连去山上砍柴的力气都没了。既然如此，我们就替他去砍柴吧。”

“一起去吗？你也跟我一起去？”狸猫小而浑浊的双眼中燃起了喜悦的火苗。

“你不愿意？”

“怎么会呢！今天就去，我们这就去吧。”狸猫高兴得连声音都哑了。

“明天吧，好不好？明天一早去。今天你也累了，肚子也饿了嘛。”兔子的态度异常温柔。

“太好了！我明天会做很多便当带着，专心致志地砍一大捆柴，把它送到老爷爷家去。这样一来，你肯定会原谅我吧？会愿意和我做好朋友吧？”

“你好啰唆啊。这就要你看到时候的表现了，说不定我会愿意和你做好朋友的。”

“嘿嘿。”狸猫忽然露出一个坏笑，“你这张嘴真是不饶人啊。今后可要让你受苦了，我真该死。我已经……”话说到一半，他敏捷地吞下一只爬过来的大蜘蛛，“你不知道我有多高兴，男儿有泪不轻弹，可我都快哭出来了。”他抽了抽鼻子，假哭起来。

夏天的早晨清爽怡人，河口湖湖面被晨雾笼罩，放眼望去是一片氤氲的白。狸猫和兔子在山顶勤奋地砍柴，浑身都被晨露打湿了。

狸猫干活儿时岂止专心致志，简直是近乎疯狂。他一面夸张地发出“嘿——嘿——”的声音，一面没完没了地挥动镰刀，还不时故意惨叫一声“啊呀好痛”。他毫无保留地玩命劈柴，无非是想让兔子看到他为此费尽了心力罢了。他这样发狠地干了一阵子，像是快要受不住了似的，疲惫不堪地扔下镰刀，遮羞似的笑得很诡异：“你看这儿，我的手上长了这么大的水泡。啊，双手火辣辣地疼，嗓子快要冒烟了，肚子也空了。不管怎么说，这都是一次高强度的劳动啊。我们稍微休息一会儿，吃便当吧。哦呵呵呵。”说着，他将足有一个石油罐大的便当盒打开，一下子举到脸前，发出吧唧吧唧、嘎嘣嘎嘣、扑哧扑哧等嘈杂的声响，吃起饭来。这副吃饭的样子才是真正的专心致志。兔子简直看呆了，放下镰刀，往便当盒里瞥了一眼，立刻尖叫了一声，双手捂住了脸。没人知道便当盒里究竟装了什么，但多半是些了不得的东西。不过，今天的兔子似乎暗自怀着某种困惑，没像往常那样对狸猫百般侮辱，而是一直保持沉默，嘴边挂着礼节性的微笑，只顾奋力劈柴，就连狸猫得意忘形的诸多狂态，她都睁一只眼闭一只眼，假装没有看见。瞄到狸猫的便当盒里的食物后，兔子虽然感到恐惧，但依然什么也没说，只是缩了缩肩膀，又埋头砍柴去了。而狸猫今天感受到兔子极大的宽容，已然喜不自胜。这家伙终于也被我劈柴的帅气姿态迷住了吧！没有哪个女人会不为我的男子气概倾倒！啊，吃饱喝足，想睡觉了。那就睡一觉吧！狸猫完全放松了戒备，随心所欲地行事，鼾声响亮，香甜地睡着了。也不知做了什么愚蠢的梦，他竟说出了让人摸不着头脑的梦话："迷魂药是不行的，不管用哦。"等他醒来，已经快到中午了。

"你睡了好久啊。"兔子还是那么温柔，"我也砍好一捆柴了。我们这就背着柴，送到老爷爷家的院子里去吧。"

"好啊，就这么办吧。"狸猫打了一个大哈欠，挠了挠手臂，"我现在出奇的饿。肚子饿到这份儿上，肯定睡不着了。我很敏感的。"他一本正经地说，"好吧，我也赶快把砍好的柴收拾一下，收好了我们就下山吧。便当也吃完了，得赶快干完这堆活儿，找点儿东西吃才行。"

两人背起各自砍好的柴，踏上归途。

"你走前面吧，这一带有蛇，我害怕。"

"蛇？蛇有什么好怕的？只要让我撞见，我就抓住它——"狸猫想说"吃掉"，但犹豫了一下，改口道，"就抓住它，把它弄死。好啦，你跟在我身后吧。"

"男人在这种时候果然很可靠呢。"

"别捧我啦。"狸猫得意扬扬地说，"今天你怎么这么温柔可爱呀？我都要起鸡皮疙瘩啦。你不会是要把我带到老头子那儿，让他把我煮成汤吧？啊哈哈哈！别的都好说，唯独这件事不能答应你哦。"

"哎呀，你要是这么怀疑我，那就算了。我一个人也能去。"

"不，我不是那个意思，是要一起去的。只不过，我不怕蛇，也不怕这世上的任何东西，唯独害怕那个老头子。因为他说过要把我煮成狸猫汤，我才不要呢。这做法多粗俗啊！至少不是什么高雅的爱好。我把柴背到老头子院子前面的那棵朴树下，之后就由你送过去吧。我打算送到那儿就撤退了。看见那个老头子的脸，我就有一种说不出来的不愉快。咦？那是什么奇怪的声音？怎么回事？你有没有听见‘噼里啪啦’声？”

“这不是很正常吗？这里是噼里啪啦山呀。”

“噼里啪啦山？是这座山的名字吗？”

“嗯，你不知道吗？”

“嗯，不知道。在今天之前，我都不知道这座山叫这个名字。可这个名字好奇怪啊，是你胡诌的吧？”

“哎哟，每座山不是都有自己的名字吗？这是富士山，那是长尾山，那是大室山……每座山的名字都不一样呀。这座山就叫噼里啪啦山。你听，能听见‘噼里啪啦’声吧？”

“嗯，我听见了。但好奇怪啊，我之前从没在这座山里听见过这样的声音。我出生在这座山里，已经活了三十多年，可是——”

“哦哟！你都这把年纪了？上次你明明说自己十七，好过分啊。你的脸上都是皱纹，背也有点儿驼，我总觉得你不止十七，但没想到你竟跟我隐瞒了二十多岁！这么说来，你都快四十了吧？唉，你太过分了。”

“不不不，是十七，我今年十七。之所以这样弯着腰走路，绝不是因为上了年纪。肚子一饿，自然而然就变成这样了。我前面说的三十多年，指的是我哥哥。哥哥把这句话当成口头禅，经常说，我刚才一不留神，也说了出来。所以，我是被哥哥传染了。相信我，就是这么回事。”狸猫狼狈极了，仓皇之间，已经顾不得说话的语气。

“是吗？”兔子冷静地说，“但我还是第一次听说你有哥哥呢。

忘了是什么时候，你好像跟我说过你很孤独，没有父母也没有兄弟，还问我能不能理解你的孤独。那又是怎么一回事呢？”

“对，对，”狸猫已经不知道自己在说什么了，“这世上的事啊，真是太复杂了，是没法这样一概而论的。有时候我有哥哥，有时候我没哥哥……”

“你说的这些话都没有意义啊。”兔子听呆了，“乱七八糟的。”

“嗯，其实啊，我有一个哥哥。我平时不愿意提到他，因为他是个糟糕的酒鬼，提起来我就觉得丢人，出生后的这三十多年——不，我是说我哥哥，哥哥出生后的三十多年，净给我添麻烦。”

“你这话也很奇怪啊。一个十七岁的人，怎么能被人添了三十多年的麻烦呢？”

狸猫干脆假装没听见兔子的话：“世上一句话说不清楚的事太多了。现在我就当自己没有这个哥哥，和他断绝关系了。咦？好奇怪啊，怎么有股煳味儿？你没闻到吗？”

“没有。”

“是吗？”狸猫平时总是吃臭臭的东西，所以对自己的嗅觉没有自信。他讶异地弯着脖子说：“是不是我的错觉啊？不对不对，好像有什么东西着火了似的，怎么总有‘啪叽啪叽’‘砰砰’的声音啊。”

“那是很正常的。这里就是啪叽啪叽砰砰山嘛。”

“骗人。你刚才明明说这是噼里啪啦山。”

“是啊，虽然是同一座山，但不同的地点有不同的名字啊。这就好比富士山中段有一座小富士山。再说了，大室山和长尾山不也都是从富士山延伸出来的山脉吗？你不知道吗？”

“嗯，我不知道。是这样吗？我活了三十多年——不，按哥哥的话来说，这里就是普通的后山，原来它叫啪叽啪叽砰砰山啊。不对，怎么这么热啊？是不是要地震了？今天这日子，让人有点儿毛骨悚然啊。哎呀，这可太热了。哇啊！烫烫烫，烫死了，好烫好烫！救命啊，柴烧着了。烫烫烫！”

狸猫缩在自己的巢穴深处呻吟道：“唉，好难受。我说不定快死了。恐怕再没有我这样不幸的男人了。生来有几分男人的帅气，反而令女人们对我敬而远之。说到底，外表高贵的男人是吃亏的，女人们说不定以为我讨厌她们。什么嘛，我又不是圣人。我是喜欢女人的，可是女人们仿佛认为我是崇高的理想主义者，都不愿意诱惑我。既然如此，我干脆大喊大叫、拔足狂奔好了。我喜欢女人啊！啊，好痛，好痛。话说这烧伤可真让人没辙，一抽一抽地疼啊。好不容易逃脱了被煮成狸猫汤的命运，这回又走进了什么莫名其妙的砰砰山，真是倒霉透顶。那座山真没意思，叫这个名字，就是因为柴会在山里砰砰地烧起来啊。太过分了。我这三十多年——”他话说到一半突然停下，东张西望了一会儿才继续往下说：“没什么好隐瞒的，我今年三十七了。嘿嘿，不好意思，再过三年就四十了。这是明摆着的、理所当然的。看我这副模样不就知道了吗？啊，好痛！话虽如此，有生以来的这三十七年，我就在那后山长大、玩耍，还从没遇上过这么倒霉的事。甭管它是噼里啪啦山还是砰砰山，名字都够奇怪的。唉，真是不可思议！”他敲着自己的头，陷入了沉思。

这时，洞穴外传来了行脚商人的叫卖声。

“卖仙金膏啦——专治烧伤、割伤、黑皮肤——”

比起治疗烧伤和割伤，反倒是疗治黑皮肤更让狸猫动心。

“喂，卖仙金膏的——”

“哎，哪位客官需要？”

“在这儿，在洞穴深处。这仙金膏也能治黑皮肤吗？”

“那当然，敷一天就能治好。”

“哈哈！”狸猫高兴地手脚并用，从洞穴深处爬了出来，“呀，你是兔子！”

“我是兔子没错，但我是个卖药的男人。嗯，我经常在这一带叫卖，干这行已经三十多年了。”

“呼——”狸猫叹了口气，歪着头疑惑道，“不过，还真有长得这么像的兔子啊？三十多年，是吗？你啊……算了，不聊岁月的话题了。一点儿意思也没有，纠缠不清的。唉，也就那么回事吧。”他语无伦次地转移了话题，“对了，能不能分些药膏给我？说实话，我正为此犯愁呢。”

“哦哟，您这烧伤很严重啊。这可不行，要是不处理会死人的。”

“不，我恨不得死了算了。这点儿烧伤根本无所谓。相比之下，我现在更关心容貌……”

“您说什么呢，您现在可是生死攸关啊。哎呀，背上伤得最重啊。到底是怎么弄的？”

“这个嘛。”狸猫歪着嘴说，“有一座名字做作的山，叫啪叽啪叽砰砰山，我刚走进去就大事不好了。真是吓死我了。”

兔子忍不住发出笑声。狸猫虽然不知道兔子为何发笑，但还是跟着兔子哈哈大笑起来：“真是的，别提我有多蠢了。我也向你提出忠告——去哪儿都行，唯独那座山千万别去。刚开始会经过一座噼里啪啦山，继续往前走，就到那啪叽啪叽砰砰山了。那里可是去不得的，会发生很惨的事。唉，走到噼里啪啦山附近，差不多就得回来了。要是一不小心走进了啪叽啪叽砰砰山，就会落得我这个下场。啊，好痛！听好了，我忠告过你了哦。你看样子还挺年轻的，别把我这个老年人的话——哦，也不算老年人——总之，别把我的话当耳旁风，至少要尊重你朋友的谏言。毕竟我是过来人。啊，好痛好痛！”

“谢谢您，我会小心的。不过，药的事怎么办呢？既然听了您真挚的忠告，我就把这药膏送给您作为回礼吧，药费就免了。不管怎么说，您背后的烧伤得上药。我帮您涂上吧。幸亏我今天从这里路过，不然，您这条命说不定就保不住了。这大概也是神明的指示，是一种缘分吧。”

“兴许真是缘分呢。”狸猫沉吟道，“既然免费，就麻烦你帮我涂上吧。我最近的确很穷。迷上女人就花钱如流水，实在不应该。对了，能不能顺便挤一点儿药膏在我手心里，让我看看？”

“您想干吗？”兔子的神情变得不安。

“没什么，哈哈，什么事也没有。我只是想看看药膏是什么颜色的。”

“颜色和其他的药膏没什么不同呀，就是这样的。”兔子将一丁点儿药膏挤在狸猫摊开的手心里。

狸猫立刻就要把药膏往脸上涂，吓了兔子一大跳。如果让他那样做了，药膏的真实成分就会暴露，那就得不偿失了。于是兔子拦住狸猫的手：

“啊，这可使不得。用来涂脸的话，这药的药性有点儿太强了。不能这样。”

“不，放开我。”此时的狸猫已经不顾一切了，“求求你，放手吧。你不会明白我的心情。因为这黑皮肤，有生以来的三十多年我吃了多少苦头啊！你是不会明白的。放手，快放手。求求你，就让我涂吧。”

最终，狸猫抬脚将兔子踢飞，以迅雷不及掩耳之势将药膏胡乱地抹在脸上：

“我这张脸啊，至少五官还是不错的，只是这黑皮肤让我泄气。这下没问题了。哇！好厉害，我的脸上火辣辣的。这药可真猛。但没这么猛的药大概也治不好我的黑皮肤。哇，真厉害。不过我可以忍。该死的，下回她见到我这张脸，就会被我的帅气迷倒！哦呵呵，就算她害了相思病我也不管，因为这不是我的责任嘛。啊，脸上火辣辣的。这药的确管用。来吧，既然如此就往我身上招呼吧。无论是背上还是其他地方，请帮我把药涂遍全身，就算我死了也无所谓。只要皮肤能变白，死又何妨？来吧，涂吧！不用客气，狠狠地涂个痛快吧！”狸猫的模样几乎可以用悲壮来形容。

然而，美丽高傲的少女往往残忍得没有底线，几乎和恶魔没有区别。兔子面不改色地起身，将那用辣椒捣成的膏药狠狠地涂在狸猫的烧伤处。狸猫立刻疼得满地打滚：

“呜，这不算什么。这药膏的确管用。哇，真厉害！给我水！这是哪儿？是地狱吗？饶了我吧。我不记得自己犯了什么要下地狱的罪过啊！我是因为不想被煮成狸猫汤才抓伤老太婆的。我没有罪过！这三十多年来，我因为长得黑，一点儿都不受女人欢迎。还有，我贪吃，啊，这贪吃的毛病不知给我丢了多少次人。谁都不知道，我其实很孤独！我是个好人！我自认为我的五官还是蛮端正的。”他实在太难受了，不停地说着可怜的胡话，终于筋疲力尽地昏倒了。

然而，狸猫的不幸还未结束。就连笔者都忍不住边写边叹气。在日本历史上，恐怕没有谁的后半生过得像他那样颓丧了。好不容易逃脱了被煮成狸猫汤的命运，还来不及高兴，便在砰砰山受了不明所以的严重烧伤。九死一生，总算爬回了自己的洞穴，正歪着嘴呻吟，重伤的地方又被涂满辣椒膏，导致痛到失去意识。最终还被骗上泥舟，葬身于河口湖的湖底。狸猫的后半生着实没有半分幸福可言。毫无疑问，这也算是种命犯桃花吧。但这“桃花”犯得未免太狼狈了，一点儿也不潇洒。狸猫悄无声息地在洞穴深处躺了三天，不知是死是活，可以说是一只脚踏进了鬼门关。到了第四天，猛烈的饥饿感向他袭来，他拄着拐杖蹒跚地爬出洞口，嘴里念念有词，四处寻找食物，简直可怜极了。不过，他天生体格结实，不到十天就痊愈了，食欲照旧旺盛，好色之心也蠢蠢欲动。明明不该再有什么牵扯，他还是恬不知耻地来到了兔子的家门口。

“我来找你玩啦，呵呵呵。”他的笑容害羞又下流。

“哎呀！”兔子露出了明显嫌弃的表情，像是在说：“什么嘛，怎么是你啊？”不，她的想法或许更加狠毒：“你怎么又来了？简直不要脸啊。”不，说不定还要狠毒一些：“啊，受不了了！瘟神来了！”不，或许都不够，此时兔子脸上明白无误地显露出极度的憎恶：“好脏！好臭！去死吧！”但是，不请自来的客人往往根本注意不到主人对自己有多么厌恶。这着实是一种不可思议的心理，诸位读者最好也多加小心。拜访对方前，若是觉得麻烦又委屈，出门时不情不愿，对方大多会衷心为你的到来高兴，出乎你的意料。相反，若是你在出门前心情愉悦，想着：“啊，那家的氛围多好呀，在他家里就像在自己家一样，不，比在自己家还要舒服，简直是我歇脚的港湾，我对此次拜访充满期待！”则多半会给人家添麻烦、把别人家弄脏、让人家害怕，甚至逼得人家在拉门后面竖一把扫帚。也许，期待别人家是自己歇脚的港湾本就是犯傻的证据。总之在去别人家做客这件事上，很容易出现让人吃惊的误会。除非有什么不同寻常的事，否则无论对方和你多么亲近，都不该总去叨扰对方。若有人怀疑我的忠告，就看看这狸猫的下场吧。狸猫现在就犯了这可怕的错误。即使兔子“哎呀”了一声，露出厌恶的表情，狸猫也没有发现。对他来说，那声“哎呀”是兔子为他的意外到访而感到惊讶且喜悦，是少女情不自禁、天真无邪的呐喊。所以他激动不已，连兔子皱眉的表情都被他理解成她为他前些天在砰砰山受伤而心痛。

“呀，谢谢你。”兔子分明一句问候的话也没说，狸猫却先道起谢来，“不必担心，我已经好了。我有神灵庇佑，运气很好的。那砰砰山对我来说就像河童的屁[1]。听说河童的肉挺好吃的，我还打算想想办法，今后尝尝看呢。这是题外话，不过，当时我真被吓着了，毕竟火势很大呢。你后来怎么样了？你看起来好像没有受伤，竟然能从那么大的火中平安逃脱，也很厉害呀。”

“也没有平安逃脱。”兔子故意假装闹脾气，“你真是过分，竟把我一个人丢在火海中，自己逃跑了。我被烟呛到喉咙，差点儿就死了。我恨你！危急关头果然能看出人的真心呢。这回我彻底看清楚你的真心了！”

“对不起，原谅我吧。其实我也受了严重的烧伤，吃了不少苦头，当时说不定根本就没有神明庇佑我。我绝没有忘记你的安危，只是那时我背上一下子热得不行，根本没有时间去救你啊。你能理解我吗？我绝不是那种不诚恳的男人，烧伤这事也不容小觑。而且，什么仙金膏啦、疝气膏啊，都用不得。唉，那药可真是糟糕，对黑皮肤也没有任何功效。”

“黑皮肤？”

“不，没什么。那种黏糊糊的黑色药膏啊，药效很烈。当时有一

1 日本俗语，形容某事微不足道、不足挂齿。

个小个子的可疑家伙，长得和你很像，他说不用付药费。我想，一切贵在尝试，于是请他帮我涂了涂。哎呀，那可不是一般的药膏。你今后也要注意啊，千万不能掉以轻心。那药一涂上就疼得要命，天灵盖就像刮起了小小的龙卷风，咕咚一下就摔倒了。”

“嗯，”兔子轻蔑地说，“你这就是自作自受啊。你太小气，所以受到了惩罚。因为药膏不要钱就尝试，如此庸俗的行为亏你说得出来，简直是恬不知耻。”

“你这话说得也太过分了。”狸猫低声回答，好像无法感受兔子的情绪，完全是一副待在自己喜欢的人身边就很幸福的模样，沉浸在温暖的爱意里。他一屁股坐下来，用死鱼般浑浊的双眼环顾四周，一边捡起小虫子送到嘴里一边说道：“不过，我真是个走运的男人，遭遇天大的灾难都不会死。也许有神灵护佑着我呢。你没事就太好了，我的烧伤也痊愈了，像没受过伤似的。现在我们竟还能这样轻轻松松地聊天。啊，一切就像做梦一样。”

从刚才开始，兔子就一直恨不得让狸猫快些离开。她已经烦狸猫烦得要死，无论如何都想让他赶快离开自己家，不知不觉间，又生出恶魔般的一计：

“话说，你知道吗，这河口湖里有很多鲫鱼，好吃得很呢。”

“不知道。真的吗？”狸猫立刻两眼放光，“我三岁的时候，老妈抓来一条鲫鱼给我吃，确实很香。我这人啊，倒不是笨手笨脚的——绝不是哦！只是抓不住鲫鱼这种水里的东西。所以后来的三十多年，我光知道那玩意儿好吃——哦不，哈哈哈哈，我又忍不住学哥哥说话了，哥哥也爱吃鲫鱼。”

“是吗？”兔子漫不经心地附和着，“我倒不想吃什么鲫鱼，但既然你那么爱吃，和你一起去捕鱼也不是不行哦。”

“是吗？”狸猫喜不自胜，“但鲫鱼动作敏捷得很。我之前为了抓它，差点儿成了淹死鬼……”他一不留神，说出了自己过去的糗事，“你有什么抓鲫鱼的办法吗？”

“用渔网去捞是不可能捞得到的。这阵子，鸬鹚岛的岸边有很多肥美的鲫鱼呢。怎么样，我们去吧？你会划船吗？”

“嗯，”狸猫幽幽地叹了口气，“也不是不会划。只要我想，就没什么做不到的。”他苦涩地吹嘘道。

“你会划船？”兔子明知狸猫在逞强，还是装作信以为真，“那正好，我有一条小船，但太小了，装不下我们俩。而且那条船是用碎木头片随意做的，万一水漫进来就危险了。我怎么样都无所谓，但你绝不能有什么万一。我们合力做一条船给你用吧。用碎木头片做船不安全，我用泥巴捏一条更结实的吧。”

“抱歉，我好想哭啊。让我哭吧！我怎么这么爱哭啊！”狸猫边说边假惺惺地哭起来，“干脆就由你一个人为我做这条结实的船吧。好吗？拜托了！”他忙不迭地提出蛮横无理的要求，“这份恩情我会记住的。你来为我做结实的船，我来准备一些便当。我想我一定会是一名出色的炊事员。”

“说得也是。”兔子老实地点头，仿佛对狸猫这自私的建议毫无意见。于是，狸猫在心里暗笑：“啊，这世上竟有如此天真的人。”狸猫悲惨的命运就在这千钧一发的瞬间注定了。对自己的胡言乱语深信不疑的人心中往往藏着某些可怕的恶毒计谋。然而，愚蠢的狸猫并不明白这个道理，他只是坏笑着，觉得自己很走运。

两人一起来到湖畔，白色的河口湖水波不兴。兔子很快便和好泥巴，专心制作她口中的“结实的船”。狸猫不住地说着“对不起”，同时四处乱窜，绞尽脑汁制作营养均衡的便当。待到晚风徐徐吹来，湖面上泛起小小的涟漪时，那条泥巴捏的小船已经闪着钢铁般的光芒下水了。

“嗯，感觉不错。”狸猫手舞足蹈地跑过来，先将那个足有石油罐大小的便当盒放到船上，说着肉麻兮兮、一听就知道是奉承她的客套话：“你可真是个心灵手巧的姑娘啊，眨眼间就做好了一条这么漂亮的船。简直是神技！”他一面说，一面在心里盘算：要是能娶如此灵巧能干的女子为妻，兴许能靠妻子养活，游手好闲地过上奢侈的生活。除了色欲，他如今还突然起了贪念，甚至觉得这辈子无论如何也要死死缠住这女人。他暗自下定决心，豪迈地登上泥舟：“你肯定也很擅长划船吧？这么简单的事，我绝不是不会，但今天我想看看老婆的手艺。”他的遣词造句也变得格外厚颜无耻，“以前，人们说我是划船的名家或行家，今天我就躺着看你划吧？如果你不介意，就把我这条船的船头系在你那条船的船尾好了。我们的船和和美美地系在一起，患难与共。你可不要抛下我哦。”说完这些下流又做作的话，狸猫便像一摊烂泥一样躺在泥舟里。

兔子听狸猫说要把两条船系在一起，不免惊慌地偷瞄了他两眼：“莫非这笨蛋意识到什么了？”可什么也没有发生，狸猫色眯眯地坏笑着，已经进入了梦乡，还说着愚蠢的梦话：“要是抓到鲫鱼就叫醒我哦，鲫鱼可好吃啦。我今年三十七啦。”兔子轻蔑地笑了笑，将狸猫乘的泥舟和自己的船系在一起，船桨啪地击向水面。两条船轻巧地离了岸。

鸬鹚岛的松林沐浴在夕阳中，好像着了火一般。笔者想在此处稍微卖弄一番学识：敷岛牌香烟烟盒上的那幅松林图画的就是这座岛上的景象。这是一个可靠的人告诉我的，读者们大可以放心地相信。不过，敷岛牌香烟如今已经停产了，对年轻的读者来说，这个话题可谓一点儿营养也没有。也就是说，我卖弄了无用的学识。那些假装学识渊博的人往往会落得这样败兴的下场。大概只有三十岁以上的读者才会模糊地想起自己和艺伎游玩的行径，继而百无聊赖地感叹一句："哦，就是那片松林啊。"

话说兔子望着鸬鹚岛黄昏的风景出了神，喃喃道："啊，风景真美。"此事不管怎么说都很奇怪。人们一般认为，无论多么罪大恶极之人，在马上要犯下残忍罪行前都无心陶醉于秀美的山水。可这位十六岁的美丽少女此时却眯着眼睛欣赏岛上的夕景。天使与恶魔之间只隔着一层薄纸，此话当真不假。那些对不知辛苦的任性少女令人作呕的搔首弄姿垂涎三尺，说什么"啊，青春的纯真"的男人，还是小心为上。那些人所谓的"青春的纯真"，往往就像兔子少女一样，能坦然地接受杀意和陶醉在心中比邻而居，只追求感官的享乐，任凭无可名状的情感混沌乱舞。这所谓的纯真就像啤酒的泡沫一般，没有比它更危险的事物了。这种身体感受盖过伦理纲常的状态应称为弱智或恶魔。曾经风靡一时的美国电影中就有很多所谓的"纯真"的男男女女。他们听命于身体的感觉，不停地撩拨对方，像上了弹簧般四处打转。并非牵强附会，但我想，美国说不定就是所谓的"青春的纯真"的鼻祖，就像滑雪能让人神清气爽一样。另一方面，他们又能若无其事地犯下极为顽劣愚钝的罪行。这样的人若不是弱智，那就是恶魔。不，或许恶魔本就是弱智。如此看来，就连堪比娇小苗条、手脚精致的月亮女神阿耳忒弥斯的十六岁的兔子少女，也一下子变得索然无味、无聊至极了吧。原来她是弱智吗？那就没办法了。

"哇啊！"脚下传来奇妙的声响，那是我们亲爱的且极不纯真的三十七岁男人狸猫君发出的惨叫，"水、水！这下糟了！"

“你好吵啊。这是泥巴做的船嘛，迟早要沉的。你不知道吗？”

“不知道。我不理解，这不合情理，怎么会有这样的道理！难道说，你想把我……？不，不可能，你怎么会做出那种恶鬼般的事。不，我真的不懂。你不是我的老婆吗？啊，船要沉了，至少船要沉了这件事是摆在眼前的事实。就算是开玩笑也太狠毒了，这根本就是暴力嘛。呀，船要沉了。喂，你是不是应该做点儿什么？好好的便当要浪费了啊！这便当盒里装着涂满黄鼠狼粪便的蚯蚓通心粉呢，掉进水里就太可惜了！噗呵！啊，到底还是呛水了。喂，拜托，别开这种恶劣的玩笑了。喂喂，不能剪断那根绳子！我们是生死与共的夫妻，船头绳就像夫妻俩剪也剪不断的缘分啊！啊，不好，绳子断了！救命啊！我不会游泳。我跟你老实交代，以前我还能游一点儿，可狸猫到了三十七岁，浑身上下的筋就硬了，根本游不动了。我跟你说实话，今年我三十七了，和你的年纪差太多了。你要懂得尊老爱幼！别忘了敬老之心！噗呵！啊，你是个乖孩子，好不好？既然是乖孩子，就把你手里的船桨伸过来拉我一把，我会抓住它。啊，好痛！你在干吗？很痛啊！你居然用船桨打我的脑袋！好吧，我懂了！你是想杀了我啊。这下我算是明白了。”死到临头，狸猫才看穿兔子的诡计，但一切已经晚了。

无情的船桨哐当哐当地拍在狸猫头上。湖面在夕阳下闪闪发光，狸猫漂在湖上，浮浮沉沉。

“啊，好痛！啊，好痛！你太过分了！我到底哪里对不起你？喜欢上你难道是我的错吗？”说完这句话，狸猫彻底沉入湖中，再也没有浮上来。

兔子擦了擦脸：“啊，出了好多汗！”

话说回来，这究竟是个怎样的故事呢？是对好色之人的劝诫？是好心忠告人们不要靠近十六岁美丽少女的搞笑故事？还是一部行为礼仪的教科书，告诉我们哪怕爱上某个人也要懂得克制，不能过分死缠烂打，否则迟早会被对方极度厌恶，甚至惨遭杀害？

或者说这是一个带着暗示的笑话，让我们明白，世人在日常生活中往往无视道德的善恶，仅凭感觉的好恶相互谩骂、责罚、赞赏或服从？

不不不，我们不必急着下这种评论家似的结论。其实，只关注狸猫临死前的那句话也是不错的——

“喜欢上你难道是我的错吗？”

若说古往今来世上所有文艺作品的悲剧主题都归结于此，恐怕也不过分。每个女人的心里都住着一只冷漠无情的兔子；而每个男人的心湖中，也永远有一只善良的狸猫苦苦挣扎、命悬一线。就凭笔者三十余年来相当坎坷的经历来看，这也是清楚明白的事实。恐怕对诸位来说也是如此。后略。

舌切雀

关于《御伽草纸》这本书，我本想将它作为一件微不足道的玩物，献给为帮助日本度过国难而勇敢奋斗的人，在他们片刻的闲暇中提供一丝慰藉。尽管近来我时常低烧，身体抱恙，还是在受命奉公出勤和灾后重整家宅之余，抽时间一点点地写了下去。我本打算先写《摘肉瘤》《浦岛太郎》《噼里啪啦山》，再写《桃太郎》和《舌切雀》，这本《御伽草纸》就可以完结了。但我发现，《桃太郎》的故事已经被极度提纯，桃太郎早已成了日本男儿的象征。相比之下，它已经不再像是故事，而是更像诗歌。当然，一开始我也想过将《桃太郎》的传说重新打造，让它成为我的故事。也就是说，起初我打算赋予鬼之岛的鬼某种可恨的性格，将它描绘成无论如何都要去讨伐的、丑陋无比的、穷凶极恶的形象。这样一来，桃太郎对鬼的讨伐就会引起诸位读者的巨大共鸣。我还盘算着把那场战争写得危机四伏、惊心动魄，让读者为桃太郎捏一把汗。（谈论还未落笔的作品的计划时，作者经常会这样天真地夸下海口。真到了落笔的时候，就没那么顺利了。）好了，唉，都给我听好了。反正就是一股气势。总之，别给我泼冷水，先听我说。在希腊神话中，最邪佞丑陋、污秽不堪的魔物恐怕非头发变为毒蛇的美杜莎莫属。狐疑的皱纹深深刻在她的眉间，小小的灰色眼珠中燃烧着卑鄙的恶意，苍白的脸颊因愤怒而颤抖着，厌恶和轻蔑令她乌黑的薄唇痉挛似的扭曲着。她的每一根长发都是红肚子的毒蛇。面对敌人时，这无数的毒蛇会立刻竖起脖颈，咻咻地吐着信子，发出恶心的声音进行攻击。据说任何人只要看美杜莎一眼，就会产生难以言说的恐惧，紧接着心脏冻结，整个身体都化作冰冷的石头。与其说是恐怖，不如说是一种不悦。和人的肉体相比，这更是对人心的迫害。这种魔物是最可恨的，一旦发现，必须立即将其降服。相比之下，日本的怪物则显得单纯而可爱。好比古寺里的秃头妖怪和独腿伞妖，它们之所以现身，多半是为了给醉酒的豪杰跳上一曲天真的舞蹈，以慰藉豪杰深更半夜空虚的心灵。而绘本里鬼之岛的鬼怪们也一点儿都不可怕。它们空有庞大的身躯，被猴子抓了鼻子就大叫着翻倒在地，举手投降，甚至让人觉得它们是善良的。这样一来，好不容易酝酿出的捉妖降鬼的情节，读起来也没什么意思了。所以，要写《桃太郎》的故事，就必须设计一个比美杜莎更可怕、让人厌恶至极的魔物。不然，就不可能让读者捏一把汗。另外，征服者桃太郎若是过于强大，读者甚至可能会反过来觉得鬼太可怜，不会从故事中读出危机四伏、九死一生的妙趣来。即便是西格弗里特[1]这样拥有不死之身的大英雄，肩膀上不是也有一处弱点吗？就连弁庆[2]也有落泪的时候。总之，完美的、绝对的强者不适合这个故事。而且，我本就是个柔弱的人，自认为和弱者有几分心意相通之处，却对强者的心理全无了解。尤

1　日耳曼古老传说《尼伯龙根之歌》中的英雄。

2　即武藏坊弁庆，日本平安时代末期的僧兵，源义经的家臣，性格刚毅，是武士道精神的代表人物之一。

其是那种绝不会输给任何人的完美的强者，迄今为止，我不仅从未见过，而且连听都没听过。我是一个想象力十分贫瘠的小说家，笔下的故事倘若没有半点儿亲身经历，是一个字都写不出来的。所以无论怎样也不可能在故事《桃太郎》中写出一个从未见过的永远不败的豪杰。看样子，我笔下的桃太郎多半从小就是个爱哭鬼，体弱多病，生性羞涩，显然是个没出息的男人。但他面对那群残害人心，将人打入永远充满绝望、战栗和怨怼的地狱且恶毒无比的丑恶鬼怪，就算势单力薄，也不愿坐视不管，而是勇敢地站出来反抗，腰间揣着黍米团子，向妖魔鬼怪的巢穴进发。狗、猿猴、山鸡这三个仆从也绝不是助手中的好榜样，它们各有各的坏毛病，偶尔还会起内讧，我可能会把它们写得像《西游记》里的悟空、八戒、悟净那样。但在《噼里啪啦山》之后，终于要写“我的桃太郎”的时候，巨大的倦怠感突然向我袭来。唯有这桃太郎的故事，就让它继续维持单纯的模样吧。它已经不是故事了，而是自古以来所有日本人传诵至今的日本的诗。即使故事情节中的矛盾再多也没关系，此时随意愚弄诗中明朗开阔的情绪，是对不起日本的。即使我再不情愿，桃太郎到底也是高举“日本第一”旗帜的男人。而笔者我别说日本第一了，连日本第二、第三都与我无缘，更不可能描摹出日本第一好男儿的飒爽英姿。脑海中浮现出桃太郎高举“日本第一”旗帜的模样时，我便痛痛快快地放弃了关于“我的桃太郎物语”的写作计划。

于是，我立刻开始写接下来的《舌切雀》，并且改变主意，打算写完它就结束这本《御伽草纸》。《舌切雀》和之前的《摘肉瘤》《浦岛太郎》《噼里啪啦山》里，都没有关于“日本第一”的情节，我也乐得轻松，可以自由发挥。但说到日本第一，哪怕只是在这个高贵的国家偶然提一句“第一”，就算是童话故事，我也不能乱写。要是让外国人看了笑话，说“什么啊，这就是日本第一吗”之类的话，那就得不偿失了。所以，我打算在这里啰唆几句，说个清楚。无论是《摘肉瘤》中的两位老人，还是浦岛太郎、《噼里啪啦山》中的狸猫，都绝不是日本第一哦！只有桃太郎是日本第一哦！而我可没写桃太郎哦！若是真的日本第一出现在你眼前，你的双眼可能会被他晃瞎。怎么样，听懂了吗？我这本《御伽草纸》里出现的角色，不是日本第一，也不是日本第二或第三，连所谓“代表性的人物”都不是。他们不过是一位名叫太宰治的作家凭着其愚蠢的经历和贫瘠的想象创造出来的平庸至极的人物。若是听说了这些人物的故事，就想立刻衡量日本人的轻重，那无异于得意扬扬地刻舟求剑、牵强附会。我很珍惜日本，这是毫无疑问的。正因如此，我才不去描写日本第一的桃太郎，并啰啰唆唆地讲了一大通我刻画的其他人物绝不是日本第一的理由。我想，读者也会对我这偏执的坚持大加赞赏的吧。丰臣秀吉不是说过吗——“老夫不是日本第一。”

言归正传，这《舌切雀》的主人公非但不是日本第一，说他是日本最糟糕的男人大概也不为过。首先，他的身体很羸弱。在世人眼中，身体羸弱的男人仿佛还不如一匹脚力不济的马有价值。他总是有气无力地咳嗽着，脸色也很差，早上起床后用掸子掸下房间纸门上的灰尘，再用扫帚将灰尘扫走就累得浑身发软，然后便整日在桌边时醒时睡，磨磨蹭蹭的不知干了些什么。吃完晚饭，就马上亲自铺好被褥，呼呼大睡。十几年来，这男人一直过着如此无趣的日子。还不到四十岁，却早就自诩“某翁”，还命令家里人称他“老爷子”。他大概也算是一个避世之人吧。但所谓的避世之人，怎么也是有点儿积蓄才能抛下尘世之烦恼的。若是一分钱也没有，就算想避，世也会追上门来，根本不是想避就能避开的。这位老爷子也不例外。

别看他如今住在这不起眼的茅草屋里，其实他本是有钱人家的三少爷，由于辜负了父母的期望，没从事正经的职业，茫然地过着晴耕雨读的日子时生了病。父母和亲戚都放弃了他，称他为体弱多病的穷困傻子，每月给他寄一小笔钱供他维持生活。正因如此，他才能过上这种避世之人的生活。不得不说，虽然他住的是茅草屋，但身份相当了得。而越是身份了得的人，往往越是派不上什么用场。他似乎真的体弱多病，但毕竟不是卧床不起的病人，不可能一件积极的事都做不了。可这位老爷子什么也不做，唯独看了不少书。但大约是读过就忘吧，他并不会将自己读的东西说给别人听，只是整日迷迷糊糊的。光是这样，他对这个世界的价值就已经接近零了，更何况他还没有子嗣。老爷子结婚十多年了，却仍然后继无人。如此说来，他等于没有尽到任何生而为人的义务。做丈夫的如此怠惰，不免让人好奇，愿意陪伴他十多年的人究竟是个怎样的女人？可隔着茅草屋的围墙偷窥的人们不禁大失所望，因为那实在是一个无趣的女人——皮肤黝黑，两眼发直，一双大手布满皱纹，甚至让人怀疑她比老爷子年龄还大。但听说她今年三十三，流年不利。她原本在老爷子的父母家做女佣，奉命伺候体弱多病的老爷子，不知从什么时候起，竟成了伺候他一辈子的人。她没读过书。

“快，把内衣都脱下来放在这里。我来洗。”女人强硬地命令道。

“下次吧。”老爷子坐在桌前，手撑着下巴低声说。他的声音总是低得厉害，而且话说到后半句便含混不清，听上去好像只是几句“嗯嗯啊啊”。就连伺候了他十多年的老婆子也听不清他说的话。或许他觉得话说不说都行，别人怎么理解也无所谓，反正他几乎已经遗世独立，自己的话别人能不能听懂都没关系。他没有固定的工作，虽然读书，但没有潜心钻研学问的意思。婚后十多年一个孩子也没有，生活中连话都说得不清不楚，后半截话总是很含糊。不知该说他懒惰还是什么，总之，他性格中的消极部分难以用语言表达。

“快拿过来吧。你看，你那件汗衫的领子都油汪汪的了。”

“下次吧。”老爷子喃喃着，后半截话照例很含糊。

“啊，你说什么？说清楚一点儿。”

“下次吧。”老爷子仍然撑着下巴，面无表情，直勾勾地盯着老婆子。他这回把话说得明白了些：“今天太冷了。”

“冬天到了嘛。不光今天冷，明天和后天肯定也冷。”老婆子的语气像在训斥小孩，“像你这样一动不动地在屋里的炉子旁边坐着的人，和去井边洗衣服的人相比，到底谁更冷，你知道吗？”

“我不知道。”老爷子幽幽笑道，“因为你已经习惯待在井边了。”

“别开玩笑了。”老婆子气歪了脸，“我来到这个世上，不是专门为了洗衣服的！”

“是吗？”老爷子一脸若无其事的表情。

“得了，赶快脱下来给我吧。换洗的内衣都在那个壁橱里。”

“会感冒的。”

“行吧，那就随你便吧。”老婆子扔下这句话就愤愤地走了。

老爷子住在仙台郊外的爱宕山脚下的一大片竹林里，广濑川从林间湍急地流过。仙台一带自古就有很多麻雀，也许是因为这个，名叫仙台笹[1]的家徽纹样就包含两只麻雀的图案，戏剧《先代萩》中麻雀的角色都是由每年俸禄上千的名角来扮演的，这一点诸位大概都知道。去年我去仙台一带旅行时，当地的一位朋友还为我介绍了他的家乡流传的古老童谣：

1　也称竹雀纹，日本古代仙台藩伊达家的家徽。

竹笼眼　竹笼眼
竹笼里的　小麻雀
何时　何时　出笼来

其实，不仅仙台一带，全日本的孩子好像都熟悉这首玩耍时唱的童谣。不过，“竹笼里的　小麻雀”这一句将竹笼里的小鸟限定为麻雀，“出笼来”这句方言也用得如此自然，可见其为仙台一带的童谣之说不会有什么差错。

老爷子的茅草屋所在的这片大竹林里也住着无数只麻雀，它们从早到晚吵个不停，简直要把人的耳朵吵聋。这一年秋天末尾的一个早晨，雪珠敲打着竹林，发出清脆的响声，老爷子在院子里的地上发现了一只扭了脚的小麻雀，它正在仰面朝天地挣扎着。他默默将小麻雀捡回房间，放在炉子旁边给它喂食。小麻雀脚上的伤痊愈后，仍然在老爷子的房间里玩耍，偶尔会飞到院子里看看，但很快便飞回屋檐下，啄食老爷子扔给它的饵料。每当小麻雀淌下粪便，老婆子就大喊“脏死了”，老爷子则沉默地起身，用手纸仔细地擦去檐廊上的粪便。随着时间的流逝，小麻雀仿佛也渐渐看清了哪个人可以依赖、哪个人不行，当家里只有老婆子的时候，它便到院子里或屋檐上避难；老爷子一出现，它就立刻飞过去停在他头上，或在老爷子的书桌上走来走去，一会儿用砚台里的水润润嗓子，发出轻轻的咕嘟声，一会儿藏在笔筒里，耍各种小把戏，打搅老爷子看书。不过，老爷子一般都假装看不见。他不像世上所有喜欢小鸟的人那样，会给爱鸟取一个颇为做作的名字，问候鸟儿：“露咪呀，你是不是也很寂寞？”无论小麻雀在哪里、在做什么，他都装作漠不关心，然后不时默默地从厨房抓来一把饵料，稀稀拉拉地撒在檐廊上。

老婆子刚离开，那只小麻雀便扑扇着翅膀从屋檐下飞过来，稳稳地停在老爷子的书桌边上。老爷子默默望着它，表情没有一丝变化。小麻雀的悲剧大约就是从这一刻开始的。

不一会儿，老爷子说了一句“原来如此”，然后深深地叹了口气，将书在桌上摊开。他翻了一两页书，然后又撑着下巴，茫然望着前方嘟囔道：“她竟然说自己来到这个世上不是为了洗衣服。原来哪怕是她，也还怀着一丝春心啊。”说完，老爷子轻轻苦笑起来。

这时，桌上的小麻雀突然说了人话：

“你又如何呢？”

老爷子并没有特别惊讶：“我吗？我啊，我生来就是为了说真话的。”

“但你不是什么话都不说吗？”

“世上的所有人都在说谎，所以我不愿意和他们交流。所有人都在说谎。更可怕的是，大家都意识不到自己在说谎。”

“这是懒人的借口啦。似乎稍微有点儿学问的人就要这样厚颜无耻地装腔作势。你不是什么都没做吗？俗话说得好：‘自己躺着，就别叫别人起来干活儿。’你怎么有资格说别人呢！”

“你这话说得不错，”老爷子并不慌张，“但世上有我这样的男人也不错啊。看上去我好像什么都没做，其实根本不是这样的。有些事是非得我干不可的。虽然不知道有生之年能不能遇上发挥我真正价值的机会，但一旦机会来了，我就会大有作为。在那之前嘛，我就这样默默地读书。”

“怎么说呢，”小麻雀歪着它的小脑袋瓜，“只有没出息的窝里横才会这样嚣张而不服输。你这样的垂垂老者，不过是将过去不可能实现的梦想换作未来的希望，用来自我安慰罢了。你好可怜啊。这样根本不算嚣张，只是变态的牢骚罢了。因为你根本没做过一件好事嘛。”

“你这么说或许也不错，”老爷子终于冷静下来了，“可我最近也在认真地做一件事，那就是无欲无求。此事说来容易，做起来可难喽。我家的老婆子跟了我十多年，我以为她已经扔掉了对世间的欲念，但似乎并非如此。她对这个世界还怀有春心。我觉得她很可笑，可笑到我一个人都能笑出来的地步。”

这时，老婆子冷不丁出现了。

“我才没有什么春心呢。咦？你刚才在和谁说话？我好像听见年轻姑娘的声音了。那位客人在哪里呢？”

“有客人吗？”老爷子一如往常地含糊其词。

“不，你刚才肯定在和什么人说话，而且是说我的坏话。这是怎么回事呢？你跟我说话的时候总是那么费劲，支支吾吾、含糊不清的，跟那位姑娘说话却像变了个人似的，声音那么年轻，情绪也好得不得了啊。我看你才是春心未了呢。你的春心太多了，黏糊糊的。”

“是吗？”老爷子呆兮兮地回答，“可这里一个人也没有啊。”

“别取笑我了。”老婆子好像真的生气了，一屁股坐在檐廊上，“你究竟把我当成什么了？事到如今，我已经忍了很久了。你根本就是拿我当傻子耍嘛。我确实出身不好，也没受过教育，也许没法陪你聊天，但你这样也太过分了！不管怎么说，我可是年轻时就到你家做工，负责照料你的生活，然后就成了现在这个样子。你的父母都说我是个老实人，愿意将我许配给你——”

“满口谎言。”

“啊？哪句话是谎言？我说了什么谎言？我说的不都是事实吗？那时候最了解你的人难道不是我吗？如果不是我，谁都伺候不了你。

所以我才决定照顾你一辈子的啊。我哪句话说了谎？是怎么说的谎？你给我说清楚！”老婆子变了脸色，咄咄逼人地说道。

“全是谎言啊。那时候的你可没有春心。仅此而已。”

“你到底是什么意思？我压根儿听不明白。别愚弄我。我是为了你好，才和你在一起的啊，无关春心或欲念。你这话说得可真难听。你根本不知道，和你这样的人在一起，我从早到晚有多寂寞。你偶尔也该对我说一句温柔的话吧？看看其他的夫妻——无论日子多么穷苦，吃完饭好歹也会开开心心地聊些家长里短吧？我绝不是多么贪心的女人，为了你，什么事我都能忍。只要你偶尔说句温柔的话给我听，我也就心满意足了啊！”

“你这话真无聊，都是虚情假意。我以为你早就死心了，没想到你还试图用这些老套的抱怨扳回局面。不行哦，你说的这些会让大家误会的。你总是这样心血来潮，感情用事。就是你把我变成了如此沉默寡言的男人！晚饭时聊家长里短，不就是在背地里对邻居说三道四吗？不就是说别人的坏话吗？随意说别人的坏话也是心血来潮、感情用事的表现。这些年来，我就没听你夸过谁。我也有软弱的一面，容易被你的情绪带跑，忍不住说别人的坏话。我害怕自己变成那样，所以打定主意和谁都不说话。因为你们这些人只看别人的缺点，根本不知道自己有多可怕。我害怕和人打交道。”

“我明白了。你已经和我过够了吧，讨厌我这个老太婆了。我还是明白事理的。刚才那位客人呢？藏到哪儿去了？我刚才确实听到年轻姑娘的声音了。既然有那样年轻的姑娘，自然不愿意和我这种老太婆说话了。亏你整天说什么无欲无求，一副大彻大悟的表情，一旦遇上年轻姑娘，马上就兴奋不已，连声音都变了，跟人家喋喋不休地聊个没完。我讨厌你！”

“你愿意讨厌就讨厌吧。”

“愿意个屁！那位客人在哪儿呢？不和人家寒暄两句就不礼貌了。我好歹也是这个家的女主人，让我和她打个招呼吧。太小瞧我可不行。”

“就是它。”老爷子冲那只在书桌上玩耍的小麻雀扬了扬下巴。

“咦？开什么玩笑。麻雀会说话吗？”

“会说，还挺风趣的呢。”

“看来你不管怎样都要这般作弄我啊。随你的便吧。”老婆子猛地伸出手，一把抓住桌上的小麻雀，“那我把它的舌头拔了吧，省得它再说那么风趣的话。你平时就宠这只麻雀宠得不行，我正烦它烦得要死呢。这下正好。既然你让那位年轻的女客人逃走了，我就拿这只麻雀当替罪羊，把它的舌头拔下来。真是大快人心啊！”老婆子撬开手中麻雀的嘴，猛地拔掉了它那油菜花瓣般小巧的舌头。

小麻雀扑扇着翅膀飞向了高空。

老爷子默不作声地望着小麻雀飞走的方向。

第二天，老爷子就开始在大竹林中搜寻小麻雀的踪影。

没了舌头的小麻雀
敢问你家在何方
没了舌头的小麻雀
敢问你家在何方

大雪日复一日地下个不停，尽管如此，老爷子仍像着了魔一般，在幽深的大竹林中四处寻找。竹林中的麻雀成千上万，要想找到一只被拔掉舌头的小麻雀无异于大海捞针，但老爷子的热情不同寻常，仍旧日复一日地寻找着。

没了舌头的小麻雀
敢问你家在何方
没了舌头的小麻雀
敢问你家在何方

如此奋不顾身的行动，恐怕老爷子这辈子都不曾有过。此前长眠于他心中的某种情愫，似乎此时终于苏醒了，可那情愫究竟为何物，笔者也不知道。这就好像一个待在自己家却像待在别人家一样闷闷不乐的人，忽然遇见了最能让自己放松的人，便决心追求对方一样。若说这是恋爱，或许就是如此吧。然而，老爷子的心情或许比常人所说的“恋爱”包含的情绪要寂寞得多。他废寝忘食地寻找着，有生以来，他还是第一次表现得如此积极且执着。

没了舌头的小麻雀
敢问你家在何方
没了舌头的小麻雀
敢问你家在何方

老爷子自然不可能边唱歌边在竹林中寻找，但风好像一直在他耳边低吟着这段歌谣。他踩着雪一步步从竹林间走过，不知从什么时候开始，心里也自然地冒出这些分不清是古怪的歌谣还是经文似的句子，和风在耳边的呢喃重叠在一起。

一天晚上，仙台一带下了在当地也很难见到的大雪。第二天，天气骤然晴朗，整个世界都呈耀眼的银白色。老爷子一大早便穿上草编的雪鞋，和往常一样在竹林中徘徊。

没了舌头的小麻雀
敢问你家在何方
没了舌头的小麻雀
敢问你家在何方

突然，堆在竹叶上的一大块雪兜头落下。也许是被砸的位置不好，老爷子昏了过去，倒在雪地里。混沌间，他听到许许多多的低语声。

“好可怜啊，他到底还是死了啊。”

“什么呀，他不会死。只是失去意识了而已。”

“但要是这样一直倒在雪地里，他迟早会冻死的。”

“这倒是，必须想办法救救他。这下难办了。早知道会有这么一天，就该早点儿让那孩子出来见他。那孩子到底是怎么回事？”

“你是说小照？”

“没错，她不知被什么人恶作剧，伤到了嘴巴。从那之后，她就再也没在这一带出现了呀。”

“她一直卧床不起。舌头被人拔掉了，她什么话都说不出来，只能每天以泪洗面。”

“哎呀，她的舌头被人拔掉了？没想到还有做事这么过分的人。”

“嗯，那人是这个男人的老婆。她不是什么恶婆娘，可那天也许是心情不好吧，突然就把小照的舌头薅下来了。”

“你亲眼看见的？”

“嗯，太可怕了。没想到人类竟能突然做出那样残酷的事。”

“是出于忌妒吧。这个男人家里的情况我也很清楚，他之前好像一直很瞧不起自己的老婆。太宠老婆固然叫人看不下去，但像他这样冷淡也不好。再说了，小照也有小照的不是，她和这位老爷太亲近了。唉，各有各的问题。别管他们了。”

“哎呀，你才是忌妒了吧？你之前是不是喜欢小照？瞒着我是没有用的哦。你之前不是叹着气说过，小照是这片竹海中歌喉最动听的吗？”

“忌妒？这么低俗的事我可不会做。不过，小照的声音至少比你的好听，长相也美。”

“你太过分了！”

“别吵了，怪无聊的。关键是我们要把这个人怎么办？放在这里不管，他肯定会死。太可怜了。也不知他到底有多想见小照，每天都在这竹林里找她，最终成了这副模样，难道不可怜吗？他肯定是个老实人。”

“什么呀，他是个傻子。一把年纪了，还围着一只小麻雀团团转，就是个呆子罢了。”

“别这么说。让他们见一面吧，好不好？小照好像也想见这个人呢，可惜舌头被拔掉了，张不开嘴。她听说了这个人一直在找她的事，但还是躺在竹林深处，默默地以泪洗面。这个人已经很可怜了，但小照更可怜啊。怎么样，我们努力为他们做些什么吧。”

“我不愿意。我是那种不会同情男女之间卿卿我我的人。”

“才不是什么男女之间的卿卿我我呢。你不明白。大家觉得呢？我无论如何也想安排他们见一面呀。这种事本来就不需要讲什么道理嘛。”

“是啊，是啊。这件事就交给我吧。什么？没什么不可能的，我去祈求神明。老爸曾经告诉我，没有明确的理由但就是想为别人尽心尽力的时候，祈求神明是最好的办法。这样一来，无论什么事，神明都会帮你实现。好吧，大家在这里等一等。我这就去守护村子的森林，向神明发愿。”

老爷子在一间竹子搭成的整洁的小房子里悠然醒转。起身环顾四周时，隔扇被轻轻地拉开，一个身高两尺的“人偶”从后面走了出来。

“啊呀，您醒了？”

“嗯，”老爷爷文雅地笑着，“这是哪里？”

“是麻雀的旅馆。”那个人偶般可爱的女孩子在老爷子面前礼貌地坐下，眨了眨圆溜溜的眼睛回答道。

“哦。”老爷子平静地点点头，“这么说，你就是那只没了舌头的小麻雀？”

“不，小照在里屋躺着呢。我是小铃，是小照最好的朋友。”

“这样啊。所以说，那只被拔掉舌头的小麻雀名叫小照喽？”

“嗯，她非常温柔、善良。您快去见见她吧。她好可怜，没法说话，整日以泪洗面。”

“我去见她。”老爷子站起来，“她在哪里？”

“我来给您带路。”小铃轻甩长袖起身，走到檐廊上。

老爷子轻手轻脚地走过青竹搭成的狭窄檐廊，小心翼翼的，以免滑倒。

“就在这里，您进去吧。”

小铃将老爷子带进里面的一间屋子，屋里光线明亮，院子里茂盛地长着一丛丛小竹子，浅浅的溪水从竹子间淙淙流过。

人偶模样的小照盖着一床小小的红色丝绸被，比小铃更美丽端庄，但脸色有些发青。她的一双大眼睛定定地望着老爷子，然后不住地流下泪来。

老爷子在她枕边盘腿而坐，一句话也不说，只是望着从院子中匆匆流过的溪水。小铃悄悄退出了房间。

即使不说话，一切也很好。老爷子轻轻叹了口气，但并不是忧愁的叹息。这是他有生以来头一遭感受到心灵的宁静，这份欢愉表露出来，就成了轻轻的叹息。

小铃静静地为二人端来酒和菜肴，说了句“请慢用”便离开了。

老爷子给自己斟了一杯酒喝下去，又望向院子里清澈的溪水。他不是所谓的好酒之人，只喝了一杯酒便有了微醺的醉意，从盘中夹起一块竹笋放到嘴里咂摸。竹笋异常鲜美，但老爷子食量不大，吃了这一口就放下了筷子。

隔扇被拉开，小铃又拿来一壶酒和其他菜肴。她坐在老爷子面前劝酒。

“再喝一杯怎么样？”

“不，我已经喝不下了。不过，这真是好酒。”他这话不是阿谀奉承，是情不自禁说出口的。

“这是竹露，合您的心意吗？”

“太美味了。”

“啊？”

“太美味了。”

小照躺在床上听着老爷子和小铃的对话，露出了微笑。

“啊呀，小照笑了呢。不过，她似乎有话想说。”

小照摇头。

“说不了话也没关系的。对吧？”老爷子这才对着小照说起话来。

小照眨巴着眼睛，高兴地点了两三次头。

“那我先告辞了。我还会再来的。”

这位客人过于平淡的到访似乎让小铃很惊讶：

“您这就要回去了？您在竹林里找了那么久，差点儿冻死，好不容易见到小照，连一句探望病人的温柔的话也没说就——”

“温柔的话，我真是说不来啊。”老爷子苦笑着站了起来。

“小照，就这样让他回去也没关系吗？”小铃慌忙征求小照的意见。

小照笑着点头。

“你们两个可真是的。”小铃也笑了，“既然如此，就欢迎您再来。”

“我会来的。”老爷子认真地说。他刚要离开房间，又忽然停下来问：“这里是哪里呢？”

“是竹林里。”

“真的吗？竹林里还有这样奇妙的房子啊？”

“是的。”小铃说着，和小照相视而笑，“不过，普通人是看不见的。只要您像早上那样趴在竹林入口处的雪地里，我们随时都可以把您带到这里来。”

“那就太感谢了。”老爷子不禁说出了心里话，然后走到青竹搭的檐廊上。

就这样，他又在小铃的带领下回到了方才那间小而整洁的客厅。客厅里摆了好几只大小不一的竹制衣箱。

“您好不容易来一趟，却没好好招待您，我们很不好意思。”小铃郑重地说，“这些竹制衣箱是我们麻雀之乡代表性的土特产，虽然携带可能不太方便，但请您一定要选一只中意的带回去。”

“用不着给我这些东西。”老爷子不悦地嘟囔着，看也不看那些竹制衣箱，“我的鞋在哪里？”

“这可不行，您就挑一只带回去吧。”小铃的声音里带了哭腔，“不然小照会生我气的。”

“不会的。那孩子绝不会生气，我了解她。话说回来，我的鞋呢？我来的时候应该穿了一双脏兮兮的草编雪鞋。”

“那双鞋被我扔了。您光着脚回去就好啦。”

“这可太过分了。”

“那您就挑一样纪念品带回去嘛。求求您了。”小铃合起她的一双小手。

老爷子苦笑着瞥了一眼那些放在屋里的竹制衣箱：“都好大，太大了。我不想扛着行李回去。有没有能装进衣兜的小一点儿的纪念品？”

“您净给我出难题——”

“那我就走了，光脚回去也无所谓。行李就算啦。”老爷子说着，作势要跳到檐廊外面去。

“您等一等，就稍等一会儿。我去问问小照的意思。”

小铃慌慌张张地跑到里屋，没过多久便回来了，嘴里衔着一把稻穗。

“给，这是小照的簪子。请别忘记她。再会。”

老爷子忽然恢复了神智，发现自己还趴倒在竹林的入口。什么嘛，是梦啊。可他的右手分明握着一把稻穗。他小心翼翼地将它带回家，插在自己桌前的笔架上。

“咦，那是什么？”老婆子正在家里做针线活儿，但还是眼尖地看到了。

“是稻穗。”老爷子还是像往常那样，说话不清不楚的。

“稻穗？这季节怎么还会有稻穗？你是从哪里捡来的？”

“不是捡来的。”老爷子低声应了一句，便打开书本，默默读书。

“这很不正常啊。这阵子你每天都在竹林里转悠，回来时总是神情恍惚。今天也不知是怎么了，异常开心地带着那东西回来，还夸张地把它插在笔架上。你一定有事瞒着我。既然不是捡来的，那到底是怎么来的？就不能跟我老实交代吗？”

“是从麻雀之乡带回来的。”老爷子烦透了似的蹦出这么一句话。

不过，这样的回答根本无法满足现实、功利的老婆子。她更加执拗地抛出一个个问题，刨根问底起来。不会说谎的老爷爷只好无奈地如实交代了他神奇的经历。

“哎呀，你说这些是认真的吗？”最后，老婆子吃惊得笑了出来。

老爷子不说话了，他撑着下巴，神情恍惚地注视着书本。

“原来你以为我会相信这些胡言乱语？这明摆着是假话嘛。我知道的哦，最近嘛，对，就是上次那个年轻姑娘来做客之后，你完全像变了个人似的。动不动就坐立不安，还总叹气，就像成了爱情的奴仆。一把年纪了，还这样丢人现眼。隐瞒也没用哦，因为我心知肚明。那位姑娘究竟住在哪里？总不会住在竹林里吧？我可不会上你的当哦。什么‘竹林里有个小房子，那里有人偶般可爱的小姑娘’，哈哈，这种骗小孩的话可糊弄不了我。如果你说的是真的，下回再去的时候就拿一只她们那儿的土特产竹制衣箱回来给我看看吧。拿不回来吧？因为你在编瞎话嘛。你要是真能从那不可思议的旅馆背回一只大衣箱当证据，我就不会不相信你。但你带回一把稻穗，说那是人偶的发簪。这样愚蠢地满口胡言，亏你干得出来。我劝你拿出点儿男人样来，如实跟我坦白。我也不是那种不明是非的女人。你想纳一两个小妾，也不是不行……”

“我不愿意扛着行李回来。”

“哦哟，是吗？不然我替你去吧？怎么样？只要趴在竹林的入口处就行了吧？我去吧。你觉得行吗？会给你添麻烦吗？”

“你想去就去吧。”

“哼，恬不知耻。明明就在说谎，还让我想去就去。既然如此，我还真要去一探究竟。没问题吧？”老婆子不怀好意地微笑着。

“你就是想要那竹制衣箱吧。”

“嗯，没错，没错！反正我就是个贪心的人。我想要那纪念品呀。既然如此，我这就去一趟，把纪念品中最沉、最大的衣箱搬回来。呵呵呵。尽管是犯傻，我还是要去一趟。因为你那装模作样的表情让我恨得牙痒痒，我恨不得立刻揭下你那张伪善的脸皮。趴在雪地里就能去麻雀的旅馆？啊哈哈哈，听着就荒唐。但没关系，我就听你的话去走一遭！你要是等我回来再坦白自己说了谎，我可不听哦。”

开弓没有回头箭，老婆子收拾好针线就出了院子，踩着厚厚的积雪，进了竹林。

那之后究竟发生了什么，笔者就不知道了。

黄昏时分，有人发现老婆子背着一只又大又沉的竹制衣箱趴在雪地里，身体已经变得冰冷了。似乎是衣箱太重，她爬不起来，就这样冻死了。据说那只衣箱里塞满了金灿灿的钱币。

也许是托那些钱币的福，老爷子不久便做了官，步步高升，最后竟成了一国的宰相。人们称他为“雀大臣”，还说他能出人头地，都是当年爱护那只小麻雀的福报。可听说老爷子每次听到那些奉承话，都幽幽地苦笑道：“不，这都是托妻子的福。我让她吃了不少苦。”

聊斋新编

清贫谭

以下内容源自《聊斋志异》中的一篇。原文只有一千八百三十四个字，极为短小，即使誊写在我们常用的四百字一页的稿纸上，也不过四页半的篇幅。但读着读着，我的脑海中便接二连三地涌现出许许多多的遐想，那种满足感竟能轻松媲美读完三十页左右的精湛短篇小说的感受。我打算将自己对这四页半的小品文的许多遐想如实记录下来。至于这种做法究竟算不算正统的创作，想必尚有讨论的空间，但在我看来，《聊斋志异》中的故事与其说是古典文学，莫若说更接近乡土传说。所以一个二十世纪的日本作家以其古老的故事为骨架，自作主张地填入自己的想象，再加上自己的感触形成创作，推荐给读者，大概也没有多大的罪过。我的新体创作，除了挖掘故事中的浪漫主义，似乎也并无更多。

从前，江户向岛[1]一带住着一个名叫马山才之助的男人。他的名字平平无奇，家境十分贫寒。他三十二岁，单身，喜欢菊花。只要听说某处有好的菊苗，便不惜一切代价也要买下。原文中称其“不

1 位于今东京市墨田区中西部，自古便是隅田川东岸一带的俗称。

惧千里”，可见他对菊花的喜爱的确非同一般。才之助听说伊豆沼津一带初秋时节有佳苗，连神色都变了，立即收拾行装出门了。他翻过箱根的山来到沼津，四面八方搜罗了一通，总算找到一两棵健康的小苗，如获至宝地将它们用油纸包好，得意地笑着踏上了归途。再次翻过箱根的山，小田原的街市一览无余地呈现在眼前时，才之助忽然听到背后有咔嗒咔嗒的马蹄声。对方似乎并不着急，一直和他保持着同样的距离，没有越来越近，也没有渐行渐远，总是咔嗒咔嗒地跟在后面。得了菊花佳苗的才之助高兴得忘乎所以，毫不介意身后的马蹄声。但过了小田原，又走了两里、三里、四里路，咔嗒咔嗒的马蹄声仍然跟在他身后，保持着同样的距离，才之助这才觉得不太对劲。回头一看，只见一位俊美的少年骑着一匹瘦得出奇的马，在离他不到二十米的地方信步而行。看到才之助，少年似乎莞尔一笑，才之助觉得自己视而不见也不礼貌，便略微站定，回了少年一个微笑。少年走过来，下了马道：“天气真好啊。”

“天气确实很好。”才之助也表示赞同。

少年牵着马，不疾不徐地迈开了步子。才之助也和少年并肩而行。细细端详，能看出少年大约不是武家出身，但举手投足端庄典雅，衣着也干净整齐，态度落落大方。

“您要去江户吗？”少年的语气亲切异常，才之助也跟着放松了许多。

“是的，我要回江户。”

“您是江户人呀，之前去了哪里？”旅途中遇到的人聊的话题大抵相同。一问一答之间，才之助不知不觉就将此次旅行的目的全讲给少年听了。少年突然两眼放光：

“是吗？喜欢菊花，真是个了不起的爱好。有关菊花的养护，我也有几分心得。和苗情相比，养菊的手法更重要哦。”少年说了些自己栽培菊花的方法，为菊花痴狂的才之助立刻对这个话题产生了极大的兴趣：“是吗？我还是觉得花苗得选好的才行。比方说呢……”他开始向少年展露自己那长久以来无人倾听的渊博的养菊知识。少年没有明确地表示反对，却不时插入几个简单的问题，表明他具有非同一般的丰富经验。才之助越发急躁，越说越没了自信，最后带着哭腔道：“我已经无话可说了。搬弄理论是何等的愚蠢，只好让你亲眼看看我家的菊苗了。”

“您说得是。”少年心平气和地点头。才之助受不了了，他坐立难安，无论如何也要让这少年看看自家院子里的菊花，要听到少年的赞叹。

“既然如此，这样如何？”才之助几乎不管不顾了，“你现在就跟我到江户的家里一起去看看吧。想让你看看我养的菊花，哪怕一眼也好，请务必跟我去一趟。”

少年笑了：“我可没那个闲工夫。我此行得去江户找份工作才行。”

“那根本不算事！”才之助已经欲罢不能，“你先到我家好好歇歇脚，然后再找事做也不迟。总之你一定得看看我家的菊花。”

“这下难办了。”少年也收起笑容，认真地陷入深思。他默不作声地走了一会儿，忽然抬起头，寂寞地说：“其实我是沼津人，名叫陶本三郎，自幼父母双亡，和姐姐相依为命。最近，姐姐突然厌烦了沼津的生活，无论如何都想搬去江户，于是我们把所有东西收拾好，前往江户。我们到了江户也没有地方可去，想想就觉得不安，原本是无心讨论什么养菊之道的。我只是不讨厌菊花，才不小心和您多聊了几句。这场讨论就到此为止，请您忘了我吧，我们就此道别。仔细想想，我们姐弟俩如今根本没有赏菊的兴致。”少年说完，用目光向才之助行了一礼，便想翻身上马。可才之助用力地拽住他的袖子：

“且慢！如果是这样的话，二位更是一定要来我家了。莫要再为此烦恼。我虽然很穷，但照顾你们这点儿小事还是能做到的。好了，一切包在我身上。刚才你说你姐姐也和你一起来了，她在哪儿呢？”

才之助环顾四周，忽然发现那匹瘦马后面还跟着一位身披红色旅装的姑娘，他刚刚并未发现。他不禁红了脸。

姐弟俩无法拒绝才之助的热情邀请，终于决定在他向岛的陋室暂住。到了才之助家一看，才发现他家比他说得更贫穷、更粗陋。姐弟俩面面相觑，不禁发出叹息。才之助却一脸坦然，连出门穿的衣服都没换，先将姐弟俩带到自己的菊花田，颇为骄傲地显摆了一番，然后才安排姐弟俩暂时住在菊花田的仓库里。原来他平时居住的主屋脏得很，实在乱到无处下脚，倒是这间仓库远比主屋适合住人。

“姐姐，这下糟了，我们受了一个了不得的人的恩惠呢。”陶本家的弟弟一面在仓库里脱下旅行时的衣装，一面小声对姐姐说。

“嗯，”姐姐微笑道，“不过他性格乐天，反倒是件好事呀。院子也很大，今后你精心栽种一些好的菊花，回报他的恩情就行啦。”

“哦哟哟，姐姐打算永远在这种地方住下去吗？”

“是啊。我喜欢上这里啦。”姐姐说着红了脸。她二十岁上下，肤若凝脂，体态苗条。

第二天一早，才之助和陶本家的弟弟就争吵起来。原来是那匹姐弟俩一路轮流骑的年老的瘦马不见了。弟弟确定自己昨晚把它牵到了菊花田的一隅，可今天早上，才之助醒来直奔花田照看菊花的时候，却发现马不见了。它不见之前，似乎在花田里尽情奔跑了一阵子，菊花要么被马啃得光秃秃的，要么被马踩伤了，花田里一片狼藉。才之助大吃一惊，赶忙叩响了仓库的门。弟弟很快就来应门了。

“怎么了？您有什么事吗？”

“你去看看，你们那匹瘦马把我的花田弄得一团糟。我简直不想活了！”

“原来如此。”少年镇定自若，“然后呢？马怎么样了？”

“我才不管马怎样呢。估计是逃跑了吧。”

“那太可惜了。”

“你说什么？那么一匹瘦马有什么好可惜的！”

“您好过分，怎么能说它是瘦马呢？那马很乖巧的。我们赶快去找马吧。您这片菊花田才无所谓呢。”

“你说什么？”才之助面色苍白地大喊，“你是在侮辱我的菊花田吗？”

姐姐静静地笑着，从仓库里走了出来。

“三郎，快道歉。那样一匹瘦马，丢了也不可惜。是我把它放跑了。找马不重要，快帮人家把被马糟蹋的菊花田打理一下吧。这不是报恩的好机会吗？”

“什么嘛，”三郎深深地叹了口气，小声嘟囔道，“这就是你的如意算盘？”

弟弟不情不愿地着手打理菊花田。经过他的照料，那些被啃光叶子、踩倒在地、逐渐枯死的菊花眼见着恢复了生机，枝干吸足了水分，花蕾极为柔软，连蔫掉的叶片都渐渐重拾活力，挺直了腰杆儿。才之助暗自吃惊，但他是养菊的名士，必须捍卫名士的尊严。他竖起棉和服的衣领，努力保持冷静。

“好吧，你把这花田弄好就行了。”才之助扔下这句话便转身回到主屋，盖上被子躺在床上，没一会儿又起身从挡雨板的缝隙偷看花田里的景象。菊花挺实水灵，果然起死回生了。

当晚，陶本三郎笑着来到主屋："今天早上多有失礼。对了，您看这样如何，刚刚我和姐姐也商量了，恕我直言，据我们所见，您的日子似乎过得并不宽裕。如果您愿意将花田借一半给我，我可以帮您养出精良的菊花。您把它们拿到浅草一带卖掉换钱，不是很好吗？我希望可以种出又大又好的菊花送给您。"

才之助早上多少因为养菊一事伤了自尊，故而心情不悦。

"我拒绝，你真是个卑鄙的男人。"他抓住机会，撇着嘴讽刺道，"亏我先前一心以为你是什么风流雅士，唉，真没想到你竟会出此下策。要我将心爱的菊花卖掉，去换柴米油盐，这简直荒唐。对菊花的侮辱莫过如此。你竟让我用高尚的爱好换取钱财，啊，太卑鄙了。我不同意。"他说话的口气就像个武士。

三郎似乎也被才之助激怒了，变了语气：

"用老天爷赏赐的真本事赚钱去买柴米油盐，未必就是什么贪图财富的恶业。看不起这种做法，还说它庸俗，简直是大错特错，只有不谙世事的大少爷才会说这种话。您太自以为是了。做人不能无节制地贪图钱财，但若没完没了地以贫穷为荣，也会令人生厌。"

"我什么时候以贫穷为荣了？祖上的遗产我总还是有一些的，足够用这笔钱应付自己的生活。除此之外，我不希求更多的财富。你不必多管闲事。"

就这样，两人又吵了起来。

"你这叫自诩清高。"

"清高就清高。说我是大少爷也无妨。我不过是要和我的菊花一起共享余生的喜怒哀乐罢了。"

"这个我懂。"三郎苦笑着点头，"或者这样吧，那座仓库后面有十坪[1]大的空地，那一小块地方能不能暂且借给我们？”

“我不是小气的男人。仓库后的那点儿地方恐怕不够吧？我的花田有一半还什么都没种，也借给你吧，要怎么用是你的自由。但我把丑话说在前头，我种菊花卖钱是图谋不轨之举，我不愿和那种人来往。从今天开始，我就当不认识你们。”

“好的。”三郎一脸无奈，“恭敬不如从命，既然如此，花田我们也借用一半。还有，仓库后面扔着好多不像样的菊苗，我也一并收下了。”

“这点儿小事就不必一一汇报了。”

两人不欢而散。第二天，才之助利索地将花田分成两半，在中间竖起高高的篱笆，这样一来，他们就看不到对方的花田了。两家与绝交无异。

不久就到了仲秋时节，才之助田里的菊花开得漂漂亮亮的。他到底还是介意邻居家的那片田地，某天偷偷一看，大吃一惊——田里开满了菊花，花朵之大是他从未见过的。仓库也被修整得干净整洁，俨然成了舒适的温馨之家。才之助坐不住了。论养菊，明显是他输了，对方居然还把房子收拾得那么好，一定是靠卖菊花赚了一大笔钱，简直不可饶恕。义愤、忌妒……诸多情绪源源不断地震荡着才之助的心。他终于无法承受，越过篱笆墙，闯进隔壁的院子，打算给他们一点儿颜色看看。田里的花越看越显出它们的好来，厚实的花瓣有力地绽放着，充满了生机。再仔细一瞧，这些正是起初被才之助扔到仓库后面的那些不像样的菊苗。

“啊……”才之助不禁发出低吟。这时，身后有人跟他打招呼：

1　日本面积单位，1坪约等于3.3平方米。

“吾等已恭候您多时，欢迎您来。”

才之助惊慌失措地回过头，只见陶本家的弟弟笑容满面地站在那里。

“我输了。”才之助自暴自弃似的大声说，“我是个堂堂的男子汉，若是输了，就干脆地认输。请收我为徒吧，之前那些过节就一笔——”他顿了顿，如释重负地说，“就一笔勾销，但是——”

“不，您不要再往下说了。我不像您那样有精神洁癖，您大概也看得出来。我隔段时间就会卖掉几棵菊花，但请不要看不起我，姐姐也总介意这件事。我们也是在尽力生活。我们姐弟不像您有祖上的遗产，如果不卖菊花，就真要饿死在路边了。求您睁一只眼闭一只眼，我们两家趁此良机重归于好吧。”

才之助看到三郎垂着头的模样，也心生怜悯：“哎呀，这可不敢当。我也并不讨厌你们姐弟，更何况我今后还要拜你为师，跟你学很多养菊的知识，我才要请你多多指教呢。”说完，他老老实实地鞠了一躬。

双方姑且达成和解，花田中间的篱笆墙也拆掉了。两家开始往来，但还是经常起争端。

“你养菊的方法似乎藏了什么秘密。”

“哪有的事。我已经毫无保留地告诉您了，剩下的就要靠指尖的神秘力量了。这些我都是下意识做的，不知道该怎么用语言表达。这可能就是所谓的才华吧。”

“你那意思是说你是天才，我是庸才喽？庸才不管怎么教都没用呗。”

“您这样说，我也很为难。我养菊花赌上了性命，要是菊花养不好、卖不出去，我就吃不上饭了。或许因为我别无选择，养的菊花才能开得这么大吧。您这样凭兴趣种花的人，只是为了满足自己的好奇心和自尊心。”

“是吗？你是想叫我也去卖花吧？建议我做那种卑鄙的事，你不觉得羞耻吗？”

“不，我不是那个意思。您怎么会这样理解呢？”

两人的关系总是不睦，不过陶本家的生活渐渐富裕起来。第二年正月，姐弟俩未和才之助商量就请来木工，突然开始建大宅子。宅子的一头几乎贴着才之助茅草屋的一头。才之助再次萌生了和邻居绝交的念头。一天，三郎一本正经地找上门来，斩钉截铁地对才之助说：

“请您与姐姐结婚。”

才之助红了脸。从最初的匆匆一瞥开始，他便对三郎那温柔、清纯的姐姐无法忘怀。不过，他还是摆出男人的架子，莫名其妙地和三郎争论起来。

“我付不起彩礼，没资格娶妻。毕竟你们现在是有钱人呀。”才之助故意挖苦对方。

“不，一切都是您的财产。姐姐起初就是这样打算的。我们也不要彩礼，只要您能住进我们家就行了。姐姐一直爱慕着您。”

才之助掩饰着内心的慌张：“不，这些都不重要。我自己有家，不可能做上门女婿。我也实话告诉你吧，我不讨厌你姐姐。哈哈哈哈——”他故意豪爽地大笑，“但是，倒插门对男人来说是最大的耻辱，恕难从命。请回去告诉你姐姐，若她不嫌弃我清贫，欢迎她嫁进我家。”

两人吵了一架，败兴而归。当天晚上，一只柔软的白色蝴蝶乘着一阵清风，翩然飘进才之助脏兮兮的卧室。

“我不嫌弃你清贫呀。”那姑娘说完便轻轻地笑了。姑娘名叫黄英。

两人在茅草屋里住了一段时间。没过多久，黄英就在茅草屋的墙上打了个洞，又在紧挨着那面墙的陶本家的墙上也开了同样的洞，如此便可以自由地在两家出入。她就这样将生活的各种必需品从自己家搬到才之助家。才之助对此非常介怀：

“你这样做，让我很为难啊。这火盆和花瓶不都是你家的东西吗？做丈夫的用妻子拿来的东西，实在丢人现眼。这些东西你以后别再往这边拿了。”但即使被他训斥了，黄英仍是笑盈盈地一点点将东西搬到他家里。一向以清廉之士自居的才之助决定做一大本账，将黄英搬来的东西一一记上去，并在一旁写上“均为暂时保管之物”。可此时他身边的所有东西都是黄英搬来的，若是逐一记上去，恐怕要记好几大本。才之助感到很绝望。

“拜你所赐，我终于变成了一个吃软饭的丈夫。靠妻子养家是男人最大的耻辱。我坚守三十年的清贫被你们毁了！”一天晚上，他感慨良多地发着牢骚，黄英听了也露出落寞的神色：

“也许是我不对。我只不过想报答你的恩情，才费尽心思走到了今天。没想到你追求清贫的意志如此顽强。既然如此，就把家里的东西和我新盖的房子都卖掉吧。换来的钱你想怎么用就怎么用。”

“别说傻话。你以为我这样的人会接受这样不干不净的钱吗？”

“那我该怎么办呢？”黄英的声音带了哭腔，“三郎每天精心栽培菊花，勤勤恳恳地将花苗送到各家各户换取银钱，也是为了报答你的恩情啊。你要我们如何是好？你和我们的想法完全是南辕北辙嘛！”

“看来我们只好分开了。”话说到这份儿上，才之助只得抛出更伤人的话，痛苦地做了违心的宣告，“清者自清，浊者自浊，我们只好各过各的。我无权对他人发号施令，就搬出去吧。从明天开始，我在院子的角落里建一间小屋，今后就在那里起居度日，享受清贫。”情势变得十分荒唐，但男子汉大丈夫一言既出，驷马难追。第二天早上，才之助立刻在庭院一隅搭起一间一坪左右的简陋小屋，自此闭门不出，在寒冷的屋子里哆哆嗦嗦地正襟危坐。不过，他只享受了两晚的清贫，之后实在受不住严寒，第三天晚上终于轻轻地敲响了自家的挡雨板。挡雨板被打开一条小缝，黄英白皙的笑脸从里面露出来：

“看来，你的精神洁癖也靠不住了呀。”

才之助羞愧难当。后来，他再也不逞强了。墨堤[1]的樱花初绽之时，陶本家的房子全部建成了，和才之助家紧挨着，不分你我。才之助如今已很少开口，将一切家事交由黄英和三郎操办，自己净和邻居们下将棋。一天，一家三人出门去墨堤赏樱，选了个合适的地方打开便当，才之助喝起带来的酒，还向三郎劝酒。姐姐用目光示意三郎不要喝，三郎还是若无其事地接过了酒杯。

“姐姐，我现在喝酒也没问题啦。家里的钱已经攒够了，就算没有我，姐姐和姐夫也可以吃喝玩乐，过好这一生。菊花我也种够了。”三郎一面说这些莫名其妙的话，一面不管不顾地将酒喝下去，没过多久就喝得烂醉，躺倒在地。三郎的身体眼见着化为一股青烟，只剩下衣服和草鞋。才之助惊愕不已，抱起三郎的衣物，只见衣服下面的土地上生着一棵水灵的菊苗，这才知道陶本姐弟并非人类。但他如今已经彻底为姐弟俩的才华和深情而折服，所以并无嫌恶之

1　东京隅田川旁的一条河堤，是著名的赏樱胜地。

心，而是越发深爱可怜的菊精黄英。他将三郎化作的菊苗移植到自家的院子里，每到秋天便会开花，花是浅红色的，泛着悠悠的红晕，闻上去有酒的清香。至于黄英的身体，原文写着“并无异状”，也就是说，她一直保持着寻常女性的体态。

竹青　新曲《聊斋志异》

从前，湖南某郡邑有一个名叫鱼容的穷书生。不知道为什么，自古以来，凡是书生，似乎一向贫穷。话说这位鱼容君的出身和教养都不差，生得眉清目秀、有模有样的，也不乏闲情雅趣。若说他如好色般爱书或许有些夸张，但其一心向学的志向从幼年起就特别强烈，认定求学这条路后从未偏离过此道，却不知为何一直未得好运垂青。他早年失去父母，在亲戚的轮流照料下长大，自己那点儿所谓的家财早就在这些年里散了个干干净净，如今所有亲戚都把他当包袱嫌弃，只有一个爱喝酒的叔叔酒后撒疯时将家中一个又黑又瘦还没读过书的婢女推到鱼容面前，旁若无人地擅自为二人做了主："你们结婚吧，这是段好姻缘！"鱼容虽然十分为难，但这位叔叔也是抚养他长大的亲人之一，无疑是恩深如海的大恩人，所以他无法因为醉汉粗鲁的安排发火，只好含着眼泪，万念俱灰地娶了那个大他两岁的干瘦的丑女人。之前曾有传闻称女人是那位酒鬼叔叔的小妾，不光容貌丑陋，品行也令人担忧。她打心底里看不起鱼容的学问，听见鱼容念叨"大学之道，在止于至善"等语句就不屑地冷笑道："与其花工夫让大学之道止于至善，不如努力让其止于金钱、止于美味佳肴。”她说话时面目可憎，“不好意思，你啊，把这些衣服都洗一洗吧。多少也得帮我干点儿家务活。”女人说着把自己的脏衣服扔到鱼容脸上。鱼容一面抱着这些脏衣服向屋后的河滩走去，一面低声吟诵着“马嘶白日暮，剑鸣秋气来”，丢了魂一般凄楚而空虚地在河岸徘徊，仿佛平日里一件有趣的事也没有，身在故乡，却好像孑然一身的孤客。

“这悲惨的日子要是再这样继续下去，我怎么对得起伟大的祖先？我马上就要三十岁了，很快就到而立之年了。好吧，这回我要奋起直追，必须一举成名！”鱼容下定决心，回家就打了妻子一顿，然后夺门而出，自信满满地参加乡试。奈何长年累月的贫穷生活令他精力不济，写出的答案毫无条理可言，结果当然是名落孙山。鱼容步履蹒跚地走在回故乡破烂家宅的路上，其惨状简直无人可敌。再加上他还饿着肚子，最后怎么也走不动了，便爬到洞庭湖畔吴王庙的走廊上，仰面往地上一躺：“唉，这世道啊，不过是叫人无意义地受苦罢了。我自幼便独自修身养性，探究圣贤之道，学而时习之，福音却压根儿没有要从远方而来的意思。我只是每天不停地承受难耐的屈辱，好不容易鼓足了勇气参加乡试，却惨淡落败。难道这世上只有厚颜无耻的恶人当道，我这样软弱的穷书生就只能永远做一个被人嘲笑的失败者？下定决心打了老婆，然后潇洒地离家出走，到这一步一切都还好，但这下落榜而归，不知要被老婆骂得多惨。啊，我简直不想活了！”极度的疲劳令鱼容精神恍惚，全然不像学习君子之道的人，竟频频诅咒起这世道、慨叹起自己的不幸来。“乌鸦没有贫富之分，真幸福啊。”他双目微睁，望着从空中飞过的一大群乌鸦，喃喃地说完便闭上了眼。

话说这湖畔的吴王庙供奉的是三国时期吴国的将军甘宁，当地人尊其为吴王，奉为水路的守护神。据说吴王庙十分灵验，因此往来于洞庭湖的船只路过庙前时，船夫们必会祭拜。吴王庙旁边的树林中住着数百只乌鸦，看到有船开过来就一同飞起来，发出嘈杂的叫嚷声，绕着桅杆盘旋嬉戏。船夫们称这群乌鸦为吴王的使者，对它们相当尊敬。每当有船夫将羊肉片扔到空中，乌鸦们便迅猛地飞过来叼走，屡试不爽，无一落空。落榜书生鱼容看到这群乌鸦使者喜滋滋地在空中盘旋，心生羡慕，可怜地小声嘟囔着“乌鸦真幸福”，昏昏欲睡。这时，一个黑衣男子摇醒了他。

鱼容迷迷糊糊地说：“啊，是我不好，请不要骂我。我不是什么可疑之人，只想在这里再躺一会儿，请不要骂我。”他从小就在大人的责骂下长大，染上了卑微的毛病，见了谁都担心对方会骂他。这时候他也像说梦话似的，连说了好几句“对不起”，然后翻了个身，又把眼睛闭上了。

“我不骂你。”那黑衣男子的声音异常沙哑，“我来向你传达吴王大人的命令。他说黑衣队当下正好缺一名队员，既然你如此厌恶人世，羡慕乌鸦的生活，那就来填补这个空缺吧。快把这身黑衣穿上。”男子说完，将一件轻飘飘的黑衣披在睡着的鱼容身上。

转眼间，鱼容就变成了一只公乌鸦。他眨巴眨巴眼睛，跳起来稳稳地停在走廊的栏杆上，用鸟喙梳了梳身上的羽毛，张开翅膀跌跌撞撞地飞了起来。此时，经过此地的船帆上洒满了斜阳，正好有数百只被赋予神幻色彩的乌鸦聚在一起，聒噪地争抢肉片。鱼容混在这些乌鸦中，忽左忽右地调整位置，轻松地用嘴接住了船夫抛到空中的肉片，立刻体会到一种生来未曾有过的饱足感。他折回岸边的树林，停在树梢上，在树干上蹭了蹭鸟喙，环顾水势浩荡的洞庭湖，夕阳映在湖面上，闪着金黄色的光辉。

“真是秋风翻浪，千片金黄啊。”他用君子般坦荡的语气小声感叹道。

“这位大人，”一个娇滴滴的女声在他耳边响起，“您还满意吗？”

原来有一只母乌鸦和鱼容停在同一根树枝上。

“不好意思。”鱼容向母乌鸦作揖行礼，“不知怎的，我忽然身轻如燕，看来是脱离了污秽的尘世。请别责骂我。”他不由自主地加上了这句多余的话，这仿佛已经成了他的口头禅。

“我明白。”母乌鸦冷静地说，“之前您似乎吃了不少苦头，我都看得出来。不过，今后您不必再担心了，我会陪伴着您的。”

“恕我失礼……请问您是哪位？”

“哎呀，我只是一个伴您同行的人。无论您有什么事，尽管吩咐我就好。我什么都可以做。您只要这样想就可以了。不好吗？”

“并非不好，”鱼容十分狼狈，却强装镇定地说，“可我已有家室。作为君子，不得三心二意。您这是在引诱我走上邪道啊。”

“您好过分啊。莫非以为我是轻佻的好色之人，才来和您说话的？太过分啦。这一切都是吴王大人善意的安排呀，是他命令我陪在您身边安慰您的。既然您已经不再是人了，不妨就忘掉人间的妻子吧。或许您的妻子很温柔，可我也会尽全力伺候您，不会做得比她差的。我会让您见识到，乌鸦的品行比人类的品行更为端正。或许您不情愿，但从今往后，请让我陪在您身边。我名叫竹青。”

鱼容动容道：“谢谢你。我确实在人间吃了不少苦头，以至疑心重重，竟不能老实地接受你的一番好意。对不起。”

“哎呀，话说得这么正式就太见外啦。从今天开始，我就是您的随从了。老爷，饭后我们一起散个步如何？”

“嗯，”这一次，鱼容落落大方地点头，“那就拜托你带路了。”

“那就请老爷随我来。”话音刚落，竹青便振翅而飞。

秋风徐徐地抚过他们的双翅，低头一看，洞庭烟波尽收眼底；举目远眺，岳阳楼的屋顶在落日中绚烂地燃烧；再一转眼，君山[1]在玉镜般的湖面上画出一抹苍翠，湘君的面容隐映其间。身穿黑衣的新婚夫妇你一言我一语地“啊啊”叫着，前后相伴，无忧无虑也无惧，随心所欲地翱翔，累了就停在归船的桅杆上休息，并肩而立，相视而笑。不久，太阳下山了。夫妻俩一面欣赏悬在洞庭湖上的皎皎秋月，一面翩然飞回爱巢，贴着对方的羽毛相依而眠。到了早上，两只鸟又一齐来到洞庭湖边，撩起湖水漱口净身，看到有船靠岸就飞过去，享用船夫们供奉的早餐。新娘竹青天真而羞涩，时刻陪在鱼容左右，与他形影不离，温柔地照料他的生活起居。落榜书生鱼容觉得在这里的时光仿佛驱散了他半生的不幸。

如今的鱼容已经彻底化为吴王庙的一只神鸦。一天下午，他在往来船只的桅杆间嬉戏。就在这时，一条载满了士兵的大船经过，鱼容的乌鸦朋友们说那条船很危险，立刻散开了，竹青也警惕地大叫起来，但鱼容这只神鸟却为可以自由翱翔而欢喜不已，得意地在那条载满士兵的船上空盘旋。忽然，一个士兵恶作剧般射出一箭，果不其然贯穿了鱼容的胸口。鱼容像块石头般从空中坠落，千钧一发之际，竹青闪电般迅疾地飞过来，衔住鱼容的翅膀腾空而起，将他带到吴王庙的走廊上。竹青把奄奄一息的鱼容放下来，泪流不止，不辞辛苦地照料他。可鱼容伤势过重，眼见是救不活了。竹青发出一声高亢的悲鸣，将数百只乌鸦伙伴召集起来，大家一起向那条船

1　原名湘山，乃洞庭湖中的小岛，与岳阳楼遥遥相对。传说舜帝的二妃娥皇、女英曾来到这里，死后即湘水女神，被屈原称为湘君，故后人又称湘山为君山。

发起了进攻。群鸟振翅的声音震耳欲聋，翅膀扇动湖面掀起惊涛骇浪，刹那间就将那条船掀翻了，漂亮地为鱼容报了仇。群鸦大声唱起凯歌，歌声几乎撼动了整个洞庭湖。竹青匆匆返回鱼容身边，用鸟喙蹭着他的脸颊，哀恸地说：

“听到了吗？伙伴们在高唱凯歌。”

鱼容伤势太重，几乎快要断气了，眼睛已经看不见了，却还是微微撑开眼皮，小声唤了一句：“竹青。”话音一落，他忽然清醒过来，发现自己已经变回人身，而且还是从前那个穷书生的模样，躺在吴王庙的走廊上。夕阳西下，将他眼前的枫树林照得红彤彤的，数百只乌鸦在林中旁若无人地啼叫嬉戏。

“你醒了？”一位农夫模样的老爷子笑嘻嘻地站在他身边问。

“您是哪位？”

“我是住在这附近的普通百姓，昨天傍晚从这里经过，看见你睡得跟死了一样沉，有时还边睡边笑。我很大声地叫你，你却毫无苏醒之意。我又抓着你的肩膀摇晃，可你像一摊烂泥似的。我回家后还是放心不下，于是过段时间就来看看你，一直在等你醒来。我看你脸色也不是很好，是生病了吗？”

“没有，我这不是病。”不可思议的是，鱼容居然不饿，“很抱歉。”他又犯了向人道歉的毛病，端正地坐好，郑重地向农夫行了一礼，“说来不好意思——”说完这句，他将自己倒在这座庙的走廊上的来龙去脉向对方和盘托出，然后再次道歉，“真对不起。”

农夫似乎很同情他，从怀中掏出钱包，拿了些钱给他：

“人间万事，塞翁失马。打起精神，准备东山再起吧！人生七十载，什么事都能碰到。人情翻覆，就如同这洞庭湖的波涛啊。”农夫说完这些就潇洒地走了。

鱼容觉得自己仍在梦中。他呆立着目送农夫远去，然后回过头，仰望那一大群站在枫树梢的乌鸦，大喊一声："竹青！"群鸦受惊飞起，在鱼容头顶大声吵嚷着盘旋了一阵，继而径直朝湖面匆匆飞去。之后再无异状发生。

果然是场梦啊。鱼容难过地摇摇头，重重地叹了口气，有气无力地朝故乡进发。

故乡的人们看到鱼容回来，也没有表现得多么高兴。他刚到家，冷漠的妻子就向他发号施令，要他去叔叔家帮忙，把石头搬到庭院里。鱼容汗流浃背地将好几块大石头从河滩搬到叔叔家的院子里，一路又是推、又是拽、又是扛，深深感叹着"贫而无怨难"[1]，眼前的一切都叫他深深地怀念自己在洞庭湖的日子，那一日的幸福生活在他心中点燃了羡慕之火："朝闻竹青，夕可死矣！"

"伯夷、叔齐不念旧恶，怨是用希。"[2]我们的鱼容君是一位崇尚君子之道、志存高远的书生，当然不会刻意怨恨那些不近人情的亲戚，也不会反驳没有学识的大龄妻子。他只管埋头于古书中，培养自己的闲情雅致。即便如此，身边人的蔑视还是令他难以承受。到了第三年春天，他又打了老婆一顿，扔下一句"走着瞧"，便怀抱青云之志离家应考，而这次仍旧毫无悬念地落榜了。看来他似乎并不适合做学问。回家的路上，他再次来到洞庭湖畔的吴王庙，这里的一切都能勾起他的怀念，鱼容的悲伤仿佛被放大了一千倍，他忍不住在庙前号啕大哭，用仅有的一点儿钱全买了羊肉，撒在庙前供奉神鸦。望着从树上飞来啄肉吃的乌鸦群，鱼容想：竹青应该也在

1　出自《论语》，原文为"贫而无怨难，富而无骄易"，大意为贫穷却不抱怨是很难的，富贵而不骄纵则很容易。

2　出自《论语》，大意为伯夷、叔齐不记旧仇，因此别人对他们的怨恨很少。

里面吧，可每只乌鸦都是一个模样，黑漆漆的，鱼容连公母都分不出来。

“你们谁是竹青？”鱼容向乌鸦发问，可没有一只乌鸦回头，每只乌鸦都心无旁骛地啄肉吃。鱼容仍不死心，含着万千思慕之情说道：“如果竹青在这儿，就请留到最后。”肉很快被吃光了，先是两只乌鸦飞走了，接着是五只，不一会儿，大部分乌鸦都成群结队地走了，只剩三只还留在原地找肉吃。见此情景，鱼容不由得心跳如鼓，满手是汗。然而，最后三只乌鸦发现肉已经一点儿也不剩后，也毫无留恋地拍拍翅膀飞走了。鱼容大失所望，以至头晕目眩，但还是没有立刻离开，而是坐在庙里的走廊上远眺春雾缭绕的湖面，不住地叹气：“唉，连续两次落榜，我哪里还有脸面恬不知耻地回家？再这样活下去也没什么意义了。我听说春秋战国时期，大名鼎鼎的屈原也是喊着‘众人皆醉我独醒’，跳到这湖中自尽的。假若我也跳入这充满回忆的洞庭湖而死，说不定竹青在暗处看到了，还会为我流泪。真正爱过我的人只有竹青，其他人净是可怕的贪欲之鬼。尽管三年前那位老爷子鼓励过我，说什么‘人间万事，塞翁失马’，但那都是骗人的。天生不幸的人，无论什么时候都只能在不幸的深渊中挣扎。这大概就是所谓的‘知天命’吧！啊哈哈，我干脆去死好了，若竹青能为我流泪便足够了，我没有更多的奢求。”早已穷极圣贤之道的鱼容也不堪失意的忧愁，做好了今晚投湖自尽的心理准备。没过多久，天就黑了。朦胧的满月浮在半空，洞庭湖上白茫茫的一片，分不清天空和湖水的边界。月光照得岸边的细沙和白昼时一般明亮，饱含湖水雾气的柳枝低垂着。远处的桃花田中，万朵桃花有如晶莹的雪珠。时而有微风吹过，好像天地的叹息。想到要在这样一个静谧的春之良宵与这个世界告别，鱼容不禁泪湿满襟。远方传来若有若无的夜猿哀啼，就在他的愁思达到顶峰时，一个声音伴着拍翅声从身后传来：“别来无恙？”

鱼容回过头，只见一位二十出头的丽人沐浴在月光中，明眸皓齿，巧笑倩兮。

“不好意思，敢问您是何人？”他又开始道歉。

“好讨厌，”丽人轻轻一拍鱼容的肩膀，“您把竹青忘了？”

“竹青！”

鱼容惊讶地站起来，踌躇片刻，最后还是顾不得其他的事，猛地搂住丽人纤弱的肩膀。

“快放手，我要喘不上气啦。”竹青巧妙地从鱼容手中挣脱，笑着道，“我哪儿也不去，一辈子都会陪伴着您。”

“拜托！请一定不要食言！因为找不到你，我都想今晚跳到这湖中自尽了。你到底去哪儿了？”

“我去了遥远的汉阳。和您分别后我就离开了这里，现在成了汉水的神鸦。一个住在吴王庙的朋友刚才告诉我她看见了您，我便匆忙从汉阳飞了过来。心爱的竹青已经在您面前了，您就不要再寻死觅活，做那些可怕的事了。我看您也瘦了呢。”

“肯定瘦了啊，我连续两次落榜了。回到故乡，还不知会遇上什么麻烦呢。我越来越讨厌这个世界了。”

“您如此痛苦，是因为您深信只有在故乡才能活出自己的人生。读书人不是常吟这首诗吗——‘人生处处是青山。’跟我一起去趟汉阳的家吧，您一定会觉得活着是件好事。”

“汉阳好远啊。”谁也没有提出邀请，两人自然而然地并肩离开走廊，来到月光下的湖畔，自在地散步。“有道是‘父母在，不远游，游必有方’[1]啊。”鱼容神情严肃，像从前那样习惯性地展现自己的学问和操守。

“您说什么呢？您的父亲和母亲都已经不在了呀。”

“什么嘛，这些你也知道啊。但故乡有许多亲戚，对我来说他们就像父母一样。我无论如何也想让他们瞧瞧我出人头地的样子，因为他们一直觉得我像个傻瓜。对，别去汉阳了，我这就和你一起回故乡，让大家看看你漂亮的模样，吓他们一跳！嗯，就这么办吧。好想在故乡的亲戚们面前狠狠地耍一次威风啊。被故乡的人尊敬，是一个人最大的幸福，也是终极的胜利。”

“您干吗要那么介意故乡的人的看法呢？过分渴望故乡的人的尊敬，不惜一切代价的人，是不是所谓的‘乡愿’啊？《论语》里可写着‘乡愿，德之贼也’[2]哦。”

鱼容无言以对地败下阵来，破罐子破摔地说：

“好吧，那就去汉阳吧。你带我去。‘逝者如斯夫，不舍昼夜。’[3]”为了掩饰羞愧，他突兀地念起起古文来，接着哈哈大笑着自嘲。

“您愿意和我一起去吗？”竹青欢欣雀跃，“啊，太好了。我一直把汉阳的家收拾得干干净净的，就是想着有朝一日能接您过去。您稍微闭一下眼。”

鱼容照竹青说的轻轻闭上眼，耳边传来翅膀扑棱的声音，接着好像有人给他披了一件薄衣裳，身子一下就轻了许多。他睁眼一瞧，两人已经变成了一对乌鸦，漆黑的翅膀在月光下泛着美妙的光泽。他们在平坦的河滩上轻快地漫步，齐声鸣叫，振翅飞起。

---

1 出自《论语》，大意为父母在世，不出远门；如果要出远门，必须告知自己所去的地方。

2 大意为不辨是非的好好先生是损害德行的人。

3 出自《论语》，大意为奔流而去的河水是这样匆忙啊，白天黑夜地不停流。

三千里长江在月下泛着白光，滔滔向东北流去，鱼容看得如醉如痴。顺着江水飞了大约两个时辰，天终于渐渐亮了起来，遥远的前方便是水都汉阳，家家户户的屋瓦好似在晨雾里安静地沉睡。他们越飞越近了，晴川历历汉阳树，芳草萋萋鹦鹉洲。[1]高耸的黄鹤楼与晴川阁隔着长江对望，你一言我一语地追忆往昔。江面上的点点帆影来去匆匆，再往前便可俯瞰大别山的高峰，月湖的水势在山脚蔓延开来，更北的地方是蜿蜒流向天际的汉水。鱼容陶醉地低吟道："日暮乡关何处是，烟波江上使人愁。"[2]这时，竹青回头对他说："好了，我们到家啦。"她一面说，一面在汉水中一座小小的孤洲上空悠然地盘旋。鱼容也学她的样子绕着大圈，边飞边从高空俯瞰脚下的孤洲。只见绿柳浸于水中，芳草如烟，小洲一角有一栋人偶小屋般可爱漂亮的房子，五六个豆粒大小、用人模样的人正从房子中跑出来，抬头望天，挥手欢迎鱼容二人到来。竹青用眼神向鱼容示意，随后夹紧双翅，笔直地朝那栋房子飞去。鱼容也忙不迭地跟在竹青身后，两只乌鸦刚刚落在小洲的青草地上就变为贵公子和丽人的模样，相视而笑，在前来迎接的仆从的簇拥中，朝美丽的房子走去。

竹青拉着鱼容的手，带他来到房子深处的一间屋子里。那里光线暗淡，银烛在桌上吐着青烟，垂帘上的金丝银线闪着钝重的光，床上放着一张红色的小桌，桌上的美酒佳肴似乎已经恭候来客多时了。

"天还没亮吗？"鱼容问了一个愚蠢的问题。

"哎呀，好讨厌！"竹青微微红了脸，小声说："我觉得暗一些不会害羞。"

1　出自唐诗《黄鹤楼》，大意为阳光照耀下的汉阳树木清晰可见，更能看清芳草繁茂的鹦鹉洲。

2　出自唐诗《黄鹤楼》，大意为暮色渐渐漫起，哪里是我的家乡？江面烟波渺渺，让人更生烦愁。

“‘君子之道，暗然而日章’[1]吗？”鱼容苦笑着说了句无聊的俏皮话，“可是，古书中也有‘素隐行怪’[2]这种说法呀，还是应该把窗户打开，尽情享受汉阳的春色。”

鱼容拨开垂帘，推开了窗户。清晨的阳光灿烂地照进来，院子里桃花盛开，黄莺百转千回的啾鸣搔着人的耳朵，汉水的微波沐浴着朝阳，在远处跳动。

“啊，景色真美。好想让我家老婆也看看啊。”这句话从鱼容嘴里吐出来，吓了他一跳。他扪心自问：难道我还爱着那个丑陋的妻子？接着不知怎的，他忽然想哭。

“看来您还是忘不了您的夫人。”竹青在一旁凄然说着，幽幽地叹了口气。

“不，没有的事。内子从不敬重我的学问，动不动就让我洗脏衣服，或让我去搬点景石。坊间还风传她是我叔叔的小妾。她简直一无是处。”

“您珍惜、怀念的，不正是她的一无是处吗？您心里一定是那样想的。恻隐之心，人皆有之。对太太不怨不恨、不诅咒，一辈子同甘共苦，这样的生活才是您真正渴望的吧？请您立刻回去吧。”竹青忽然变了脸色，严肃地说出决绝的话。

鱼容手足无措地抗辩道：“你这样就过分了吧？想方设法地把我诱惑来，现在怎么又打发我走？用‘乡愿’之类的话攻击我，让我抛下故乡的人不是你吗？你简直是把我当成玩物耍弄啊！”

“吾乃神女。”竹青定定地凝望着闪闪发亮的汉水，语气越发严

1 出自《礼记·中庸》，大意为君子之道深藏不露，但日久自然彰显。

2 出自《汉书·艺文志》，指身居隐逸的地方，行为怪异，以求名声。

肃，“您虽然乡试落榜，在神的考验中却及第了。吴王庙的神仙暗中命我仔细观察，看您是否真的羡慕并渴望成为一只乌鸦。化为禽兽才感受到真正幸福的人是神明最不齿的。作为惩罚，他曾用箭射伤您，让您返回人间。可后来，您又一次渴望回归乌鸦的世界。这一次，神让您远游，让您享受许多欢愉，为的是考验您是否能醉心于此，彻底忘却人世。如果真的忘了，那么等待您的惩罚将极为恐怖，我说不出口。您请回吧。在神的考验中，您已经金榜题名。人活在世上，就必须为人世间的爱恨别离所苦，无法逃避，只有忍耐、努力。一心求学无可厚非，但一味想要挣脱世俗就是很卑劣的。试着一心一意地为俗世欢喜、为俗世忧愁，终生沉浸于其中吧。神最爱的就是这样的人。我已经让仆人们帮您备船了，您坐船直接回故乡吧。再见了。”竹青说完便消失不见了，就连房子、庭院也一下子就消失了，独留鱼容一人呆立于河中的孤洲上。

一条没有帆也没有楫的圆木舟畅快地靠岸，鱼容像被它吸住似的上了船，船立刻自己动起来了，顺着汉江翩然而下，溯过长江，横穿洞庭，驶到鱼容故乡附近的渔村岸边。鱼容上了岸，那条无人的小舟又顺着水流畅快地自行返回了，隐没于洞庭的烟波间。

鱼容垂头丧气地回到家，提心吊胆地站在后门门口，偷偷摸摸地往昏暗的屋里看。

“哎呀，你回来啦！”天哪，这笑盈盈地出来迎接他的人，不正是竹青吗?

“呀，竹青！”

“瞎说什么呢? 你到底去哪里啦? 你不在的时候，我生了一场大病，烧得很厉害，却没有人照顾我。我感慨万千，可想你了。你不知道我多希望你早点儿回来，之前那样看不起你，着实是我不对，我很后悔。后来，高烧迟迟不退，全身肿胀，皮肤发紫，我想这是之前粗鲁对待你这样一个好人的惩罚，把这一切当成报应，放弃了求生的希望，安静地等死。等到肿胀的皮肤破裂，流出大量青色的脓水，我的身子一下子轻松了许多。今天早上醒来一瞧，我的长相竟彻底变了。能变得如此漂亮，我很高兴，把自己的病也抛在脑后，飞身下床，立刻开始打扫家里。然后你不就回来了吗？我好开心啊！原谅我吧，我不光长相变了，浑身上下也都变了，连心肠都变了哦。之前是我不对，但我过去作的恶已经和那青色的脓水一道溜走了，也请你把以前的事忘掉，原谅我，让我伴你一生吧！”

一年后，鱼容的妻子生下一个俊美如玉的男孩。鱼容给他起名“汉产”。至于为何要起这个名字，他连最爱的妻子也不曾告知。这件事和他与神鸦的回忆一起成了珍藏在心的秘密，一辈子也不曾对他人讲起。之前他引以为傲的“君子之道”，从那以后也绝口不提了，只是默默地过着一成不变的贫穷生活。亲戚们仍然对他不尊敬，但他似乎也不怎么介意了。就这样，他以一个平凡的农夫之身隐没于俗尘中。

（作者注：这是一篇笔者创作的故事，是想让中国的读者们看而写的，日后肯定会被译成中文。）

◇ 卷三

怪谈

我自幼便喜爱怪谈，从许多人口中听来许多怪谈，也从许多书中阅得许多怪谈，说我记着一千个怪谈也绝不夸张。在我看来，这世上没有什么比怪谈更神秘，也没有什么比怪谈更严肃。青色的蚊帐外面出现灰色的女子幻象，枯瘦如柴的按摩师弓着腰咚地坐在昏暗的灯影下，我总能从这些情节中感受到神的存在。

小时候，常讲怪谈给我听的是祖母。听祖母的怪谈故事时，连灼灼燃烧的油灯之火都显得神圣而庄严。我有时躺在被炉里，有时则是搂着祖母的大腿，做梦般陶醉地聆听祖母的讲述。我羡慕那时的自己，祖母愉悦地皱起眉，压低声音窸窸窣窣地讲述怪谈的模样神圣极了，至今回忆起来仍觉得十分庄重。

儿时的我完全沉溺于怪谈——现在自然也是一样的——所以我喜欢创作怪谈，遇到一点儿奇异之事（也可能根本就是再寻常不过的事）也会立刻将其写为怪谈。我觉得这不是什么坏毛病，而是好习惯，是对神秘怪谈的尊重。现在的科学家们听说怪谈只是一笑而过，在我看来，这是对怪谈的不敬。

事实上，知道很多怪谈的同时，我也遭遇了很多怪事。

我想从最近经历的怪谈“斗篷化为鬼怪的故事”讲起。

一夜之间破烂不堪的斗篷

那是一个台风肆虐的寒冷日子。

“抖抖抖，哇，好冷！”

“阿——阿嚏！感冒啦，哇，好冷！”

“鸡皮疙瘩都起来了，要是家里烧了洗澡水就好了。哇，好冷！”

我们冻得大声嚷嚷着冲到楼门口。放学真快活。

“哇哦！”

发出奇怪惨叫的人是我。

“斗篷不见啦！”

我的鼻音很重。

“我知道哦。”

“什么？你知道？快告诉我它在哪里！”

“我把它送到当铺了。”

“胡说八道。”

“哎呀，是真的。”

“吵死了！”

“哎呀，你再好好找找嘛。”

“用不着你操心。”

“你去当铺看看，它在当铺的仓库里待得好好的呢。”

“吵死了，再这样我打你哦。”

“哦哟哟，你生气啦？好可怜哪！”

“赶紧走吧，少在这里耍嘴皮子了。”

“你肯定很冷吧。”

“你怎么还在这儿？快回家吧。不快点儿回家，你妈妈会担心的。”（朗读语气）

“好吧，你再仔细找找看哦，拜拜啦！”

“话说回来，斗篷到底在哪儿闲晃呢？”

我从未被如此冒犯过。我认定有人将斗篷藏了起来。调皮捣蛋也要分场合，爱做怪事的人还真多，怎么能藏人家的斗篷呢？更何况是在如此糟糕的天气里。

那天非常寒冷。

风还很大。

我首先找了黑板背面。

没有。

接着看了看炉子。

没有。

桌子抽屉里。

没有。

最后我环顾整个教室。

果然也没有。

我几乎要哭了。斗篷多半不是被谁藏起来了，估计是有人错把它穿走了。我迅速思索班里粗心大意的人都有谁。是他，肯定是他。

没有谁比他更粗心大意了，那个竟能把火星和月亮都认错的家伙。唉，那家伙太没礼貌了。

明天敢来学校试试，我要把他碎尸万段！真是可恶的家伙。

我怒气冲冲地冲出门去。

好冷。

“什么嘛，该死。”

我像霰弹般敏捷地跑起来。

“喂，你为什么会穿错斗篷？”

“这这这这……我我我我……”

“你倒是说说看啊！”

“你刚刚说什么？”

“斗篷啊，斗篷！”

“斗篷怎么了？”

“什么怎么了？它不见了啊！”

“我什么都不知道。”

于是我向他说明了情况，结果他一脸糊涂地对我说：“不，不是我干的。”他还特意将自己的斗篷拿到我面前，解释了半天。

“好吧好吧，我知道了。不是你干的。抱歉啦！”

“不，我是没关系啦，但你很难办呀。有了，你拜托老师试试嘛。我啊，前阵子丢军鞋的时候跟老师说了，他马上就去帮我找了。”

“那找到了吗？”

“没有。”

“什么嘛。”

“不过，老师很热情地尽力帮我找，我很感激，感动过了头，觉得军鞋能不能找到都无所谓了。”

“是吗？那我也跟老师说说看。我也想尝尝感激的滋味。”

放学后，我请求老师的帮助。

“这个很难办啊。”

老师正要回家，听了我的话大吃一惊，将已经拿在手里的包袱放回桌上。

“是有人拿错了吧。”

“嗯，我也这么想。”

“好吧，我们找找看。”

“好的。”

“你跟我来。”

“好的。”

这位老师是教体操的。

走路时连节奏都保持一致。

没错，没错，勇往直前。

手指伸直，五指并拢，喊着“一二一，一二一”。

今天比昨天更冷。我的身子蜷得更紧了，瑟瑟发抖地跟在老师身后向前走。

没有一个人留在学校里。因为明天要考试了。

空荡荡的学校里只剩下挺直身板的体操老师和蜷着身子的我，然后就是无色无味的空气在蠢蠢欲动。

“一二一，一二一，斗篷是什么时候丢的？”

“嗯，昨天。”

“很难办啊。”

“是啊。”

一二一，一二一。

一二一，一二一。

“你叫什么？”

“您问名字吗？”

“嗯。”

“津岛……”

“哦，津岛……修治吧？是吧？”

“嗯。”

一二一，一二一。

一二一，一二一。

“啊，那个是你的吗？”

“不是（别开玩笑了，我的斗篷要比它长得多，那件还不到两尺，大概是某个一年级学生忘了拿他的小斗篷吧）。”

“是吗？”

一二一，一二一。

一二一，一二一。

“啊，在那儿呢，在那儿呢。那件是你的吧？”

“不是（别开玩笑了，我的斗篷才没有那么破。肯定是某个勤杂工的吧，我的那件足足值二十八日元）。”

“是吗？”

一二一，一二一。

一二一，一二一。

我和老师走在长长的走廊上。

走廊尽头是通往二层的楼梯，老师用机械般的步伐精准而轻快地踏上楼梯。

“你的斗篷挂在二楼吧？”

“嗯。”

“那我们去二楼看看吧。”

秋天的黄昏来得早，天空已经染成了一片鼠灰色。

学校里昏暗而安静，连声鸟叫都没有，让人几乎喘不过气来。

一二一，一二一。

一二一，一二一。

“你们的斗篷架在那边对吧？”

“嗯。”

一二一，一二一。

一二一，一二一。

“啊，老师，找到了。您看，就在我挂斗篷的地方……”

我慌忙跑过去。找到了，找到了！我兴高采烈地拿起斗篷。

“啊，这件斗篷好旧，而且很短，到处都破破烂烂的。”

确实有件斗篷挂在我的斗篷架上，但并不是我的那件。透过昏暗的光线看，那红褐色的斗篷分明就是旧的。

就在那时，我忽然觉得脊背发凉，因为自己的斗篷好像在一夜之间老去了。

“哎呀，你真是老了很多啊，都缩水了吧。”

我一面这样想，一面怀着眷恋、恐惧又异样的心情，重新审视那件老去的斗篷。

魔之池

秋天的天空无限高远。

秋天就该在充满秋意的路上悠闲地散步。

咦？我在去学校的路上。不，其实我就是在散步。

山是红色的，稻田里净是收割过的残桩，像棋子似的。成堆的稻子像大小和尚，安闲地被放在路旁。万里无云的晴空透着凉爽之意（四下的风景充满秋天的气息），我一面欣赏风景，一面构思如何给故乡的母亲写信。

天空越发高远。

一望无际。

嘿哟——嘿哟——

就在我念念有词的时候。

只听“啪嚓”一声。

呜哇！

我被吓了一大跳，怯生生地回头一瞧，悲哀地发现我的便当盒掉进了一个小水坑里。

到了中午。

便当。

便当。

啊，对了对了，我的便当没法吃了。

我很是难过了一番，然后想：

便当盒为什么会掉下去？便当盒是我的东西啊，别人的怎么就没有掉下去？

为什么我走的路上有水坑？那么宽的路，水坑怎么就偏偏出现在我的脚下？

便当为什么会掉进水坑里？我的便当盒小小的，水坑也小小的，这两样小小的东西竟然如此合拍。便当盒为什么就非要掉到那水坑里不可？明明有的是地方可以掉啊。

思考完这三点，我不禁毛骨悚然。

我忘记了一切，又悠闲地散着步从学校回来了。

天空仍然无限高远。

高远又湛蓝。

秋日的好天气暖洋洋的。

群山从未如此清晰。

“怎么样，今年采到了很多香菇吗？”我构思着如何给乡下的哥哥写信。

只听“啪嚓”一声。

呜哇！

我被吓了一大跳。

看啊，我跌倒在水坑里了。

哇啊！

这水坑和便当掉进的水坑没有两样……不，是同一个水坑！

咕噜、咕噜、咕噜。此时我脑海中盘桓的三个想法比刚刚那三个更厉害。

太可怕了，这是魔之池。

我面色苍白，怯生生地往那小小的水坑里看。

映在水坑里的秋日蓝天现出无底深渊般的暗蓝色来。

可能有精灵住在里面。

我这样想道。

◇ 卷四

杂趣篇[1]

1 前三卷的卷名均为作者所拟，本卷名为中文版编辑所拟，特此说明。——编者注

穷人志气

从前，江户品川藤茶屋一带一个不起眼的草庵里住着一个名叫原田内助的中年男人。他身材高大，胡子浓密得可怕，眼睛布满血丝。一般来说，长相可怖的人都会为自己容貌的威严而感到不好意思，反而变得格外卑怯，原田内助也是这样的。别看他浓眉大眼，一副绝非等闲之辈的利落模样，其实是一个毫不中用的男人。练剑的时候，他总是紧闭双眼，发出奇妙的叫喊，朝莫名其妙的方向突进，最后撞在墙上，道一声“我输了”，落得一个“穿墙高手”的绰号。一次，他听一个卖蚬子的狡猾少年谎报身世，被感动得号啕大哭，将蚬子全部买回了家，然后被老婆痛骂。连续三天，老婆三餐都做蚬子给他吃，吃得他胃痉挛，痛得直打滚。他若是翻开《论语》，刚读到《学而第一》[1]就会被睡魔袭击。他讨厌毛毛虫，看到了就会惨叫一声，张开十指向后仰倒。别人的奉承让他十分受用，他会像被狐狸附身一般，慌慌张张地跑去当铺换钱请人吃饭。到了每个月的最后一天，他从一大早就开始喝酒，还假装要切腹，吓跑来

1 《论语》第一篇的篇名。

讨债的人。他住在草庵里，并不是为了风流的喜好，只因为自己不争气才如此落魄。他是没有半点儿油水的彻头彻尾的穷人，也是讨亲戚嫌的浪人。幸好，他的亲戚中有两三个富裕的人，每到紧要关头总能合力帮他，而他将筹来的大半钱财换成酒，日复一日地在赤贫的生活中醉生梦死，对春天的樱花、秋天的红叶不闻不问。不过，就算对春天的樱花、秋天的红叶视若无睹，人也是能活下去的，唯独一年一度的除夕夜，很少有人能佯装不知，凑合过去。这一年也终于到了尾声，原田内助的眼神变了，装成疯子的模样，闲来无事却摆弄着长刀，“嘿嘿”地怪笑着吓唬来讨账的人。后天就是正月了，他却连天花板上的煤灰都不扫，胡子也不剃，又薄又硬的棉被也不叠起来，无力地嘟囔着悲伤的话：“放马过来吧！”然后又“嘿嘿”地傻笑。这样的事每年都会发生，他老婆终于不堪忍受这人间炼狱般的煎熬，从后厨的小门跑出去，投奔她哥哥去了。她哥哥是名叫半井清庵的医生，住在神田明神横街。她泪眼婆娑地诉说着家中的困窘，祈求哥哥的帮助。清庵不堪忍受妹妹多次叨扰，也早已腻烦，但生性大方的他还是笑着说：“亲戚里有一位如此蠢笨之人，也不失为人世间的一种滋味。”他给了妹妹十两小判[1]，用纸包好，在上面写道：“贫病妙药：金用丸。万事如意。”

看到老婆带回了贫病妙药，原田内助非但不高兴，还板起脸来，哑着嗓子说了句怪话：“这钱我可不用。”他老婆吓了一跳，心想：莫非他终于真的疯了？其实原田内助并没有疯。不中用的男人就连接受幸福的姿态都极为糟糕。面对从天而降的幸福，他们张皇失措、羞愧难当，要么恼羞成怒地发表一系列歪理邪说，要么就得做些什

1　日本江户时期的一种通用金币。

么，将好不容易到手的幸福赶走。

“直接拿来用恐怕会遭报应，我说不定会死掉呢。”原田严肃地问，“你想杀死我吗？”他用布满血丝的双眼瞪着老婆，然后坏笑一声，“不会的，你也不是那种凶狠的婆娘。喝酒吧，不喝酒就要死了。哦，下雪了。好久没和我那帮风流倜傥的朋友聊天了，你这就去跑一趟，把附近的朋友叫过来。山崎、熊井、宇津木、大竹、矶、月村，把这六个人叫来。哦，再加上短庆和尚，一共七位。速速叫他们来。回来的路上去趟酒馆，下酒菜嘛，就用家里现成的吧。”原田没什么要事，只是因为高兴而兴奋起来，想喝酒了。

山崎、熊井、宇津木、大竹、矶、月村、短庆都是住在附近的长屋里，日日为贫病所苦的浪人。他们接到原田赏雪饮酒的邀请，都觉得他简直是雪中送炭，哪怕只有一个晚上能从大年夜的困窘中逃脱也是好的。于是他们纷纷扯平纸衣[1]上的褶皱，把脑袋伸进壁橱，四处找伞和足袋[2]。有人翻出一堆没用的东西，最后决定在夏天的浴衣外面套一件披肩；有人穿了五件单衣，把旧棉布裹在脖子上，称自己有点儿感冒；有人将老婆的小袖和服翻过来穿，卷起袖子以掩饰和服原本的样式；有人上身是半身内衬，下身是骑马裤裙，还披着一件缝纹的夏季外褂；有人把下摆漏棉花的衣服往裤子里一塞，光着一双毛腿……总之没有一个人穿着像样的衣服赴约。但武士之间的往来果然不同凡响，大家在原田家齐聚一堂，竟没有任何人笑话他人的装束，而是庄重地互相寒暄。坐定之后，在浴衣外面套披肩的山崎老人从容不迫地走上前，落落大方地代表今晚的客人向一家

1 厚和纸做的衣服。以前是僧人专用的，后来一般人也用来防寒。
2 专指分趾的袜子和鞋。

之主原田道谢，原田也遮着纸衣的袖口残破处回应道：

“欢迎大家齐聚寒舍！今晚邀请大家来，是想忘却大年夜的忧愁，和诸位一起赏雪喝酒，同时也为久疏问候向各位道歉。看到大家拨冗前来，我很高兴。今夜还望诸位尽兴！”说完，他便端上一桌寒酸的酒菜。

客人中有人举着酒杯瑟瑟发抖。问他怎么了，他抹着眼泪说：

“没事，您不用费心。在下因为贫穷，已经很长时间滴酒不沾，连怎么喝酒都忘了，着实丢人。”那人边说边落寞地笑。

“在下和您一样。”那位上身是半身内衬、下身是骑马裤裙的人凑过来，“在下刚才连喝了两三杯，也觉得非常奇怪。我不知道接下来该如何是好，已经忘了怎样才能喝醉。”

大家的想法似乎都差不多，一桌人安静而客气地小声寒暄，推杯换盏。渐渐地，他们仿佛记起了喝醉的方法，笑声此起彼伏，席间越发热闹起来。这时，主人原田拿出那个包着十两小判的纸包，兴高采烈地说道：

“今天有一样宝贝想让诸位看看。诸位囊中羞涩的时候，都能痛快地远离酒精，勤俭节约地度日。所以即使年关难过，也不至于像我这样痛苦。我这个人吧，越是手头不宽裕，就越想喝酒，因此债台高筑。越是年关将近，越是痛苦得像亲临八大地狱一般。最终，我舍弃了武士的志气，抛下了一切，落得要哭着向亲戚求助的不光彩的下场。今年到底也是这样的，有亲戚帮了我一把，给了我十两小判。有了这笔钱，我大概能过一个正常的新年了，但我唯恐独吞这份幸福会遭到报应而死，所以想到了这个办法，今天就把大伙儿叫到一起痛快地喝上一场。”

众人听了原田的话，纷纷叹起气来。

有人说："什么嘛，早知道我就不客气了。刚才喝酒的时候，我一直担心一会儿你是不是要跟大伙儿收酒钱，都没能尽兴！"

有人说："既然如此，我就该大口喝酒，尽享这份幸福。回到家说不定能收到意外的钱款呢。"

还有人说："有位好亲戚就是幸福。在下的亲戚恰恰相反，还盯着在下那点儿碎银子呢。真没意思。"

屋里更加开心、热闹了，原田大喜过望，搓着挂在胡子上的酒珠说道：

"不过，好久没见过十两小判了，放在手心里一掂量，还挺重的。诸位要不要试试？按顺序把这十两小判放在手里掂一掂吧。如果想着这是一笔钱，那就俗气了。这不是钱，这个纸包上清清楚楚地写着呢——'贫病妙药：金用丸。万事如意。'我这位亲戚啊，可会说俏皮话了。来吧，大家传一下，都瞧瞧这十两小判。"

原田说着将十枚金币和那张包装纸塞到客人手里。每位客人都为金币的重量而惊叹，并佩服那句附言的精妙。还有人来了灵感，借来笔墨纸砚，在包装纸上即兴添了一句："雪光莹莹夜，敬纳贫病药。"大家更加起兴地推杯换盏，小判在客人们手中转了一圈，回到主人膝头的时候，年长的山崎端正地坐好，礼数周全地道谢："哎呀，托您的福，我把这一年的辛劳都抛在脑后了，竟然在府上叨扰了这么久。""多有打搅。"那位将旧棉布裹在脖子上、称自己有点儿感冒的人挺起胸膛，唱起最后一曲，主客一同轻轻地打着拍子。善始善终是古往今来的武士都有的讲究，一曲终了，大家各自将周围的东西拿到厨房，把热酒用的锅、便当盒、调料瓶递给原田的老婆，见刚才那些金币还摊在原田膝头，便劝他快些把钱收好。原田漫不经心地将小判拢到一起，脸色忽然变了——少了一枚金币。原田虽然爱喝酒，但是个胆小的男人。他长了一张吓人的脸，性格却不是那么回事，一天到晚替别人着想，并为此提心吊胆。他虽然震惊，但装作若无其事，想把钱收起来。这时，年纪最大的山崎伸出手来："等一下，"他轻轻地说，"小判少了一枚呀。"

"啊，不，这个嘛……"原田像个做错事被识破的人，根本不知该如何是好，"这个嘛，对了，诸位来之前，我去酒馆花了一两。刚才拿出来的时候就只有九两，没有任何问题。"

山崎却摇摇头，摆出老顽固的势头："不不不，你说得不对。在下刚才放在手心里的确实是十枚小判。座灯的光是暗淡了些，但我山崎的眼睛没有花。"他说得很坚决，其他六位客人也坚称刚才确实有十枚小判。大家一齐出动，举着座灯，搜遍了屋子的每个角落。然而，到处都没有那枚小判。

"事已至此，在下只好脱光身子证明自己的清白了。"山崎老来顽固，人穷志不穷，再怎么落魄也是个武士，不愿受这种不明不白的奇耻大辱。他愤然脱下披肩，用力一抖，又脱下脏兮兮的夏季浴衣，只剩下一条兜裆布，像撒渔网似的夸张地甩了甩浴衣，脸色苍白地问："诸位看清楚了没有？"其他客人自然无法袖手旁观，大竹第二个起身，抖了抖他那件缝纹的夏季外褂，又抖了抖半身内衬，最后脱下骑马裤裙，暴露了自己没穿兜裆布的事实。但他脸上没有半点儿笑意，只是倒提着裤裙抖了抖。屋里的气氛逐渐变得肃杀而凝重。下一个是将棉袍塞进裤子里、光着毛腿的短庆和尚，他刚站起来便面部扭曲地爆发出一声呻吟，好像肚子突然疼得厉害似的："在下偏偏在这种时候吟了那句无聊的俳句：'雪光莹莹夜，敬纳贫病药。'诸位，在下怀中确实有一两小判。事到如今也不必脱下衣服抖落了。这真是无妄之灾，特意辩解又显得不够干脆。我这就自我了断便是！”话没说完，他便脱光了上半身，把手伸向腰间。主人和一众客人赶忙冲过去按住他的手：

“没有任何人怀疑阁下！不仅阁下如此，我们也是一样的。过着贫苦生活的穷人，怀中有时也难免揣着一两金子。所有穷人都是同胞，我们深知阁下想要以死证明清白的心情，但没有人怀疑阁下，阁下可不能做切腹这样的傻事啊！”短庆在众人的劝说下，终于转而怨恨自己悲惨的命运，仰天长叹：

“感谢诸位好言相劝，我会将这份情谊带到黄泉路上的。眼下大家正在寻找丢失的一两小判，偏巧在下怀中就揣着这么多钱。就算诸位不怀疑在下，在下的这份狼狈也无法抵消。稍有不慎，在下就会成为世人的笑柄，实在是没脸活下去了。实不相瞒，在下怀中的一两二分钱，是昨天将平时随身携带的德乘短刀卖给坂下洋货店的老板十左卫门先生换来的。到底还是做了这于事无补的辩解，在下简直愚蠢透顶，是武士的耻辱。什么都不说了，让在下去死吧！若诸位为不走运的友人打抱不平，请在我自戕之后，去坂下洋货店问个清楚，为在下雪耻。拜托诸位了！”短庆咬牙切齿地放下狠话，又挣扎着把手伸向腰间。

“咦？”就在这时，主人原田忽然大喊，“在那儿呢！”

众人一看，座灯下面赫然躺着一枚小判。

“哎呀，居然在那里。”

“真是灯下黑啊！”

“丢失的东西总会在意想不到的地方出现，对待这种事，只要平常心就好。”山崎说。

“这小判可真会折腾人啊。拜它所赐，我的酒都醒了。我们再喝一顿吧！”主人原田说。

“啊呀！”正在大家议论纷纷、笑作一团的时候，原田的老婆在厨房那边发出一声惊叫。她很快手忙脚乱地跑到厅里，递上一个便当盒的盒盖：“小判在这里。”盒盖上俨然也有一枚小判。大伙儿面面相觑，不明白发生了什么。原田的老婆红着脸拨了拨脸旁的碎发，尴尬地笑着说：“一开始，我把煮好的山芋摆在便当盒里端上来的时候，丈夫把盒盖随手放在榻榻米上，我就拿过来垫在便当盒下面了。盖子背面有水蒸气，小判应该是那时候粘上去的吧。粗心大意的我没有察觉，收拾碗筷时直接把它撤下了，刚才洗碗的时候，这小判当的一声掉下来了。”她急匆匆地说完，主人和客人都是满脸惊讶，只得面面相觑——这样的话，就有十一两小判了。

“唉，这也是一种幸运吧。”片刻过后，最年长的山崎叹了口气，给出的意见完全不得要领，“喜事一桩。机缘巧合之下，十两小判也不是不可能变成十一两的。这是常有的事。你就先收下吧。”他像是有些老糊涂了。

其他客人也觉得山崎这乱七八糟的意见很让人无语，但又觉得眼下这种场合让原田收下小判是最不出错的办法，便劝道：

“收下挺好。您那位亲戚肯定原本给您包的就是十一两小判。”

“没错，那毕竟是位幽默的先生，没准儿对您说是十两，其实故意包了十一两在里面呢。”

“原来还有这样不多见的爱好，此人真是潇洒。总之您就收下吧。”

大家各自说些不靠谱的话，硬要让原田收下这一两小判。这时候，懦弱且嗜酒如命的窝囊男人原田内助表现得异常固执，这恐怕是他生平第一次如此坚决：

“别想用这些借口说服我，别小瞧我。恕我直言，同样忍受贫寒，却只有我一个人得了十两小判的垂青。无论是对天还是对诸位，我都感到过意不去、坐立难安，不痛快地喝上一场就觉得说不过去。所以今天晚上才招待大家共同分享我过分的幸运，想请大家帮我除厄。谁知道又有一场无妄之灾从天而降，我连这十两小判都觉得烫手，你们这群人竟要再塞一两小判到我手里。这也太过分了吧！我原田内助虽然穷，但也是堂堂的武士，对钱和其他东西无欲无求。不光这一两，这十两我都不想要。你们都拿回去吧。”他的脾气着实来得奇怪。懦弱的男人往往得到一丁点儿东西都惶恐得不行，汗流浃背，不知所措。但若是吃了亏，则会像变了个人似的罗列冠冕堂皇的理由，听不进任何人的劝，只是没完没了地列举那些歪理邪说，一根筋似的坚持。俗话说“触底反弹”，也就是说，他的自尊心已经颠倒了。到了这个地步，原田也豁出去了，断断续续地摇头陈述自己的想法，一步也不肯退让。

“拜托各位别小看我。十两金子怎么可能变成十一两？别这样取笑我了。肯定是刚才哪位悄悄拿出来的吧？绝对没错。一定是某个人不忍心看短庆大人为难，悄悄拿出了自己身上的一两小判，做了无聊的手脚。我的那枚小判一直粘在便当盒的盖子背面，掉在座灯旁边的那一枚就是某位大人的情分。大家把这一两小判强塞给我，完全没有道理。你们觉得我就这么需要钱吗？穷有穷的志气。别看我说话这么啰唆，但就是私吞十两小判都让我难受得厌世，你们偏偏还要再塞给我一两，看来老天爷已经不管我的死活了，我的武运也走到了尽头，这下非切腹雪耻不可了。我是个嗜酒如命的傻子，但还没糊涂到被你们骗得团团转的地步，相信金子真能生出金子，还为此扬扬自得。行啦，拿出这一两小判的大人，请您赶快收回去吧。”原田面相本就凶恶，此时正襟危坐、认真说话的模样更是叫人害怕。在座的各位缩着脖子，谁也不说一句话。

“快自报姓名吧。这位大人是重情义的好人，要我一生追随您左右也无妨。为了救短庆大人于危难中，您竟能在这一文钱都舍不得花的大年夜，淡定自若地将一两金子扔在座灯旁边。所有穷人都是同胞。不忍见短庆大人为难，宁可默默舍弃自己宝贵的一两金子，这是多么高尚的品格！原田内助深感佩服！如此优秀的人就在这七人中。请您报上名来，堂堂正正地报上名来！”

被原田说到这份儿上，那位隐姓埋名的行善者恐怕更难主动站出来了。如此看来，原田内助果然是个不中用的男人。七位客人只是不住地叹气，扭扭捏捏的，事情迟迟得不到解决。好不容易攒起来的酒意也散了个干净，一群人扫兴极了，只有原田瞪着带血丝的眼睛，焦急地喊着：“快报上名来，报上名来！”不一会儿，公鸡开始打鸣，预示着破晓将至。原田终于没了耐心：

“让诸位久留于此，我实在太不像话了。既然无论如何也没人愿意站出来，那就没有办法了。这一两小判就留在这便当盒的盖子上，放在大门旁边。请诸位逐一离开。至于这枚小判的主人，拜托您默默地将它带回去。这样处理，大家觉得如何？”

“这样最好。”七位客人松了口气似的抬起头，纷纷表示赞同。对生性愚钝的原田来说，这着实是一项了不得的决策。看来懦弱的男人面对自己占不到便宜的问题时，偶尔也能想出高明的办法。

原田有些得意。他当着大家的面将那一两小判端端正正地放在便当盒的盖子上，将其置于门边。

“我把小判放在门口的台子右边了，在光线最暗的地方。如果不是小判的主人，可能看不清那里是否有东西，您直接打道回府便可。若是小判的主人，就请您摸索着取回它，若无其事地回程。那么，就从山崎老人开始吧。哦，对了，劳烦您临走前把拉门关严。

等山崎老人出了大门，完全听不到他的脚步声后，再请下一位客人退场。”

七位客人照原田的吩咐，安静有序地离去后，原田的老婆点亮蜡烛，手持烛台到门口一看，小判已经不见了。她感到一阵莫名的颤悚，对丈夫说：

“也不知那枚小判是谁的。”

原田一脸困倦地回答：

“不知道。还有酒吗？”

看来武士无论多么落魄，做事都不同凡响。可怜原田的老婆紧张兮兮地起身去厨房烫酒了。

（《诸国奇闻》卷一之三《大年夜不宜细盘算》）

女贼

后柏原天皇大永年间[1]，陆奥国[2]有个能将人偷得分文不剩的山贼。此人姓濑越，住在仙台名取川上游的笹谷崖附近，经常向过路的旅人勒索金银财宝。此外，他的吝啬在山贼中是出了名的，不舍得浪费一分一毫，三十出头就攒了很多钱，成了家财万贯的大富豪。他留着浓密的小胡子，言行举止稳重得体，不穿山贼常穿的熊皮袄，而是喜穿丝绸和服，在外面套一件带家徽的外褂，还对谣曲有些研究。或许是因为这些，他的口音也和当地方言有些不同，习惯用“乃某某”等文绉绉的词句。不知他是否讨厌女人，总之他至今独身，虽然喝酒，但仿佛完全不把女人放在眼里，从未展露好色之态。偶有手下掳来村里的女人，濑越见了便皱着眉道“调戏妇女乃男子之耻辱”，要手下赶快放女人回村。曾有手下直言不讳地点评：“大哥讨厌女人，如同美玉微瑕。”濑越听了也只是邪魅一笑，一面嘟囔着“仙台少美女”一面叹气，俨然是个兴味高远的男人，而非山

1　1521—1527年。

2　日本古代的令制国之一，其领域为现在的福岛县、宫城县、岩手县、青森县、秋田县的部分地区。

贼之辈。一年春天，这男人命五个容貌尚可的手下脱下熊皮袄，不得蒙面，穿上带家徽的和服和仙台的丝织裤裙，然后带他们前往京都，像东国来的大地主似的，落落大方地挑最高级的旅馆住下，整日在街上闲逛，仿佛平时的勤俭节约都是为了今天毫不吝惜地挥散家财。不久，众人看腻了街上的良家妇女，跑去花街柳巷，将都城有头有脸的名妓全都召来一一品鉴。其中一位好色的手下竟呻吟着口吐白沫，倒地不起，大家乱作一团，又是喂水又是喂药，还有提议脱裤子的，一时间热闹极了。大财主本人却一脸忧郁地叹着气嘟囔道："京都亦少美女。"有道是人言可畏，山贼濑越的奢侈做派很快传遍了偌大的京城，人们称他"胡子拉碴的大财主"，每个人在路上见了他都要点头致意。可这男人依旧闷闷不乐，没过多久，他似乎也厌倦了在花街柳巷寻欢作乐，成天带着手下在京城大道上游手好闲地走来走去。一天，濑越路过一幢老宅外面摇摇欲坠的院墙时，偶然从墙缝中瞥见了一个姑娘。他停下脚步，手中的扇子猝然掉落，猛地发出一声长叹，摇动的肩膀有如一座小山，一句方言不由得脱口而出："得劲儿！"那位年轻姑娘正在一棵繁花似锦的梨树下陪一个似乎是她弟弟的娇贵男孩玩手鞠。濑越半张着嘴，看得如醉如痴。第二天，胡子拉碴的大财主吩咐五个手下带着无数金银珠宝、绫罗锦缎去那户人家，颇为唐突而强硬地和对方谈判，无论如何也要迎娶那位大小姐。那家的老爷是某个有些来头的公卿后人，曾在京城颇有声望，但他太爱惜羽毛，渴望更进一步，应酬时挥金如土，日夜宴请达官显贵，反而被人看不起，还散尽家财，万事不顺，如今甚至有中风的迹象，连撑起那道摇摇欲坠的土墙的力气都没有了。他在擤鼻涕纸的正反面写下蹩脚的和歌，什么"战栗之手虽可触，此世已成梦幻界"等，以排遣每日的忧郁。濑越派人突然造访，这位老爷起初虽然有些不知所措，但他望着眼前堆积如山的金银财宝，虚荣涌上心头，忽然觉得有了这些，自己又能再次宴请大官，有机会风光地出人头地。这胡子拉碴的大财主如今在京城也颇有声望，人们都说他来自遥远的东国，是有钱人家的大少爷云云。只要有钱，乡下人也无妨，这桩亲事倒是不赖！俗话说“人穷志短”，这位老爷也起了贪念，当天对使者十分和气，说过两日会明确答复，明日定会去大少爷下榻之处拜访，以答谢今日之礼数。回程途中，濑越的手下交换意见时频频点头，认为这次说亲已经十拿九稳。手下向濑越汇报了情况，山贼头目笑得合不拢嘴：“竟不费吹灰之力！”第二天，那幢老宅的老爷头戴黑色礼帽，穿着过分正式的服装拜访山贼在京城的住处，用正宗的文雅言辞为昨日之事道谢。老爷对濑越落落大方的举止和英气的胡子一见倾心，本该只来道谢的，却一不留神主动说出一句“小女不才”，饶是山贼头目也不禁因京城人的轻薄之举苦笑。尽管如此，当日仍摆下饕餮盛宴，回礼比昨天更多，老爷如坠梦中，回家时竟忘了拿礼帽。他唤来女儿，胡乱说教了一通：“女人三界无家，这里不是你的家。你弟弟会继承家业，这个家不需要你。所谓的‘女人三界无家’，就是这个意思。”见女儿哭了，他又说，“你哭什么？为父给你找了位好夫婿，你却哭哭啼啼的，真是大不孝！”他举起好似中风了的胳膊，哆嗦着作势要打女儿，“京城人生得白净，可是太穷。东国人体毛浓密、长相蠢笨，但听说很会疼女人。你走吧，去深山老林、去哪里都行。赶紧走，你去世的母亲在天有灵也会高兴的。不必替为父担心，我不久又将东山再起。听懂了吗？喂，你听明白了没有？女人三界无家，意思就是在哪儿都一样没有希望呀！”他甚至说出这些奇怪的话来，根本没仔细调查女婿的家世，草率地认为这胡子拉碴的大财主既然闻名京城，就肯定错不了，于是独断专行地定下了这门亲事。十七岁的女儿为命运和因果报应哀叹，自己不得不远嫁到东国中的陆奥国，听说那里还是虾夷的地界，她几乎不想活了，被抬上轿子的时候哭个不停。唯独她父亲一人浅薄地手舞足蹈，颤颤巍巍地骑着马将女儿送到京郊，一心想着自己今后就要飞黄腾达了，心不在焉地道了几句“保重”就回家了。五天后他便因急性心肌梗死猝死了。真乃人的命，天注定。那时，十七岁的女儿还在前往东国的轿子里摇摇晃晃，压根儿不知道可怜的父亲已经暴毙了。她看着新郎的胡子，越看越感到难言的恐惧，不由得泣涕涟涟。她被手下们粗鲁的方言吓破了胆，再一次泪流不止。一行人过了江户，好不容易来到仙台，见春日已至但山间仍有残雪，不由得又是潸然泪下。这一路上，山贼们对她手足无措，抵达山寨老巢时，她的眼睛已经哭肿了，整张脸像猿猴一般，几个手下顿觉扫兴，山贼头目却温柔地亲自照顾她。等到眼睛好起来时，她已经冷静了许多，对山贼头目有了几分依赖，也渐渐能听懂方言了。有时听到手下们愚蠢的玩笑话，她不禁微微一笑。后来得知丈夫的恶行，她大吃一惊，但转念一想：女人三界无家，就算从这里逃走，自己连京都在哪个方向都不知道，不如放宽心态，断了念想，随遇而安。在丈夫的呵护和手下们一声声“大姐”的呼唤里，她渐渐静下心来，全然不再难过，不知不觉间被恶行浸染。有的妻子觉得丈夫的一切行为都愚不可及，也有的妻子认为丈夫的一言一行都是伟大的英雄之举，这两种都是恶妻。这位长在京都的美女似乎属于后者，她渐渐看惯了丈夫的恶行，开始觉得他勇敢可靠。丈夫干完一票回来，她便勤快地为他洗脚，笑着问他今天有何收获。摊开丈夫从旅人手中抢来的窄袖便服，能面不改色地加以评论：“这件衣服对我来说有点儿太花哨了，拜托下次来一件素静点儿的。”丈夫的手下残忍地大谈自己的功劳时，她也能眯着眼睛听得乐呵。后来还穿上草鞋与丈夫同行，若无其事地帮忙作恶，彻底沦为一个生性卑劣的女山贼。她的容貌还和从前一样秀美，双眼却放着淫荡的光，蹲在井边细心地为丈夫磨刀时，竟散发出女魔头般凌厉的气势。不久，这女魔头怀孕了，生下一个女儿，皮肤白皙，樱桃小嘴，取名春枝，颇有京都美女娴雅的风范。两年后，女魔头又生下一个女儿，随了父亲的黑皮肤，眼梢上吊，神色倔强，名唤阿夏。两个孩子丝毫不知自己的母亲是京城公卿的血脉，“门第不如教养”这句话真是道尽了人世无常，孩子们从容地相信自己出生的深山就是祖辈的故乡，拿出魔头之子的架势在荒山野岭里狂奔玩乐。她们玩的也不是普通的过家家，而是一个扮作旅人，一个扮作山贼。一个说：“站住，你是要命还是要钱？”另一个一边大喊“救命”，一边嗖嗖地跑下险峻的山崖。“站住，别跑！”扮作山贼的那个追上去将其捉住，哈哈大笑。母亲见此情景并不难过，反而给两个孩子长刀，让她们练习杀人。这天不怕地不怕的恶行往往会落得可怕的下场，果不其然，春枝十八岁、阿夏十六岁那年的冬天，山贼父亲遭了天谴，雪崩时被压住，浑身骨头粉碎，死状惨不忍睹。母女三人还未从悲伤中走出来，手下就露出恶人的本性，将老大攒的金银财宝和各种工具、食物尽数拿走。大雪封山，母女三人眼看就要活不下去了。

“这不算什么。”好胜的阿夏威风地鼓励母亲和姐姐，“我们还像往常那样勒索旅人就是。”

“但是——”比妹妹文静些的姐姐春枝更加通晓人情世故，“光靠女人是不行的。弄不好，我们的衣服反而会被对方扒下来。”

“胆小鬼，胆小鬼！我们女扮男装，带上刀去就行了。只要学着男人的模样粗着嗓子喊一声‘喂’，没有哪个旅人会不浑身发抖的。不过，武士还是很吓人的。我们就挑老头子老太太，或者独自旅行的女人、文弱的商人下手，准能成功。这不是挺有意思的吗？我要套上那件熊皮袄去干一票。”天使和恶魔之间往往只隔着一层纸。

“真能成功就好了。”姐姐落寞地微笑道，“既然如此，就先试试看吧。我们俩怎样都无所谓，但妈妈不能受伤。妈妈您就看家吧，乖乖地等我们抢东西回来。”山里长大的姑娘还有一种本能，总归是想护父母周全的。从那天开始，两个姑娘就扮成山中男人的模样。调皮的妹妹用锅底的黑渣给自己画了和父亲一模一样的胡须，看准样貌文弱的乡下人勒索。女人心思缜密，过路者怀里的金子自不必说，连饭团、手纸、护身符、打火石、牙签等物件也通通不放过。回家后，比起钱包中的财物，更让她们欢喜的是钱包漂亮的纹路。两姐妹渐渐对这份不祥的活计有了热情，性格仿佛真的变得像山贼那样可怕。她们埋伏在大雪纷飞的山崖，偶尔抢夺一个过路人的钱财还嫌不够，便彻底放开了胆子，硬是跑到附近乡村的人家里，抢到一把女人用的普通玳瑁发梳也欢天喜地。姐姐春枝已经十八岁了，但和泼辣的妹妹相比还是温柔一些，有时会为自己粗野的男人扮相难为情，偶尔在熊皮袄底下偷偷系一条红色的细腰带。年轻姑娘到底是春心萌动，一天，姐妹俩在乡村附近勒索一名过路的丝绸商，得到两匹白绸，一人抱一匹在怀中，匆匆走过黄昏的雪地往家赶。做姐姐的心思是这样的：“新年就要到了，我无论如何也想要一件漂亮衣服。女孩子如果不能偶尔穿得漂漂亮亮的，活着有什么意义呢？我想将这白绸染成淡紫色，做一件初春的和服。奈何没有里衬。要是把分给妹妹的那匹绸子也用掉，就能做一件不错的夹衣了。”这样一来，她立刻改变了想法，想独吞原本打算分给妹妹的绸子。

“阿夏，你打算用这白绸做什么？”春枝内心忐忑，却若无其事地问妹妹。

“做什么？姐姐，我打算用它做好多条头巾。白绸头巾显得人勇猛，扎在头上就是利落的首领模样。爸爸以前干活儿的时候，也是扎上白头巾出门的呀。”妹妹天真地说。

“哎呀，做成头巾多没意思。阿夏是个好孩子，能不能把你那匹白绸让给姐姐？下次抢到好东西的时候，姐姐会让给你的。”

“我不要。”妹妹强硬地摇头，“不行不行，我早就想要纯白的头巾了。整天勒索旅人，头上没有一条白头巾实在是差点儿意思，影响状态啊！”

“别说这种蠢话。让给我吧，算我求你。”

“不要！姐姐别这样死缠烂打。”

气氛莫名尴尬起来。但姐姐遭到妹妹强硬的拒绝，反而更想要了，心里简直像有把火在烧。她比妹妹乖顺，但越是平时懂事的孩子，钻牛角尖的时候越容易犯下可怕而残忍的罪过。更何况她身上流着山贼父亲的凶恶之血，一个姑娘家却每天模仿父亲勒索旅人。春枝怒火中烧，一下子像变了个人似的，表面上平静地笑着说“对不起哦，我不要了”，眼睛却四下张望，打算杀了妹妹，抢走白绸。“反正我用腰间这把刀伤过很多次旅人了，顺手砍死妹妹扔掉，罪过也是一样的。我无论如何都要做一件漂亮衣裳。腰带、梳子都是好不容易抢来的，却每次都要和这男人婆似的妹妹平分，真是太傻、太浪费了。砍死这个碍事的家伙，拿了白绸回家，告诉妈妈今天遇见一位厉害的旅人，可怜的妹妹死于非命就行了。没错，事不宜迟！”趁妹妹不注意，姐姐的手已经按在刀柄上。这时，妹妹突然搂住了她：

“姐姐，好可怕！”

“怎、怎么了？”姐姐慌张地问妹妹。

妹妹指着暮色中的谷底。放眼望去，那里竟是村里人的墓地，此时正在火葬村里的死者。焚烧尸体冒出的黑烟异常浓重，侧耳聆听，还能听见噼噼啪啪的迸裂声，让人毛骨悚然。一阵风吹来，带着难以言喻的气味，两个女贼也浑身寒毛直竖，紧紧地抱在一起。姐姐不由得念起佛经来，原来人死后都要葬身火海，衣服什么的都是留不住的虚幻之物。春枝忽然看清了人世的无常，更为自己刚才内心的险恶而颤抖——她刚才竟为一匹绸子生出如此卑鄙的想法。她什么都不想要了，于是将手中的绸子对准谷底升起的浓烟扔了下去。妹妹也紧跟着将绸子抛下，“哇”地大哭起来：

“姐姐，对不起，我是个坏孩子！我刚才一直想杀了姐姐。姐姐！我今年也十六了，也想穿漂亮的衣服。可我生得如此难看，害怕打扮起来被人嘲笑，才故意让自己表现得像个男孩子。对不起啊，姐姐。这个新年我想要一件漂亮衣服，想把自己那匹绸子染成红梅的颜色，然后用姐姐的绸子做里衬来着。姐姐，我太糟糕了，刚才我想一刀捅死你，然后告诉妈妈你是被过路人杀掉的。刚才看到火葬的黑烟，我已经觉得了无生趣，已经不想活下去了。”

没想到妹妹竟这样说，姐姐惊讶极了。

“你在说什么呀？要不要原谅，那是我的事。我刚才也想砍死你，抢走你的绸子。看到那股浓烟，悲从中来，才把自己那匹绸子投进谷底的呀。”说完，她把妹妹搂得更紧了，也哭了起来。

姐妹俩受了惊吓，又感到羞耻。感叹人生苦短，自己又生为女儿身，如此作恶多端，下辈子不知会遭怎样的报应，不如趁此机会断掉对尘世的渴望。两人将腰间的刀子和熊皮袄都投入谷底的火中，哭着回到山寨，向看家的母亲讲清了事情的来龙去脉，逼着母亲看清这一切。母亲也从二十年的噩梦中清醒，第一次向两个女儿坦白自己的血统并不低贱，感叹自己的境遇如此悲惨，率先剪掉了一头黑发。两个女儿也争先恐后地削发为尼，三人一把火烧了污秽的老巢，去了笹谷崖山脚的寺院，在一位老僧面前忏悔，抓住老僧的衣摆整日念佛。母女三人为之前被害的旅人祈祷冥福之心可嘉，但两代人积攒的罪恶，究竟能否得到如来的宽恕呢?

（《新可笑记》卷五之四《天生女贼》）

裸川

青砥左卫门尉藤纲在镰仓山秋日的黄昏中赶路，纵马横渡滑川，在河中央取出腰间的火石袋办事。打开袋口时，袋中的十几文钱不偏不倚地落入水中。青砥顿时变了脸色，勒马俯身，凝神望向河面，那闪亮的目光有如闪电，要将河底射穿。然而，潺潺清流在夕阳下泛着辉光，水波片刻不停地跳跃，根本无法看清楚河底的情况。青砥在马上痛苦地扭着身子，心想：今后要将这个教训作为家规，告诉我的子子孙孙，渡河的时候无论如何也不能打开火石袋。他怎么也不死心：究竟掉了几文钱呢？今早出门前，他像往常一样点了两遍，才拿出四十文碎钱装进这火石袋里，后来在衙门用了三文，火石袋中应当剩下三十七文才对。所以刚才掉到河里的钱大概是十文左右？总之，数数袋中还有多少钱就知道了。然而，在河中央数钱乃大忌，还是到对面的河岸上再说吧。青砥失落而颓丧，深深地叹了口气，垂着头策马前行。到对岸后下了马，盘腿坐在岸边，敞开火石袋的袋口，将剩下的碎钱一股脑儿倒在双腿间，弯着腰小声数起钱来：“一、二、三……”还剩二十六文钱。这么说来，掉到河里的钱必然是十一文。可惜，实在太可惜了。虽说只有十一文，但也是家乡的重宝，要是就这样丢了，这十一文钱只能白白在河底生锈。多么浪费，多么可怕！无论如何也不能就这样扬长而去，就算劈开大地、斩断地轴、潜入龙宫，也要把钱找回来——青砥下了很大的决心。

不过，青砥绝非卑鄙的守财奴，他是一位朴素节约、清白廉洁的官吏。平时吃饭只吃一菜一汤，且非一日三餐，而是一日一餐。尽管如此，他的身体仍然很健康。衣服只有身上穿的这一件，为了让人看不出身上的脏污，还命人将其染成深褐色。听说纯黑的衣物若是脏了反而更加显眼。他这件深褐色的布衣非常厚，大半辈子都是穿这件衣服度过的。他的刀鞘没有上漆，而是用墨涂得斑驳。

连主公北条时赖[1]都看不下去，对他说："喂，青砥，我给你涨点儿薪俸吧。我在梦中接到天启，要我多发薪俸给你。"

而青砥噘起嘴说："梦中的天启怎么靠得住？要是今后又有新的天启，要您将我斩首，您可怎么办？一定会想杀掉我吧？"他用这一歪理拒绝了加俸。青砥无欲无求，若是薪俸有余，就将多余的钱全部分给家附近的穷人。所以他家附近的穷人都很懒惰，盐烤鲷鱼竟是他们常吃的食物。青砥绝非吝啬之人，只是为了国家利益率先躬行朴素节约。主公时赖是在母亲松下禅尼[2]的教育下长大的，懂得如何修补纸拉门，平时只用大酱下酒，相当勤俭节约，因此主仆二人意气相投，提拔青砥做领班的就是时赖。当年流浪在外的青砥对着一头牛大吼大叫，这逸闻传到时赖耳朵里，他觉得青砥是个有趣的男人，便将其提拔为领班。

1 镰仓幕府第五代掌权者。

2 北条时赖之母，镰仓幕府将军安达景盛之女。

当时，青砥看到一头牛在河中小便，气得跺着脚对牛大吼："哎呀，这头蠢牛！居然尿在河里，太可惜、太浪费了！要是尿在田里，就是上好的肥料啊！"

青砥是个认真的人。对他来说，掉了十一文钱在河里，便想不惜花费潜入龙宫之力将其寻回，这并不稀奇。他将剩下的二十六文钱收进火石袋，扎紧袋口，起身叫来村里人，从怀中掏出另一只钱包，拿出三两钱，又收回一两，思忖片刻，用力一点头，再将那一两钱拿了出来，还是给了村里人三两钱，吩咐他们尽快找十个壮工，自己将马拴在岸上，悠闲又气派地坐在一块大岩石上歇脚。太阳已经快要下山了，要是拖到明天如何？不过，那是不行的。若是将搜查之事拖到明天，说不定今晚那十一文钱就会被河水冲走，下落不明，青砥也就永远失去了家乡的重宝。得趁这十一文钱还没被水冲散，尽快捡回来，就算熬夜也无妨。青砥独自坐在昏暗的河岸上，一动不动。

壮工不久就应召而来，青砥命令大家先在岸上生火，然后每个人持一支火把，进入冰冷的水中找那十一文钱。秋日的河流在火把的映照下如同夜晚的锦缎，人的手脚成了水栅，将水面分隔成一块块浅滩，蔚为壮观。"那个，在那儿！不，再往右一点儿。不，不，再往左些，手伸进去摸一下看看！"青砥指挥得嗓子都哑了，奈何光线太暗，连他自己都不确定钱币到底掉在了哪里。所以想着"就算劈开大地、斩断地轴、潜入龙宫，也要把钱找回来"的他急得独自顿足，壮工们的指尖却仍旧摸不到一文钱。河面寒冷的风刺得皮肤生疼，壮工们都快冻死了，四下里怨声载道。甚至有人一面在水底摸索一面哭哭啼啼的，说自己不知作了什么孽，非受这种罪不可。

壮工中有个名叫浅田小五郎的人，约莫三十四五岁，是个赌徒。听说三十四五岁往往是人最自恋的年纪，即使并非如此，浅田也为自己出身的富足而骄傲。尽管如今已经是一个落魄的壮工，但还是桀骜不驯，轻视长辈，干活儿偷懒，凭一点儿小聪明赚到不义之财就请年轻人喝酒。有人说他“哥哥真大方”，他却满不在乎地回答“还好吧”，是个愚不可及的人。这时候，他和壮工们一起手持火把在河底摸索，但只是装装样子，根本没有认真找的意思，只想蒙混过关，分些工钱。可青砥在岸上燃起篝火，脸烤得像赤鬼，瞪着眼监视壮工们，一会儿让人往左，一会儿让人往右，叫个不停，吵得浅田烦躁极了。“哼，小气鬼。区区十一文钱就把你心疼成这样！变了脸色大喊大叫。我就是讨厌穷当官的这一点。若真是那么缺钱，我给你好了。不就是十几文钱吗？”他忿忿不平地想着，不禁又想像往常那样炫耀自己的慷慨，于是从自己的围裙里抓出三文钱，大喊：“找到了！”

“什么，找到了？找到钱了吗？”青砥在岸上听到浅田的叫声，高兴极了，挺直身子问个没完，“钱找到了？真的找到了吗？”

浅田觉得他傻乎乎的，于是边回答边朝岸边走去：“是的，找到了。这里有三文钱，我给您送过去。”

没想到青砥激动地高喊，反应极为夸张：“别动，别动！在那里继续找。就是那儿！我把钱掉在那里了。想起来了，钱确实掉在那个地方。那边肯定还有八文钱。掉下去的东西一定还在原本的位置。大家听着！已经找到三文钱了，再加把劲儿，去那小子周围找找！”

壮工们络绎不绝地来到浅田身边。

“大哥果然直觉了得。有什么秘诀吗？教教我吧，我快冻死了。你是怎么这么快就找到的？”大伙儿纷纷问道。

浅田一本正经地说：

“也算不上是什么秘诀啦，关键在于脚趾。”

“脚趾？”

“对。你们用手摸，当然摸不到。看，像我这样，用脚趾摸就能找到。”浅田说着用一种奇怪的姿势踩踫河底的沙石，趁大家都盯着他脚尖的时候，又从自己的围裙里掏出两文钱，嘟囔一声，攥着钱的手没入水中，然后大叫：“找到了！”

“什么，找到了吗？”青砥立刻用粗嗓门回应，“找到钱了？”

“是的，找到了。这次只有两文。”浅田高举那只手回答。

“别动，别动，在那儿继续找。就是那儿！各位，这小子很厉害啊，大家加把劲儿，好好找，别输给他！”青砥身子发颤，更激动地下达命令。

壮工们都摆出那副奇怪的姿势，踩踫河底的沙石。因为不用下蹲，身体轻松了许多。大家高兴得执着火把跳起舞来。岸上的青砥困惑不解，斥责他们“不许胡闹”，但听说用这样的姿势就能找到钱，也只好闷闷不乐地看着大家跳舞。浅田没多久就瞒过所有人的眼睛，从围裙里拿出两三文钱，煞有其事地大喊“找到了”“哇，找到了”。他就这样凑齐了十一文钱，假装都是自己捡来的。

岸上的青砥高兴极了，他接过浅田递来的十一文钱，点了三遍才收进火石袋里，深深地点头，莞尔笑道：“嗯，的确是十一文钱。”

“好的，这个叫浅田的，你这回干得漂亮。多亏了你，我才能找回故乡的重宝。作为奖励，我再赠你一两。掉在河底的钱只能白白地腐朽，在人们手中传递的钱却能永存于世、流转不休。”青砥说得情深意切，然后将一两钱赏给浅田，纵身跃上马背，翩然而去，目送他远去的壮工们却说他是个傻瓜。渡过智慧浅滩的下人之心难以理解青砥的深思熟虑，笑骂他因小失大。可见无论哪个年代，小人终究是浅薄而不可救药的。

不管怎样，意外赚到了三两辛苦钱，贪婪的下人们个个精神振奋，将青砥有关节约的告诫忘得一干二净，只想今宵喝个痛快，欢畅地闹腾一番。浅田又展示出他的大方，干脆将青砥赏他的一两钱拿出来，和大家一起喝得头晕眼花，办了一场有生以来最奢华、盛大的宴会。

浅田到底是宴会上的明星。“多亏了大哥，才有了今宵的极乐。”在大家的赞美下，他忘了见好就收，撇着嘴冷笑道：“话说回来，那青砥真是个大蠢驴，竟不知道那些钱都是我从围裙里掏出来的。”众人先是一惊，继而拍着大腿道出浅薄的恭维话：“不愧是大哥，聪明过人，若不是造化弄人，你的才干定在青砥之上。”酒宴更加热闹、疯狂了。不过，哪里都有认真的人。突然，宴席一角传来一声怒喝：“浅田，你这个浑蛋！”

一个矮个子男人面色苍白地瞪着浅田：“你以欺骗青砥为荣，听了你刚才说的那些，我简直犯恶心，连喝酒的心情都没了。浅田，你是个糟糕的男人。平时我就看不惯你那张耍小聪明的驴脸，但没想到你竟如此胡来。浑蛋，凡事都要有个度！青砥那高洁的志向得来不易，你那愚蠢的小把戏却让他赔了夫人又折兵，成了大家的笑柄。骗人比偷盗更恶劣，你不觉得羞耻吗？人在做天在看，你如此小瞧人情世故，肯定很快就要遭报应。抱歉，我没法和诸位继续做朋友了。从今天开始，请大家把我当成陌生人对待。接下来，我要去孝敬父母了。别笑，见证了世态炎凉后，不知道为什么，我就忽然想去尽孝了。虽然之前也会隔三岔五地遇到类似的事，但到了今天，我真是受够了。我打算洗心革面，孝敬父母。人如果不对父母尽孝，就和畜生没什么区别。不许笑。父亲，母亲，请二老原谅我一直以来的不孝！”小个子男人的长篇大论逐渐偏题，他最终放声大哭着回了家。第二天早上，他天不亮就起床砍柴、搓绳编草鞋、帮父母干活儿。后来，他得了“大孝子”的美誉，被时赖公召见，自此家运兴隆，可喜可贺。此乃后话，暂且不表。

话说被狡猾的浅田蒙骗的青砥左卫门尉藤纲当晚心情大好，回到家中叫来妻子儿女集聚一堂，语重心长道：“为父今日渡滑川时打开火石袋，仓促间把十一文钱掉在河中。为父不忍让故乡的重宝永远沉于河底，于是召集壮工，拿出三两工钱，命他们不惜把河底翻个底朝天，务必找到钱币。一个长得很机灵的壮工用脚趾在河底摸索，很快就分文不差地将钱找回了，为父特意奖赏此人一两。为了区区十一文钱竟付出了四两，你们可明白为父的心意？”青砥说罢微微一笑，环视众人。孩子们扭扭捏捏的，只是含混地点头。

“你们一定明白。”青砥一脸得意，“钱币腐朽在河底，对国家来说是完完全全的损失。钱币在人手中流转，方能长存于世间。”他高高兴兴地把刚才在岸边对壮工们的说教重复了一遍。

“父亲。”聪明伶俐的八女儿眨着眼问道，“您是怎么知道总共掉了十一文钱的？”

“哦，这个嘛。律子真是个聪明的孩子。这是个好问题。为父每天早上都会数出四十文碎钱，装进火石袋去衙门。今天在衙门里用了三文，火石袋里剩的钱本该有三十七文，实际却只有二十六文。那你说，为父掉了多少钱呢？”

“但是，您今天早晨去衙门的路上在寺院门口遇见我，给了我两文钱，要我施舍给乞丐来着。”

“嗯，是有这么回事。我给忘了。”

青砥愕然。自己应该只掉了九文钱，却从河底捞出来十一文，实在奇怪。青砥并不傻，他直觉是那个名叫浅田的面相寡淡的壮工别有所图。想来用手竟不如用脚摸索得快，也是十分荒唐。总之，青砥睡下时很不愉快。他打算第二天早上将那个名叫浅田的壮工叫到衙门严厉盘问，弄个明白。

骗术似乎总会有露马脚的一天。掉落九文钱却捞上来十一文，这样的事饶是浅田也无法自圆其说。青砥怒火中烧，虽然恨不得将这个胆大包天、欺瞒官厅之人大卸八块，但他仍惦念着掉在河里的九文钱，于是命令浅田："你先去河里给我把钱找到。无论花十年、二十年还是一辈子。必须一个人找，并且赤身裸体，以防你再耍小聪明，从围裙之类的地方变出钱来。给我在差役的监视下把河床挖个遍，无论刮风下雨，一天也不能休息，把那九文钱分文不差地找回来。"他的声音很大，震耳欲聋。认真的人生起气来实在可怕。

从那天起，浅田便在差役严密的监视下，赤身裸体地在河中找钱。第十天找到了一文钱，二十天后又找到了一文钱。寒冬来临，岸边柳树的叶子落得一片不剩，河水枯涸，大河变成萧瑟的河滩，浅田仍然默不作声地挥锹挖沙。可他挖到的不是钱，而是破碎的锅具、锈蚀的铁钉、缺口的茶杯。这些废品在河滩上堆成一座小山，一个样貌精明的老太婆蹒跚着走下来问监工的差役："我曾经在这附近掉了一只发簪，你们还没找到吗？"差役问发簪是何时掉的，她回答："记不清了，是我刚嫁人的时候掉的，怎么也有六七十年了吧。"因此被差役骂了一顿。不知不觉间，滑川被人们唤作裸川，成了为数不多的镰仓名物之一。到了第九十七天，浅田已经挖开五六百米的河道，所过之处无不用铁锹翻了个底朝天，终于集齐了九文钱，再次见到青砥。

"小子，你可知错？"

浅田毫不畏惧地仰头说："之前给你的十一文钱是我从围裙里拿出来的，你还给我。"日后成了人们的笑柄。所谓的"死鸭子嘴硬"莫过于此。

（《武家义理物语》卷一之一《因我之物成裸川》）

人鱼之海

后深草天皇宝治元年[1]三月二十日，人鱼第一次游到津轻一个叫大浦的地方。其绿色的头发有如纤细的海草，茂密地长在头上，容貌带着美女特有的哀愁，眉间有一颗红色的小痣，上半身像水晶般透明，微微泛着青蓝，南天竹红果似的乳房并排贴于胸前，下半身是鱼尾，遍布细密的鱼鳞，仿若金色的花瓣，澄澈的黄色尾鳍则像一片大银杏叶。其声音清澈爽朗，好似模仿云雀叫声的竹笛，向人们述说着世间的珍奇景象。不过，听说在世界最北端的海域，还有不少这样神奇的鱼在繁衍生息。从前，松前国的浦奉行有一个名叫中堂金内的中年武士，有勇有谋，生性耿直。某年冬天，他在松前沿海巡查值勤，傍晚时分来到名为鲑川的海湾，在那里找了条便船，想在当天抵达下一个海港。那一天是北国之冬很少见的晴天，金内和五六个乘客一起出海，船行至距海岸八九百米处时，原本风平浪静的海面忽然狂风大作，小船像树叶般在海上翻腾，乘客们吓得面如土色。有人唤着心爱女人的名字，肉麻兮兮地叫着“永别啦，永

1　即1247年。

别啦”；有人从背上的书箱中取出《观音经》，翻开便带着哭腔诵经，甚至没发现自己拿倒了书本；也有人取出酒葫芦，匆忙咽下里面盛满的酒，好像若不把酒喝完就死不瞑目似的，喝空的酒葫芦漂在水上，成了能救命的东西；有人一本正经地指着那不足五寸的小葫芦瓢，向大家炫耀；还有人不知为何一个劲儿地用指尖沾着唾沫涂在额头上，或者慌里慌张地掏出钱包数钱，嘟囔着“差一两”，然后用讨人厌的目光斜睨着其他人；有人在生死危难间和他人争论不休，说别人踩到了自己的脚。总之各人有各人的闹法。浪涛越发汹涌，小船剧烈地上下颠簸，船上的人们已经没了闹腾的力气。船夫趴在船底，呻吟道：“饶了我吧！”然后就像死了似的瘫着不动了。船上的乘客哭作一团，全都精神恍惚，只有中堂金内从一开始就背靠船舷盘腿而坐，默默地抱着胳膊凝望前方。不久，眼前的海水变成金色的，溅起五彩的水珠。与此同时，白浪一分为二，人鱼出现了。她的模样和神话故事讲得一样，绿色的头发披在身后，水晶般的皓腕在海水中划了一两下，蛇一般迅速地接近金内的船，张开樱桃小嘴，发出清脆的笛声。“你这家伙妨碍了我们行船！”金内怒气冲冲地从行李中取出木弓，念着神的名号，嗖地将箭射出，不偏不倚地射中了人鱼的肩膀。人鱼无声地消失于浪涛间，巨浪顿时平息，海面回归了往常的安宁，斜阳稳稳地洒在船上。船夫恍惚地起身：“什么嘛，原来我刚才是在做梦啊。”金内不是喜欢吹嘘自己功夫的轻浮武士，他默不作声地微笑着，像刚才一样抱着胳膊靠坐在船舷上。乘客们也纷纷抬起苍白的头，有人扬声大笑以掩盖羞怯；有人倒拿着五寸大的酒葫芦，遗憾没尽到任何兴头就喝光了一壶好酒，不停地抱怨少了后半程的乐趣。方才那位一边高喊留在家中的年轻小妾的芳名，一边浑身发抖的八十岁老者，现在不慌不忙地整理好衣裳，饶有兴致地断言“这必然是所谓的水龙卷”。故事书中有云，这水龙卷多见于越中、越后一带的海面，最常出现于夏日，一大片黑云逼近，海水像被云层吸上去了似的，倒卷着升上天空，黑云和潮水融为一根水柱，定睛望那惊人的水柱，没想到竟能清清楚楚地看到龙的首尾。还有的书里写道，有人从江户坐船上溯，经过东海道的兴津海面时，一大团黑云从空中袭来，船眼见就要被水龙卷掀上天去，船夫大惊失色，急忙剪断头发烧掉，船上的其他人也一个不落地剪断头发投入火中，随着滚滚浓烟升起，那团黑云立刻消散了。这时却有一个老人一本正经地摸着自己的秃头，静静地说：“真不巧，倘若老夫还年轻，方才一定也会立刻剪断头发。”“咦？是吗？”拿着《观音经》的那人愣怔着扭头应和，继而小声嘟囔道，“这一切都是观音的神力啊！”那人闭上双眼，心无旁骛地念诵“南无观世音菩萨”。还有人在自己怀中找到了刚才钱包中不见了的一两钱，欣喜若狂地大喊：“呀，钱找到啦！”金内只是笑呵呵地不说话。不多时，小船徐徐靠岸，人们浑然不觉让自己捡回性命的大恩人就在眼前，天真地互道庆贺，一起上了岸。

中堂金内不久便回了松前城，向上司野田武藏一五一十地汇报这次沿海巡查的结果，然后放松地聊了许多旅途中的见闻。他将人鱼之事也平静地照实述说了，毫无添油加醋的成分。武藏平素熟悉金内的为人，知道他是个老实人，于是对他口中人鱼的神奇之处深信不疑。武藏一拍大腿道：“此乃今日之奇闻，你的沉着勇武更是值得嘉奖。我会尽快将此事禀报殿下。”金内一听羞红了脸，急忙推辞：“不不不，这点儿小事，无足挂齿——”不等他把话说完，武藏便断言道：“话不能这么说，此乃前无古人、后无来者的善举，将此事昭告天下，也能激励臣子中的年轻人。”说完便催促不知所措的金内和他一起拜见殿下。恰逢诸多重臣在场，野田武藏来了精神："在下有举世罕见的功劳要禀报，请诸位大人也一起听吧。"他仔细讲述了金内旅途中的奇闻，以殿下为首的众人促膝倾听，唯有一人不以为意。此人名叫青崎百右卫门，其父百之丞乃松前家忠心不二的元老级家臣。父母过世后，百右卫门仍蒙父亲的庇佑，什么也不干却领着丰厚的俸禄，轻轻松松就位列当朝重臣。仗着出身优越，时常轻视同辈。有暴发户想将女儿许配给他，他也瞧不上，已经四十一岁还未娶妻，整日花天酒地，放荡不羁。近来想讨老婆了，可根本没人想把女儿嫁给他。这都是他素来高傲的报应，可他还是觉得一切都很无聊，动不动就对臣子们发牢骚。百右卫门身高将近六尺，但瘦削至极，手指像笔杆般细长，一双小眼睛在深陷的眼窝里闪着猥琐的青光，鼻子是大大的鹰钩鼻，双颊消瘦，嘴角朝下，俨然一副地狱厉鬼的容貌，举朝上下都讨厌他。

武藏的故事讲了不到一半，这百右卫门便嗤笑起来："我说，玄斋——"他散漫地向蜷在末座负责沏茶倒水的小和尚玄斋搭话，"这件事，你怎么看？这等蠢事还要特意禀报殿下，你不觉得太没正形了吗？这世上没有妖魔鬼怪，没有灵异之事，猴子的脸就是红的，狗就是有四条腿。人鱼的故事不过是哄小孩子的童话。一把年纪、有权有势的人还要这样丢人现眼，真是受够了啊。"百右卫门的声音越来越大，渐入旁若无人之境，"我说，玄斋啊，就算那叫'人鱼'的古怪鱼类住在北方的大海里，要想射中那从未见过的妖怪，射箭的人也得神通广大才行啊。光凭三脚猫功夫可没法将其制服。鸟有翅膀，鱼有鱼鳍。射中飞翔的小鸟、游弋的金鱼都绝非易事，要击退什么上半身宛如水晶的鬼怪，若不能集弓箭八幡大菩萨[1]、源赖光[2]、源义纲[3]、镇西八郎[4]、田原藤太[5]等众神之力，那是断不可能办到的。我想到了，事实胜于雄辩。在下院子里的泉水中养着金鱼，这个你也知道吧？泉水很浅，它们平时在里面悠闲地游弋。前些日子我闷得发慌，用雀小弓[6]朝它们射了二百多支箭，却一发未中。金内大人在海上突遭旋风，大概是心慌意乱时射中了一根顺水漂来的腐木吧！”负责端茶倒水的小和尚本就为难至极，百右卫门还抓着他不放，故意将这些闲言碎语说得很大声，让殿下也能听到。

野田武藏忍无可忍，猛地转身对着百右卫门咬牙切齿地说：“阁下会这样想，是因为学识浅薄罢了！”他的话中带着平日对百右卫门蛮横无理的愤懑，“只有自作聪明的半吊子才能若无其事地说出‘这世上没有妖魔鬼怪，没有灵异之事’这种煞风景的话。日本自古就是众神云集的国度，超越常理、不可思议的事件赫然有之。拿阁下宅邸的浅泉来说事，实在是刁难人。神国三千年，万里山海之内不乏本不该有的奇形怪状的生灵。仁德天皇在位期间，飞弹一带有人生了两张面孔。天武天皇当政之时，丹波的山家曾有长着十二只角的牛出没。文武天皇治理天下时，庆云四年[7]六月十五日，有身长八丈、宽一丈二尺，一头三面的鬼从他国而来。既然上述情况都是事实，那么这次的人鱼也没什么好质疑的！”野田武藏口才一向很好，滔滔不绝地说了一通。百右卫门本就苍白的脸更加苍白，冷冷地笑道：

1 八幡神，日本自古以来的弓箭之神。
2 日本平安时代中期武将。
3 日本平安时代后期河内源氏武将。
4 日本平安时代末期武将源为朝的自称。
5 日本平安时代中期贵族、武将藤原秀乡的别名。
6 娱乐用的竹制短弓。
7 即707年。

“阁下才是自作聪明的半吊子。在下不喜争论，争论是身份低下、追求名利的人做的。大家都是成年人，若像小孩子那样纸上谈兵，争得青筋暴起，结果只是更执着于各自的理论罢了。争论没有意义。在下从来就没说过这世上不存在人鱼，只是说没见过罢了。金内大人邀功的时候，要是能顺便把那人鱼带来献给殿下，那该多好哇。”百右卫门愤恨地口出狂言，武藏向前一步，咆哮道：“武士重信！您却不将东西拿在手里亲眼见到就不相信，哎呀呀，这种心性真是可怜。若是打心底里不相信，那这世上就没什么东西是真的。若是不拿在手里亲眼见到就不信，那就算见到了也和做白日梦无异。承认人鱼的存在需要发自内心地相信，而相信乃情爱之根源。足见阁下心里没有丝毫情爱，也没有诚信之道义。看吧，金内大人遭您诽谤，现在浑身发抖、叩心泣血呢。金内大人和您不同，不会花言巧语。他平素就是诚实正直之人，阁下不会不知道吧！”

野田武藏步步紧逼，但百右卫门丝毫不把他的话放在眼里，而是严肃地说：“看啊，殿下站起来了。他不高兴了。”见城主要回寝殿，他急忙叩拜。“哎呀，这群笨蛋就会给人添麻烦。”他小声嘟囔着站起来，“我说的这句大实话你们可能不爱听——只有你们这种老实人，才会煞有其事地把自己做的梦或迷信之事口口相传，蛊惑人心！”百右卫门扔下这句话，猫儿一般悄无声息地离开了。其他几位重臣有的嫌恶他的坏心肠；有的认为武藏不该咄咄逼人，两人各有各的问题；有的刚才睡了过去，如今呆呆地站在殿内，不知道刚刚发生了一场怎样的争论。重臣们一个接一个地离开，最后只剩下武藏和金内。武藏恨得牙痒痒，斩钉截铁地说：

“都怪我多嘴多舌。金内大人，给您添麻烦了。您也是武士，想必已经做好了心理准备。不过，无论什么时候，我武藏都站在您这边。不管怎么样，我们都不能让那家伙如此嚣张！”金内听他这样一说，更是悲恨交加，一时间一句话也说不出来，只是无声地恸哭。不幸之人一旦得到他人的庇护同情，高兴之余，更容易确信自己的痛苦与不幸。金内痛哭不已，哭到不分东西，觉得这辈子不活也罢，遂用拳头擦去眼泪，抬起头抽噎着说道：“卑职不胜感激，本想将方才百右卫门的诸多恶言当作耳旁风的。金内身份低微，恨不得将自己一分两半，在城主殿下面前忍了又忍，一味地把不甘心的泪水吞到肚子里。不过，卑职已经有了赴死的准备。现在立刻追上那百右卫门砍他一刀最为容易，但这样一来，众大臣都会认为金内是被百右卫门揭穿了谎言，才恼羞成怒地用刀伤他，人鱼一事也就成了欺世之言，最终还是会给您带来麻烦。反正卑职也不想活了，不如寻死之前再苟活几日，去鲑川的海湾寻找一番。如果弓箭八幡大菩萨没有放弃卑职，就能让我找到那人鱼的尸骸。若真有那么一天，也证明我金内的武运未尽。到时候，卑职会带回那尸骸让众大臣一睹为快。如此就可以不留情面地打击百右卫门，让他再也抬不起头来，卑职就是剖腹自尽，也能含笑九泉了。”

武藏听了金内的话，心疼地流下同情的泪水：“武藏明白。都怪我无意义地炫耀，向殿下禀报你的功劳，才会害你走到这般田地。我莫名其妙地和人争论人鱼一事，白白断送了一个好男儿的性命。原谅我吧，金内。下辈子你一定会成为一名武士。”说完，他撇过脸起身，重重地留下一句“不必担心你的家人”，就离开了大殿。

金内之妻已于六年前病逝，家中只有一个名叫八重的女儿和一个名叫阿鞠的仆人。八重年方十六，个子高挑，皮肤白皙，眉清目秀。阿鞠今年二十一，身材娇小，聪明伶俐。那天，金内强颜欢笑地回到家中，只对女儿说了一句话：“爸爸马上又要出门远行了，这次时间可能有点儿长，你在家里要万事小心。”说完便将平时攒的积蓄一股脑儿塞进怀中，逃也似的走出了家门。

“父亲的样子不太寻常呢。”八重送金内离开后，对阿鞠说。

“您说得是。”阿鞠冷静地表示赞同。金内不擅长隐瞒，就算笑得再灿烂也会露出破绽，就连十六岁的女儿和仆人也看得一清二楚。

“他还带了很多盘缠，对吧？”钱的事也被两人看穿了。

阿鞠点点头，一脸凝重地说：“看来事情没那么简单。”

“我觉得心慌。”八重用双手捂着胸口。

“不知道会发生什么。为了防止出现难堪的局面，我们还是尽快把屋里屋外打扫干净为好。”阿鞠麻利地卷起衣袖。

这时，官居高位的野田武藏身着便衣悄然来访，没带一个随从。

“金内大人出门了吗？”武藏小声问八重。

“是的，还带了很多盘缠。”

武藏苦笑道：“恐怕他此行会离开很久。家里要是有什么困难，尽管来找我商量，不必客气。这点儿小钱你先拿着。”武藏留下一大笔钱便走了。

这下八重更相信父亲身上发生了不同寻常的事。毕竟她也是武士的女儿，当晚开始便衣不解带，紧抱着短剑蜷缩着身体睡觉。

话说踏上寻找人鱼之旅的中堂金内来到鲑川海湾，将村里的渔夫悉数召集起来，把身上的钱一文不剩地分给他们，坚定地向他们说清公私之分：“这次拜托大家帮忙，不是为了解决公务，而是我中堂金内自己的人生大事，是我本人诚恳的请托。诸位或许难以置信……”没什么底气的开场白过后，他红着脸，带着一抹苦笑，吞吞吐吐地将前些日子那件有关人鱼的事讲了出来，“这是我金内赌上性命的请求，请诸位务必帮帮忙，把人鱼的尸骸从海底搜出来。若不能让某个男人看到它，我金内身为武士的颜面就保不住了！让诸位在这天寒地冻的日子里出海，我心有不忍，但拜托大家尽全力，一定要帮我找到那条怪鱼的尸骸！”就在那时，天降大雪，海边波涛汹涌。金内站在狂舞的雪花中嘶吼着恳求的样子博得了老渔夫们深深的同情，年轻的渔夫们虽然对是否有人鱼一事将信将疑，但还是在好奇心的驱使下撒下大网，打捞了一番。可捞上来的都是鲱鱼、鳕鱼、螃蟹、沙丁鱼、鲽鱼等司空见惯的东西，压根儿没见到什么怪鱼的影子。第二天、第三天也是如此，村里的渔夫全部出动，把渔船停在海湾，在寒风中撒网、潜水，克服许多磨难进行搜索，却始终一无所获。年轻的渔夫们早已怨声载道：“看那武士的眼神就不寻常。他肯定疯了，我们却把他的疯话当真，在这寒冷的天气下海，真是愚蠢！我不干了。与其在无边无际的大海里找一条人鱼，不如让村里的“人鱼”给我暖暖身子来得快活。”他们在海滩的岩石上围着篝火而坐，大声开着下三烂的玩笑，哄笑个没完。金内独自悲伤，却假装没有听见，一心向龙神祈祷：“倘若能在这海湾找到那人鱼的一片鱼鳞、一根头发，在下的面子就能挽回了。不过更重要的是可以保住武藏大人的名誉。我还想痛骂那百右卫门一顿，为了信义给他一刀，替天行道，从正面将他斩得粉碎，一扫我内心的愤恨。”金内翘首遥望海湾的身姿让人心疼，一位老渔夫忍不住走到他身边，眼含热泪地劝慰道：

“哎呀，没关系。年轻人虽然那么说，但我们确实相信被武士射中的人鱼沉在这片海底。这附近的大海，自古就有许多神奇的鱼类，年轻人是不知道这些的。我们小的时候，就在这片海上，曾有名叫老翁的大鱼出没，引起了很大的骚动呢。我可没骗你，那鱼足有两三里那么长，不，可能更长。没有人见过它的全貌。那条鱼出现的时候，海底发出雷鸣般的声响，海上无风却有巨浪掀起，鲸鱼等大家伙东奔西逃，渔夫们也纷纷嚷着‘不好啦，老翁来啦’，匆匆驾着渔船打道回府。不久，老翁出现在海面上，就像有座大岛突然出现在海面上。而那时人们才看见老翁的背和鳍的一部分，它全身的大小不可估量，远不止人们目力所及的部分。听说那老翁看都不看个头小的鱼一眼，专吃鲸鱼为生，常将二三十寻的鲸鱼成群地抓来吞食，那模样就像吞噬沙丁鱼的鲸鱼。是不是很厉害？所以鲸鱼听到海底发出声响，肯定也觉得大事不妙，于是东奔西逃。也有吓人的鱼。从前，虾夷古国[1]的大海里好像也有不少这怪物般的鱼。你说的人鱼之事在我们听来一点儿也不觉得惊讶——毕竟这片海里出现过身长两三里的老翁嘛！我们肯定很快就能找到那人鱼的尸身，还您一个清白！”老渔夫语气木讷地拼命劝慰，还想帮金内掸一掸肩上的积雪，可金内受到如此温柔的关照更加难过，情绪竟然变得偏执，在老渔夫体贴的劝慰里听出了绝望和放弃的情绪：“啊，我到底还是成了个可怜的男人，竟然连一个老头子也觉得我可怜吗？”

“拜托了！在下确实在这海湾射中了一只怪鱼，敢向弓箭八幡大菩萨起誓。拜托诸位再加把劲儿，哪怕找到那人鱼的一片鱼鳞、一根头发也是好的！”金内猛地起身，丢下这句话便踢着积雪跑到海边。他连眼神都变了，抓住已经准备回家的渔夫们的胳膊哀求道：“拜托了，再帮我找一找！”渔夫们早已拿到了钱，最初的热情也差不多消耗殆尽了。他们只是应付差事一般，走到岸边的浅滩上，把渔网扑通一声撒下去就一个个地走了。不知不觉间，海岸上连只狗都没剩下，太阳西沉，天光逐渐暗淡，凛冽的北风吹来，暴风雪刮

1　指古时候的阿伊努国，即今北海道。

得让人睁不开眼。金内却像鬼界岛的浪人俊宽[1]一般，在沙滩上跺着脚徘徊，夜深了也没有回村庄。他早就在岸边一间放船的小屋里铺好了床，到屋里躺了一会儿，天还没亮就又跑去了海边。看到顺着海浪漂到岸上的碎藻，他惊喜地以为那就是他要找的东西，但马上失望得哭丧着脸。看到浮在近处的烂木头，他带着期待踩着水花走进海中，却徒劳无功地折返。来到这里后，他就没正经吃过东西，只是不住念叨着“人鱼啊，出来吧，出来吧”，逐渐变得失魂落魄、神情恍惚，开始怀疑自己是否真的见过人鱼，怀疑射中人鱼一事是自己在说谎、做梦。金内站在白雪皑皑的海边荒岩上，独自大笑不止。“啊，要是那时候我也和船上的其他人一样不省人事，没见到人鱼的模样就好了。奈何我的胆子比他们大些，亲眼看见了这世上的不可思议之物，如今才会如此遭罪。真羡慕世上那些俗人，他们什么都看不见、什么也不知道，竟还能一本正经、自以为是地活下去。这世上绝对有他们无法想象的不可思议之美，绝对有。可是，见过它的人，会像我这样立刻坠入地狱的深渊。说不定我上辈子造了什么孽，这辈子才生在这样的地方，活得毫无价值，除了悲惨地死去没有别的路可走。我干脆从这荒滩上跳下去，下辈子转世为一条人鱼算了！”金内垂头丧气地在岸边徘徊，活像被死神附体了，却还是放不下人鱼的事，瞥着渐渐露出鱼肚白的海平面，一本正经、心有不甘地叹道，“唉，要是我看到的是那老渔夫说的叫老翁的大鱼，争论的时候也容易得多啊。”可怜这位曾经的勇士，如今已经精神失常、语无伦次，看样子可能都活不过这两天。

留在家中的女儿八重从早到晚祈求神佛保佑父亲平安，可三四

1 日本平安时代后期的僧侣，因密谋打倒平氏而被流放到鬼界岛。

天过去，家中的茶碗平白无故地碎了，草鞋的带子也莫名其妙地断了，下了一点儿雪后院子里的松树竟然折了，不祥之兆接二连三地出现。八重在家中坐立不安，一天晚上偷偷去武藏家拜访，得知父亲在鲑川的海湾，当晚便收拾行囊，和仆人阿鞠借着夜路上的雪光出发，踏上了寻找父亲的旅途。一路上，两个女人或借民宅的走廊歇脚，或是主仆二人紧贴着彼此，在海边的岩洞里听着潮声小睡。八重丰润的脸颊渐渐消瘦，虽然和阿鞠相互鼓励，但女人的脚力到底难以应付满是积雪的道路。第三天傍晚，八重终于踉踉跄跄地抵达了鲑川海湾。阿弥陀佛，此时她可怜的父亲已经躺在破草席上，浑身冰凉。据说金内的尸体是当天早上漂到海岸上的，脑袋上缠满了海草，恰似他口中的人鱼模样。主仆二人一左一右地伴在金内的尸体旁，紧抱着他无声地痛哭。就连鲁莽的渔夫们也没了打趣的兴致，别开了目光。母亲早逝，如今父亲又抛下了她，八重一度哭得喘不过气来，最后终于打定主意，抬起苍白的脸说了一句：

“阿鞠，我们赴死吧。”

“是。”阿鞠回答。

两人静静地起身，这时突然传来嗒嗒的马蹄声，接着，野田武藏用他那可靠的粗嗓门吆喝道：“等一下，等一下！”

野田武藏翻身下马，对着金内的尸体垂下头来：“唉，怎会落得这般田地！好吧，既然如此，人鱼之争还有什么意义！我武藏生气了，真的生气了。我生气的时候才不讲什么情面，不管自己在气头上做的事是否合乎道理。人鱼什么的不是问题的关键，它们存不存在都一样。现在我只想将那可恶的家伙一刀劈成两半。喂，渔夫，你去借匹马来。这两位姑娘要骑。赶紧给我找来！”他咆哮不止，乱发脾气，借势朝八重和阿鞠猛地一瞪眼：

“你们这副哭相真是让人不爽。二位难道不知道仇敌还活在这个世上吗？你们这就骑马返回城里，冲进百右卫门的宅邸取其首级，告慰金内大臣在天之灵。不然就别说自己是武士的女儿！别再哭哭啼啼的！”

“您口中的百右卫门大人，”仆人阿鞠点点头，静静地迈出一步，“可就是青崎百右卫门？”

“是啊，不然还能是谁！”

“提到此人，我想起一件事。”阿鞠冷静地说，“这青崎百右卫门大人一把年纪了，还曾对小姐有非分之想，没完没了地差人来说亲。小姐说若是嫁给长着那种鹰钩鼻的人，不如去死，老爷也——”

“原来如此，所以他才闹出这种事来。这下我总算明白了。那家伙表面上说自己一辈子都要独身，还说自己讨厌女人，背地里竟做出这样的事！什么玩意儿，不过是个被甩了的男人，太没出息了！我真是越来越看不起他了。追不到心爱的女人，为了报仇就欺负金内大人。不光招人恨，还让人笑掉大牙！”野田武藏提前高声唱起胜利的凯歌。

当天晚上，武藏开路，两个女人手持长刀闯进百右卫门的宅邸。正在宅邸深处的房间和小妾喝酒的百右卫门被武藏劈头斩下枯瘦的右臂，但他毫不示弱地用左手拔出刀来。阿鞠上前一步扫向其双脚，百右卫门单膝撑地跪坐，仍是一点儿也不含糊地瞄准八重，猛地砍下去。武藏冷不防将刀插入他的左肩，百右卫门再也无法承受，仰面朝天倒在地上，却并未立刻死去，而是像蛇一般挣动着，狠辣地将手里剑掷向八重。八重灵巧地俯下身子堪堪避过，深刻的复仇执念使她不由自主地和武藏对望。

三人痛快地取了百右卫门的首级，八重和阿鞠匆忙赶往父亲长眠的鲑川海滩，武藏回到自己的宅邸，将这次动刀争斗的始末巨细无遗地记录下来。未得到殿下的许可便杀掉百右卫门是重罪，他在结尾处为此道歉，并将罪责全部揽到自己身上。武藏吩咐家仆次日尽快将此书信送交殿下，接着毫不犹豫地切腹自尽了，不愧为敢作敢当的武士。两个女人将百右卫门的首级带到金内的尸骸面前，细致周到地为父亲下葬后便回到家中，闭门不出，等待殿下的责罚。她们虽为女儿身，但也换上白无垢[1]，做好了切腹的准备。众大臣在城中商议后认为，百右卫门才是世上少有的恶人，武藏既已自绝性命，这场私斗也就无须多管，殿下也直接答应下来。两个女人为父为主报仇，是令人称快的英勇之辈，反而赢得了殿下的赞许。殿下做主将八重许配给重臣伊村作右卫门的小儿子作之助，并继承中堂的名号。仆人阿鞠则嫁给了步行目付[2]户井市左卫门家中的一名俊美的年轻侍卫。约莫过去百日，有人深夜进城急报，称一具奇异的尸骨被海水冲到北浦春日明神的岸上。肉身已经腐烂并被海水冲走了，只剩下一副骨架，但仍可明显看出其上半身几乎和人类无异，下半身毫无疑问是鱼的构造，看上去着实令人毛骨悚然，故而加急向城主禀报。城主立刻命城中官吏前往检验，发现那具奇异尸骨的肩头不偏不倚地插着中堂金内光荣的箭矢。这下八重家可谓双喜临门，不负盛名。这个故事告诉我们，相信的力量必将赢得胜利。

（《武道传来记》卷二之四《致命的人鱼之海》）

1　表里完全纯白的和服。在古代日本，白色是神圣的颜色。室町时代末期至江户时代，生产、葬礼、切腹时都要穿这种和服。明治时代后，白无垢主要为结婚仪式中女方的婚服。

2　幕府时期的官职，主要负责人力、财务支配等监督工作，类似于现代的审计。

鱼服记

一

本州北边有一座名叫梵珠山的山脉。不过是三四百米的丘陵地带，所以一般的地图上未有记载。据说这一带从前是浩瀚无垠的大海，义经[1]率家臣们一路向北逃亡时，想从这里坐船去往遥远的虾夷之地。不料船撞上了这道山脉，至今山上还残留着冲撞的痕迹——就在山脉正中一个浑圆的小山包的半山腰上，约一块田地大小的红土崖便是。

那小山包名叫马秃山，据说从山脚的村落眺望，山崖如同一匹奔驰的骏马，故得此名。其实那山崖更像老人的侧脸。

马秃山山阴风景宜人，因此在当地颇有名气。山脚的村子不过二三十户人家，是个名副其实的荒村。但沿着村外流淌的小河向上游走两里地就是马秃山的后山，有一道近十丈高的瀑布从山上倾泻而下。从夏末到秋天，山中树木红得夺目，不少人在这个时节从附

1　即源义经，日本平安时代末期的武士、名将。

近的镇上过来游玩，马秃山就会变得比平时热闹一些。

今年夏季的尾声，有人死在这道瀑布里。不是故意跳下去摔死的，完全是意外所致。死者是个肤色白皙的学生，在市里念书，是来山里采集植物的。这一带有很多罕见的羊齿类植物，经常有类似的爱好者前来采集。

瀑布三面是高耸的绝壁，只有西侧豁开一条窄道，河流啃着岩石从峡谷间流出，瀑布的水沫总将绝壁打得极湿，羊齿类植物爬满了绝壁，整日在瀑布的轰鸣声中簌簌摇动。

那位学生攀上了绝壁。那时是午后，初秋的阳光还灿烂地洒在绝壁顶上。攀到一半的时候，那学生踩在脚下的一块脑袋大小的石头忽然崩裂，他像被剥落似的猛然坠落，挂在绝壁上一棵老树的枝条上。枝条很快就折断了，学生坠入瀑潭，发出骇人的惨叫。

当时正在瀑布附近的四五个人目击了该事件，不过，瀑潭旁边那家茶摊的一个十五岁女孩是看得最清楚的。

学生先是深深地沉入潭底，不一会儿，上半身又嗖地浮出水面。他闭着眼，嘴巴微微张开。蓝色的衬衫破了好几个口子，采集植物的书包还背在肩上。

学生只是短暂地浮出水面，然后就被急流拖入了水底。

二

从春之土用[1]到秋之土用，如果遇到好天气，马秃山上就会升起

1 土用指季节转换的时节，一般指立春、立夏、立秋、立冬之前的十八天。

几缕白烟，从很远的地方都能瞧见。这个季节，山中林木精气旺盛，适合用来烧炭，所以也是烧炭人忙碌的时候。

马秃山上有十几间烧炭小屋，瀑布旁边就有一间。这间小屋和其他小屋离得尤其远，因为小屋里住的是外乡人。茶摊的女孩就是屋主的女儿，名曰诹访，和父亲相依为命，一年到头都住在这间小屋里。

诹访十三岁时，父亲在瀑潭旁用圆木和苇帘搭成一座小小的茶摊。摊上摆着弹珠汽水、咸煎饼、麦芽糖和两三种和式点心。

夏日将近，来山里玩的人开始冒头，父亲每天早上都将货品装入提篮，拎到茶摊去。诹访赤着脚，啪嗒啪嗒地跟在父亲身后。父亲很快就回到烧炭小屋，只留诹访一人看摊。只要瞥见游客的身影，诹访便会大声吆喝："歇歇脚再走吧！"是父亲让她这样做的。然而，诹访动听的嗓音往往被瀑布巨大的水声盖住，大部分游客甚至不会回头看一眼。茶摊一天也没有五十钱的营收。

每到黄昏，父亲就从烧炭小屋中出来，浑身漆黑地接诹访回家。

"今天卖了多少？"

"什么都没卖掉。"

"是吗，是吗。"

父亲若无其事地嘟囔着，抬头看看瀑布。然后两人又拎起装货品的提篮，回烧炭小屋去。

这样的日子一直持续到霜降时分。

父亲让诹访独自看摊也不担心，毕竟是生在山里的孩子，根本不会发生踩空岩石或被瀑潭吸入水底之类的事。天气好的时候，诹访会脱光衣服，一直游到瀑布旁。即使是在游泳，若是瞧见游客模样的人，她也会活泼地拢拢发红的短发，对人家大喊："歇歇脚再走吧！”若是下雨，诹访就在茶摊一角盖上草席午睡。小摊顶上有一棵大青冈树，繁茂的枝条伸展开来，刚好可以遮风挡雨。

总之，在此之前，诹访望着滚滚流泻的瀑布时，要么心怀期待地想：“这么多的水流下来，照这个流法，迟早有一天会流干的。”要么就是惊叹不已：“瀑布的形状为什么总是一样的呢？”

最近，她想得多了一些。

她发现瀑布的形状绝不是一成不变的。无论是水沫飞溅的样子还是瀑布的宽窄，每时每刻都在发生显著的变化。她还发现瀑布原来不是水，而是云。水从瀑布口坠落，便化作一团白色的雾，袅袅腾起，这也是瀑布是云的佐证。说到底，不可能有这么白的水，她想。

那天，诹访照旧伫立在瀑潭旁发呆。天阴沉沉的，秋风吹得她红彤彤的脸颊很痛。

诹访想起从前的事。父亲曾搂着她，守着炭窑给她讲过一个故事。从前有一对伐木兄弟，名叫三郎和八郎。一天，弟弟八郎在河里捕了樱花鳟带回家，趁哥哥三郎还没从山上回来，自己先烤了一条。没想到意外的好吃，弟弟吃了两三条也没停下来，最后把鱼全吃光了。他的嗓子干得要冒烟，喝光了井里的水，又跑到村外的河边接着喝。喝着喝着，他身上接二连三地冒出鳞片来。三郎从身后跑来的时候，八郎已经变成一条可怕的大蛇，在河里游泳。“八郎啊！”三郎呼喊他的名字，河里的大蛇就泪眼婆娑地回应：“三郎啊！”“八郎啊！”“三郎啊！”兄弟俩就这样一个在岸上，一个在河里，哭哭啼啼地叫着对方，却于事无补。

听了这个故事，诹访难过得不知如何是好，将父亲沾满炭粉的手指塞进自己的樱桃小嘴里，哭个不停。

诹访从回忆中清醒过来，怀疑地眨了眨眼睛。瀑布在她耳边低语——“八郎啊！”“三郎啊！”“八郎啊！”

父亲拨开绝壁上的红色爬山虎叶子走了出来。

“诹访，今天卖了多少？”

诹访没有回答。水沫将她的鼻头打湿，闪闪发光，她用力吸了吸鼻子。父亲沉默地收拾茶摊。

诹访和父亲踩着山白竹，走在通往烧炭小屋的长三四百米的山路上。

“可以关店了。”

父亲将提篮从右手换到左手，弹珠汽水的瓶子发出哐当哐当的声响。

“过了秋之土用，也没人进山了。”

太阳下山后，山里只剩下风声。橡树和冷杉的枯叶像雨夹雪似的，不停地落在两人身上。

“爸爸。”

诹访在父亲身后叫道。

“你活着是为了什么？”

父亲宽厚的肩膀猛地一抽，凝神看了看诹访认真的脸庞，嘟囔道：

“我也不知道啊。”

诹访嚼着手里的芒草叶说：

“那还不如去死呢。”

父亲举起手来，想打诹访一巴掌，可又别别扭扭地放下了手。他早看出诹访情绪激动，但想到她是马上要长成大姑娘了才会这样的，就忍了下来。

“是哦，是哦。”

诹访觉得父亲这句没头没尾的回答愚蠢极了，不禁将口中的芒草叶粗鲁地吐出来，怒骂道：“浑蛋，浑蛋！”

三

盂兰盆节过后，茶摊关张，诹访最讨厌的季节就开始了。

父亲这阵子每隔四五天就背着炭去村里卖。其实托人去卖就行，但这样还要给对方十五钱到二十钱，是一笔不小的开支，所以父亲将诹访一个人留在山中，自己去山脚的村子里卖炭。

天气晴朗的时候，诹访就出门采蘑菇。父亲烧的炭一袋能挣五六钱就不错了，光凭卖炭根本无法维持生计，所以父亲让她采些蘑菇，一并拿去村里卖。

有一种叫滑子菇的小蘑菇长在羊齿类植物丛生的烂木头上，能卖很好的价钱。每次在远处望那些青苔，诹访都会想起自己唯一的朋友。诹访喜欢在盛满蘑菇的提篮里撒些绿油油的青苔，提着它们回小屋。

无论是炭还是蘑菇，只要卖了好价钱，父亲回家时肯定会喝得醉醺醺的。他偶尔也会给诹访买个纸钱包什么的，钱包里有一面小镜子。

那天秋风萧瑟，山里从早上起就天气不好，铺在屋顶的草席不停地被风掀开。父亲一早便下山了。

诹访在小屋里闷了一整天，少有地把头发编了起来，将浪花图案的发饰系在盘起来的发根处，那发饰是父亲从村里带给她的礼物。接着，诹访烧起旺盛的炉火，等父亲回来。树木在风中沙沙作响，其中还混有几声野兽的嚎叫。

天渐渐黑了，诹访独自吃了晚饭。她将烤过的味噌浇在黑乎乎的米饭上吃掉了。

到了晚上，风停了，冰冷刺骨。这样静得出奇的夜晚，山里一定会发生神奇的事。天狗伐倒大树的嘎吱声隐约可闻，小屋门口好像有人在沙沙地洗红小豆，远处山妖的笑声清晰地回荡在耳畔。

诹访等父亲等得不耐烦，盖上草编的被子在炉子边睡着了。意识昏沉之间，似乎有个东西不时掀开门口的帘子偷看。诹访心想一定是山妖作怪，便一动不动，继续装睡。

后来，借着燃剩的火光，诹访模糊地看到有白色的东西纷纷扬扬地飘进门口的土间[1]。是初雪！她像做梦一般，高兴极了。

好痛，诹访的身体像麻痹了一般沉重。接着她便闻到了难闻的酒气。

“浑蛋！”

诹访短促地喊了一声，然后一头雾水地跑了出去。

暴风雪劈头盖脸地降下，诹访不禁跌跌撞撞地坐在地上，头发和衣服眼见被染得雪白。

诹访站起来，粗重地喘着气，怒气冲冲地向前走。狂风把她的衣服吹得皱巴巴的，她漫无目的地朝前走着。

瀑布的声音越来越大了。诹访大步流星地向前，不知伸手擦了多少次鼻涕，瀑布的水声仿佛就在脚下。

冬天的树林疯狂地咆哮着，林间的缝隙中传来一声低呼：“爸爸！”

诹访喊完便纵身跳下去了。

1　日本传统建筑中的入户空间，通常与屋外相连，整体低于屋内其他空间。

四

诹访醒来时，四周一片昏暗，隐约能感受到瀑布的轰鸣就在头顶很远的地方。诹访的身体跟着那轰鸣慢慢摇晃，从头到脚都是彻骨的寒凉。

哦，原来我在水底。意识到这一点后，诹访顿时感到无比畅快、轻松。

她忽然双脚一蹬，无声无息地向前滑去，鼻尖差点儿撞到岸边岩石的尖角。

大蛇!

诹访想:“我变成了大蛇，好高兴啊，再也不用回小屋了。”她自言自语着，夸张地动了动唇边的胡须。

她实在是一条小小的鲫鱼。动作虽夸张，但无非是通过嘴巴的开合使鼻头的凸起微微耸动罢了。

鲫鱼在瀑潭附近自由自在地游弋着，刚刚晃动着胸鳍浮上水面，又用力一甩尾鳍，潜入了深深的渊底。

它一会儿在水中追逐小虾，一会儿躲进岸边的芦苇丛，一会儿又啄一口岩石尖角上的青苔，逍遥自在。

接着，鲫鱼一动不动，只是偶尔微微摇摆胸鳍，似乎在思忖什么，就这样持续了一阵子。

不久，它一个打挺，笔直地朝瀑潭游去。不一会儿便像树叶一样打着转，被吸入了潭底。

有关《鱼服记》

《鱼服记》好像是收录在中国古书中的一个短篇故事的题目。日本的上田秋成将其翻译过来，题目也改为《梦应之鲤》，收录于《雨月物语》的第二卷。

有段日子生活十分苦闷，我读了这《雨月物语》。《梦应之鲤》讲三井寺一位名叫兴义的僧人擅画鲤鱼，有一年他生了一场大病，魂魄化为一条金色的鲤鱼，在琵琶湖中逍遥地游弋。我读了这个故事，也想变成一条鱼。以为变成鱼，就可以笑话那些平时侮辱、虐待我的人了。

如今看来，我的如意算盘是落空了。笑话别人的想法，大约原本就不该有吧。

猿猴之岛

想想我远渡重洋，抵达这座小岛时的忧愁吧！整座岛在浓雾中沉睡着，分不清是白昼还是夜晚。我眨着眼睛，试图看清岛的全貌。无数赤裸的大块岩石堆叠成陡峭的绝壁，隐约能看到许多张开黝黑大口的洞窟。这真是山吗？一根青草都没有。

我沿着岩山海岸踉踉跄跄地向前走。耳边不时传来古怪的叫声，听上去不是很远。是狼吗？还是熊？然而，漫长旅途的疲劳反而令我变得大胆。我绕岛巡视，连那咆哮声都不介意了。

岛的枯燥程度令我惊讶。无论走多远，脚下都是硬邦邦的路。右手边是岩山，几乎垂直耸立的粗粝花岗岩在左侧触手可及。中间便是我走的这条路，宽约六尺，坦荡地向前延伸。

走到路的尽头吧。难以言喻的混乱和疲劳给了我无所畏惧的勇气。

大概走了不到四里路，我再次回到了起点。于是我明白，路是绕着岩山开辟的，我一直在一条路上打转。我由此得知，岛比我想象得更小。

雾渐渐散去，我看出山顶就压在离头顶不远的地方。共有三座山峰，中间那座圆乎乎的山恐怕有三四丈高，由颜色不一的平坦岩石堆叠而成，侧面山势较缓，连着旁边那座小而尖的山峰；另一侧的山坡形成险峻的断崖，直直跌到半山腰处，然后又开始鼓起密密麻麻的小山包，形成一片宽广的丘陵。一线细细的瀑布从断崖和丘陵的罅隙间流淌出来。瀑布附近的岩石自不必说，整个小岛都被浓雾浸染得黝黑。我看到两棵树，瀑布口有一棵，像是栎树，丘陵上还有一棵不知名的树，树干很粗壮。两棵树都枯死了。

我望着这片荒凉的风景，发了一会儿呆。雾气消散了，阳光洒在正中的那座山峰上，被雾气濡湿的山顶闪闪发光。是朝阳。我可以根据阳光的香气判断是朝阳还是夕阳。既然是朝阳，那么眼下就是黎明时分了？

我攀上山峰，心情舒爽了许多。那山看着险峻，真正爬上去才知道下脚的地方很多，并不难爬，我很快就爬到了瀑布口。

朝阳正照在这里，脸上甚至能感受到和煦的风。我走到那棵像栎树的大树旁坐了下来。这真是栎树吗？还是枹树或银杉？我抬起头，一直望到树梢。五六根干枯的细枝伸向空中，手边的枝条大都被折得不像样子。爬上去看看吧？

暴风雪的声音
呼唤着我

是风声吧？我噌噌地向上爬。

呼唤着
被囚禁的我

累到极致时，就能听见各种各样的歌声。我爬上树梢，咔啦啦地晃了两三下树梢的枯枝。

生命之光
呼唤着我

脚下的枯枝脆生生地断了，我一不留神，贴着树干哧溜溜地滑了下去。

“折了吧。”

一个声音冷不丁从我上方传来。我靠着树干站直，用空洞的目光循着声音的方向找去。啊，一阵战栗划过我的脊背。沐浴朝阳的断崖闪着金光，一只猴子慢吞吞地从崖上爬下来。长久以来沉睡在我体内的东西猛地一齐放出光彩。

“下来吧，那些树枝是我折的。

“那是我的树。”

说话间，他跳下断崖，朝瀑布口走来。我摆出防御的姿势。或许是太晃眼了，他的额头堆起许多皱纹。他将我细细打量了一番，然后露出洁白的牙齿笑了。那笑容令我焦灼。

“好笑吗？”

“好笑。”他说，“你是渡海来的吧？”

“嗯。”我一面点头，一面望着从瀑布口汩汩涌出的浪花，回忆起在狭小的箱子里度过的漫漫长旅。

“不知道你发生了什么，但难为你渡过这么一片汪洋大海。”

“嗯。”我又点了点头。

“果然和我一样。”

他嘟囔着，掬起瀑布口的水喝下去。不知不觉间，我们已经并肩而坐。

“我们来自同一个故乡，我一眼就看出来了。咱们的同乡啊，耳朵都光溜溜的。”

他用力地捏了捏我的耳朵，我气得狠狠地抓了他恶作剧的右手，然后我们相视而笑。不知道为什么，我感觉放松了许多。

很快，我们身边传来尖锐的叫声。我吃惊地回头，只见一群尾巴粗壮、毛发浓密的猴子占据丘顶，正对着我们狂叫。我站了起来。

“算了，算了。人家不是冲我们来的。那帮家伙叫吼猴，每天早上都会这样对着太阳吼一通。”

我呆若木鸡地站着。每座山上都有一群猴子蜷着身子晒太阳。

“那些都是猴子吗？”

我怀疑自己在做梦。

“是啊。但他们和我们不同，故乡不是同一个。”

我仔仔细细地看了每一只猴子。有的猴子正给小猴喂奶，蓬松的白毛在晨风中飘荡着；有的猴子将通红的大鼻子对着天，不知在唱什么；有的猴子晃动着有美丽花纹的尾巴，在日光中交配；有的猴子愁眉苦脸，急匆匆地四处散步。

我小声问他：

“这里是什么地方啊？”

他目光充满怜悯地答道：

“我也不知道啊，但应该不是日本。”

“是吗？”我叹了口气，“但这棵树看着像木曾栎啊。”

他转身砰砰敲了敲枯树的树干，抬头望着树顶。

“不是哦，枝条的长法不同，树皮也没有木曾栎那么能折射阳光吧。说到底，不长叶子就看不出是什么树。”

我靠在枯树上问：

“这树为什么不长叶子？”

“春天的时候就枯了。我来这儿的时候就已经枯了。后来，四月、五月、六月过去了，枯得越来越厉害啊。这棵树怕不是生插在这里的吧？肯定没长根。那边的树更惨，树上都是那帮家伙的屎尿。”

他说着指了指那群吼猴。吼猴已经不再狂喊了，小岛静得出奇。

“坐下来吧，我们聊聊。”

我紧贴着他坐下。

“这儿是个好地方吧？这座岛上数这里最好啦。能晒到太阳，有树，还能听见水声。”他满足地俯瞰脚下的小瀑布，“我生在日本北方的海峡一带。到了晚上，能听见浪涛幽幽翻腾的声音。浪涛声真是个好东西啊，不知怎的，好像能慢慢流到心里去。”

我也想讲自己家乡的事了。

“树比水声更让我眷恋，因为我生在日本中部的深山老林里。嫩叶的香气可好闻啦。”

“那真不错。大家都对树有很深的感情啊，所以这座岛上的家伙都想坐在有树的地方，哪怕只有一棵树也好。”他边说边扒开屁股上的毛，露出几道红得发黑的深深的伤口，“你看，为了让这里成为我的地盘，我可没少吃苦。”

我忙不迭地想要离开：“我之前不知道这些。”

“没事，我不介意的。我太孤独了。从今以后，这里变成我们两个的地盘也无妨。只要你别再折枝条就行了。”

雾已经彻底散去，我们眼前出现了一样的风景。首先映入我眼帘的是嫩绿的树叶。我清楚地判断出如今的季节——眼下正是故乡的米槠嫩叶最漂亮的时候。我摇头晃脑地望着那片嫩叶。但这份陶醉刹那间破灭了，因为我再次吃惊地瞪大了双眼——嫩绿的树叶下是淋了水的碎石路，显得十分清凉。一群蓝眼珠、白衣服的人如潮水般走在路上，有的女人头上戴着夺人眼球的鸟羽，也有些男人缓缓地摇动裹着蛇皮的粗杖，向左右的行人送上微笑。

他紧搂着我颤抖的身体，飞速在我耳边低语：

“别害怕，每天都是这样的。”

“这是怎么回事？大家都在盯着我们。”想起在山上被捕后来到这座岛的悲惨经历，我紧紧地咬住了下嘴唇。

“那是一场好戏，是为我们上演的戏码。安静看着吧，还有更有意思的呢。”

他匆匆叮嘱我，一只手仍搂着我的身子，另一只手指着各处的人，对我窃窃私语：“那种女人叫人妻，她们只知道两种活法——要么做丈夫的玩物，要么做丈夫的主宰。所谓的关键人物或许就是那副模样。那种人叫学者，是种奇怪的生物，糊口的营生是给死去的天才做多余的注解或训诫初生的天才。每次看见他们，我就莫名其妙地犯困。那种人叫女优，素面朝天的时候比在舞台上更会演戏。呜呜，我后面的虫牙又疼起来了。那种人叫地主，是永远辩称自己也在劳动的胆小鬼。每次看见他们，我都觉得好像有虱子在自己的鼻子上爬，心烦意乱。还有，坐在那边长椅上的戴白手套的男人是我最讨厌的，你看，他一出现在这里，天上就会刮起臭不可闻的黄粪龙卷风。”

听着他的长篇大论，我心神恍惚，因为我在仔细看另一样东西。那是四只灼热的眼睛——蓝得澄澈的人类幼崽的眼睛。这两个小孩刚才就从建在岛外围的花岗岩墙边勉强探出头来，贪婪地观察着整个小岛。应该是两个男孩子吧，他们金色的短发在晨风中簌簌舞动。其中一个男孩的鼻子黑乎乎的，长满了雀斑。另一个的脸颊像桃花般粉红。

不久，两人同时歪着脑袋思索起来。接着，黑鼻头的男孩忽然一噘嘴，附在另一个男孩耳边不知说了什么，语气激烈。我双手摇晃着他喊道：

“他们在说什么？快告诉我，那两个小孩在说什么？”

他似乎被我吓到了，猛地收声，看看我，又看看那边的孩子。然后嚅动着嘴唇，暂时陷入了沉思。我从他的困惑中感受到不同寻常的气息。孩子们飞速向小岛丢下几句莫名其妙的话，然后消失得无影无踪。但孩子们走后，他仍然时而一手扶额，时而挠挠屁股，显得十分踌躇。最后含着一抹不怀好意的笑容，慢吞吞地说：

“他们说：‘这里无论什么时候都一个样。’”

一个样。这下我什么都明白了。这句话道破了我的疑惑。一个样。这是一句品评，我们才是戏码。

“原来如此。这么说来，刚刚你在说谎啊。”我简直想把他弄死。

“因为你太可怜了。”

他回答时，搂着我的那只手攒足了力气。

我用力抱住他宽广的胸膛。与其说是为他卑劣的亲切而愤怒，不如说是为自己的愚蠢羞愧难当。

“别哭啦，没办法的。”他轻轻拍着我的后背，忧郁地嘟囔道：“那堵石墙上不是竖着一块细长的木牌吗？他们只让我们看见木牌背面脏兮兮的红褐色木纹，你知道木牌正面写着什么吗？人类是会读那行字的。上面写着‘耳朵光溜溜的是日本猴’。不，说不定木牌上的是更具侮辱性的话呢。”

我根本不想听，从他的手中挣脱，纵身一跃，跳到枯树下，爬到树上扒着树梢眺望，小岛的全貌一览无余。太阳已经高高地挂在天上，白色的云雾从小岛各处蒸腾而起。百余只猴子在青空下悠闲地晒着太阳嬉戏。我向一动不动地蹲在瀑布口旁边的他发问：

"大家都不知道吗？"

他看都不看我一眼，在下面答道：

"怎么可能知道？知道的恐怕只有我和你啊。"

"你为什么不逃？"

"你要逃吗？"

"要逃。"

绿叶，碎石路，人潮。

"你不怕吗？"

我猛地闭上双眼，因为他说了不该说的话。

呼啸的风声从耳边掠过，夹杂着低沉的歌声。是他在唱歌吗？我两眼发热。刚才让我从树上滑下来的就是这歌声。我闭着眼，侧耳倾听。

"好啦，好啦。下来吧。这里是个好地方哦，能晒到太阳，有树，还能听见水声。最重要的是不必为三餐担心。"

他的呐喊仿佛来自远方，还有他低沉的笑声。

啊，这种诱惑似乎很真实，说不定就是真实的。某样东西在我心里猛然踉跄了一下。可是，可是血，在山里长大的我的愚蠢的血，还是执拗地呐喊了一声：

"不——！"

一八九六年六月中旬，伦敦博物馆附属动物园办公室通报了一则日本猴逃跑的消息。猴子下落不明，而且跑掉的不是一只，而是两只。

畜犬谈——致伊马鹈平君

我对狗有自信——狗迟早会啃我一口的自信。我一定会被狗咬，因为我有这个自信。我甚至觉得不可思议，自己竟能平安无事地活到今天，一直没被狗咬过。诸位，狗乃猛兽。曾有人说，狗力可毙马，偶尔与狮子争斗还能将其征服。意料之中，只有我独自一人凄凉地点头。看看狗满口的獠牙吧，那可不是吃干饭的。别看它们现在在街头巷尾装得那么无辜，自甘沦为不值一提的东西，盯着垃圾桶转来转去，其实个个都是力可毙马的猛兽。没有人知道它们什么时候会露出本性，狂态大发。狗必须用链子拴得牢牢的，一点儿也大意不得。世上有许多狗主人竟然自愿饲养这种可怕的猛兽，每天给它们一点儿残羹剩饭，就对这种猛兽放松警惕，轻松地唤它们狗崽崽，待它们如家庭成员一般，允许它们靠近。甚至有人让三岁的爱子用力揪着猛兽的耳朵，还哈哈大笑地看着。每每见到这种情景，我都不得不哆嗦着闭上双眼。万一狗冷不丁“汪”的一声咬了孩子，该如何是好？必须时刻提防才行。这种猛兽弄不好连自己的主人都咬。（所谓的狗绝不会咬主人，不过是愚蠢自大的迷信罢了。它们长了那样一口可怕的獠牙，必然是会咬人的。肯定无法从科学角度证明其绝不会咬人。）放养这种猛兽，让它们在街上漫无目的地徘徊的人，究竟安的什么心？去年深秋，我的朋友就深受其害，成了可怜的牺牲者。据朋友说，他当时无所事事地闲逛，正揣着手横穿马路，只见一条狗稳当当地坐在路中央。朋友从狗身旁路过，依然没有其他动作，狗却在这时冷冷地瞥了他一眼。朋友刚刚平安地过了马路，那狗便“汪”的一声咬了他的右脚。无妄之灾就在那一瞬间发生了。朋友说他当时吓蒙了，过了一会儿，不甘的泪水才涌出眼眶。那是当然——我仍然凄凉地予以肯定。已然如此，的确让人毫无办法嘛。朋友拖着疼痛的脚去医院接受治疗，然后连续去了医院二十一天——整整三个星期。脚伤痊愈后，他还是担心挨咬时体内被注入了名为“恐水病”的病毒，不得不请医生打针来防治这种可怕的病。那位朋友性格柔弱，自然无法和狗主人谈判，只能默默忍受，哀叹自己的不走运。而且注射费绝不便宜，恕我直言，朋友不可能有那么多积蓄，那笔费用肯定是他煞费苦心、东拼西凑来的。总之这的确是一场可怕而巨大的灾难。要是他粗心大意，疏于注射，说不定就会患上恐水病。听说这种病病状惨烈，不仅要承受发热之苦，举动还会越来越像狗，最后用四肢走路，只会汪汪吠叫。可想而知，朋友打针期间是多么忧虑不安。朋友久经世故，心智坚定，故而不曾失态丢丑，连续三七二十一天去医院接受注射，现下已经精神百倍地投入工作了。若是换成我，肯定不会让那只狗活下去。我这个男人的报复心比其他人强三四倍，遇到类似的情况，我的残忍程度会比别人高五六倍。只怕当时就要将那条狗的头盖骨砸得粉碎，剜出它的眼珠大嚼特嚼后吐到一边。光是这样还不够，我多半还会下毒，把那一带的家犬杀个精光。自己什么都没干，对方却突然扑上来咬我，这是多么粗鲁、狂暴的行径啊！就算狗是畜生，在我眼里也不可饶恕。不能因为它是畜生就予以怜悯、娇惯，应该毫不留情地处以酷刑。去年秋天，听说朋友的遭遇后，我对畜犬憎恶到了极点，那是一种根深蒂固的憎恶，简直能燃起熊熊青烟。

今年正月，我在山梨县甲府的远郊租了一户草庵，内有三间小屋，大小分别为八叠[1]、三叠、一叠。我默默隐居于此，忙着写些蹩脚的小说。但这甲府到处都是狗，多得数不清。有的狗走来走去，有的狗站着不动，有的狗呼呼大睡，有的狗撒野飞奔，有的狗龇牙狂吠。路边只要有一小片空地，必然会成为野狗的狗窝。群狗撕咬一团，耽于格斗训练，夜晚像风、像野贼般成群结队地在无人的街上纵横驰骋。甲府的狗多得数不清，我甚至怀疑是不是每家每户至少养了两条狗。山梨县似乎本就是甲斐犬的知名产地，不过能在街头看到的那些绝不是血统纯正的甲斐犬，红色的秋田犬最多，都是些不值得牵走的没意思的杂种狗。我本来就对畜犬怀恨在心，听说朋友的遭遇后对它们更加厌恶了。尽管几乎从未放松警惕，但这里的狗这么多，在每条街上蹿下跳，要么就是蜷着身子悠然自得地睡觉，让人防不胜防。我实在没少吃苦头。可以的话，我恨不得上街时胳膊和腿都戴上护具，再套上头盔。可那副模样实在奇怪，从风纪上也说不过去，于是我不得不想别的办法。我认真地思考对策，首先研究了狗的心理。人类的心理我多少能够心领神会，偶尔能准确无误地指出问题。但狗的心理就不容易理解了。最大的难题是人类的语言在狗与人的情感沟通中派不上多大用场。如果语言不通，就只能通过双方的言谈举止和表情进行判断。仔细观察便会发现，狗尾巴的动作就相当复杂，并没有想象中那样容易解读。我几乎绝望了。

1　日本常用的房间面积单位，一叠即一张榻榻米的大小，约为1.62平方米。

于是，我想出一个极为拙劣、无能又可悲的办法——总之遇到狗便满面堆笑，以示自己没有半点儿恶意。晚上它们可能看不见我的笑容，所以要天真无邪地在口中念着童谣，尽力让它们明白我是个善良的人。这一招好像有点儿作用。迄今为止，还未有狗朝我扑过来。但无论怎样还是大意不得。从狗身旁路过时，无论多么害怕，绝不能跑。要带着卑微的、奉承的媚笑，天真地摇头晃脑，慢悠悠地走。即使心里、背上像有十条毛毛虫在爬，浑身发冷，几乎要窒息了，也要慢悠悠地从它们身边走过。我越发厌恶自己的窝囊。虽然讨厌自己讨厌到想哭，但若不这样做，我又怕它们会立刻扑上来咬我。就这样，我开始可悲地试着向每一条狗问好。我担心头发长得太长也许会被它们当作可疑之人而惹来吠叫，就连从前讨厌无比的理发店都打起精神去了。拿着手杖走路，可能会让狗感到威胁，以为我手里拿着武器，要是它们因此起了逆反之心就不好了，于是我永远扔掉了手杖。狗的心理无法捉摸，我只得走一步看一步，一味讨它们的欢心。没想到这样一来，意外的现象出现了——我被狗喜欢上了。它们摇着尾巴，成群结队地跟在我身后，气得我捶胸顿足。真是讽刺。我从来就不喜欢狗，最近更是对它们憎恶到了极点。与其被这些畜犬喜欢，还不如被一只骆驼喜欢。有人说，无论对方多么糟糕，只要有女人喜欢，心情就不可能有多糟。这个看法太浅薄了。有时候，自尊和脾气是无论如何也不会允许这种情况发生的。我实在无法忍受了。我讨厌狗，早早就看透了它们残暴的兽性，觉得它们不是什么好东西。不过为了每天吃一两顿主人喂的剩饭，就出卖朋友，和妻子分别，独自躺在主人家的屋檐下装出一副忠义的模样，对曾经的伙伴大呼小叫，也把兄弟、父母抛在脑后，只知道观察主人的脸色，不以阿谀奉承为耻。挨打了也只是“汪汪”叫两声，夹着尾巴默默地逗人发笑。“狗畜生”这一称呼，正表明了其精神之卑劣和丑陋。它们拥有轻轻松松便日行十里的强健脚力，还有能将狮子置于死地的闪亮的锐利獠牙，却毫不忌惮地发挥其懒惰无赖、烂透了的糟糕本性，无一丝矜持之心，轻易屈从、隶属于人类。同类之间彼此仇视，一见面就狂吠、撕咬，却时刻试图讨得人类的欢心。看看麻雀吧，这些手无寸铁的脆弱的小禽尚能确保自由，建设一个和人类毫无关系的小社会，同类相亲，欣然为每日的贫穷生活歌唱。我越想越感觉狗很肮脏。我讨厌狗，甚至觉得它们的日子和自己的生活有某种相似之处，于是更加讨厌了。发现它们尤其喜欢我，对我摇着尾巴明示喜爱之情，我说不清自己的感受是狼狈、懊悔还是其他的。我实在是受不了了。都怪我过度敬畏、高估狗的兽性，毫不节制地在街上对其媚笑，反而让狗误以为它们找到了知己，以为我容易拉拢，才导致如此丢脸的局面发生。可无论发生什么，节制都是很重要的。而我至今似乎仍然不懂得节制。

早春的一天，快吃晚饭时，我到家附近的四十九连队练兵场散步，有两三只狗跟在我身后。我生怕它们随时扑向我的脚脖子咬上一口，吓得面无人色，但毕竟对类似的事情已经习以为常，也就咬牙强装平静，拼命压抑着想一溜烟地跑掉的冲动，大摇大摆地走在前头。狗跟我走了一路，渐渐打起架来，我故意头也不回地往前走，装作不知道这一切，内心其实早已不堪忍受。倘若有一把手枪，我甚至会毫不犹豫地将它们射杀。狗不知道我外表如菩萨，内心如夜叉，有如此奸邪的恶心肠，我走到哪里就跟到哪里。我在练兵场转了一圈，仍旧在狗的爱慕下踏上了归途。按照惯例，到家的时候，身后的狗大抵都不知去了哪里，可偏偏那一天，有只狗十分执拗，亲近异常。那是一只不起眼的漆黑的小狗，非常小，身长大约只有五寸。但不能因为小就放松警惕，它的牙肯定已经长齐了。要是被咬上一口，就得连续去医院三七二十一天才行啊。而且那么小的狗缺乏常识，还情绪无常，得更加小心才是。小狗一会儿跑到我身前，一会儿跟在我身后，抬头望着我的脸，终于步履蹒跚地跟到了我家大门口。

“喂，有个怪东西跟进门来了。”

“哎呀，好可爱。”

“可爱个屁，快把它赶走。下手时小心被咬哦，喂它些点心吃。”

我还是执行软弱外交的政策。小狗很快便看穿了我内心的恐惧，拿捏了这一点，厚着脸皮在我家拖拖沓沓地住了下来。三月、四月、五月、六月、七月、八月……如今秋风渐起，它仍然赖在我家。我已不知被它气哭过多少次，怎么也无法将它甩掉。没办法，我只好叫它小乖，可尽管一起住了半年，我仍然没把它当作一家人。在我心里，它仍然是个外人。我和它混不熟，关系不睦。我们揣测对方的心理，斗得火花四溅，并且永远无法释然地笑对彼此。

刚到这个家的时候，小乖还是个孩子，要么警惕地观察地上的蚂蚁，要么被癞蛤蟆吓得惨叫。见它那副模样，连我都不禁失笑。虽然讨厌它，但想到它是凭着神的意志才误打误撞地来到这个家的，就给它在檐廊下面做了个窝，还参考婴幼儿的膳食，把食物煮得软烂再喂给它，并在它身上撒了除蚤粉。但一个月过去，它已经了不得了，逐渐展现出杂种狗的本领来，卑鄙无耻。这只狗原本肯定是被人扔在练兵场的角落里的，那次散步回家的路上，它跟在我身后回了家。当时它瘦得让人不愿多瞧一眼，毛也稀稀落落的，屁股上的毛几乎都掉光了。也就是我才愿意拿点心、做粥给它吃，一句粗话也没对它讲，郑重其事地小心招待它。要是换了别人，肯定一脚就把它踢飞了。我对它如此亲切，也不是因为我多么爱狗，不过是对狗先天的憎恶和恐惧驱使我做出了这些老奸巨猾的行为。但托我的福，小乖如今竟出落成一条皮毛油光锃亮的成年公狗。即使我早已无意施恩于它，它也该给我们带来一些快乐才是。但没人要的狗到底是不中用的。大吃大喝之后，它大概是想饭后运动吧，便拿木屐当玩具，将其咬得体无完肤，还多管闲事，把晾在院子里的衣服拽下来，弄得都是泥。

“别开这种玩笑了，实在叫人为难。谁也没有拜托你这样做吧？”我竭尽温柔地抱怨，将这带刺的话说给它听，它却转转眼珠，和正在抱怨的我玩起游戏来。这是何等恃宠而骄的精神啊！这只狗的厚脸皮令我暗自震惊，甚至瞧不起它。随着时间的推移，这只狗的无能终于暴露无遗。首先是体形不好，它小的时候体形尚且维持得比较均衡，有时还让我怀疑它混了什么优良血统。但这是赤裸裸的假象。它只有身子越来越长，手脚明显很短，活像一只乌龟，简直叫人没眼看。生得如此丑陋的它，每逢我出门必定如影随形地跟在我身后。街上的少男少女们都指着它笑话：“哎呀，这只狗长得好奇怪！”多少有些爱面子的我即使一本正经地走在前头也无济于事。我干脆装作不认识它，快步向前走，小乖却寸步不离，不住地仰头望着我，一会儿跑到我前面，一会儿跑到我后面，恨不得贴到我腿上，旁人怎么也不会以为我们毫无关系，只会把我们看作投缘的主仆。托它的福，我每次外出时心情都十分阴郁，成了很好的修行。若是它光这样跟着我走来走去倒也还好。可它逐渐暴露出潜在的猛兽本性来，开始喜欢打架斗殴。伴着我走在街上时，每遇到一只狗，它都要上前打招呼——也就是单方面挑起一番争斗。小乖腿短，再加上年轻，打架似乎相当厉害。当它单枪匹马地探入空地的狗窝，和五只狗短暂对战的时候，我着实为它捏了把汗。但它总能巧妙地闪身避险，并且很有自信，遇到什么狗都要飞扑过去。它偶尔也有身处劣势，吠叫着渐渐后退的时候。狂吠近乎惨叫，它漆黑的脸发青。一次，它扑向一条小牛似的德牧，把我吓得要死。小乖果然片刻也没撑住，那德牧把它当玩具般用前腿来回拨弄，由于德牧没有认真，它也捡回一条命。似乎狗只要经历一次惨败，就会变得十分窝囊。自那以后，小乖明显开始躲避争斗。再加上我也不喜欢争斗——何止不喜欢啊，我深信放任野兽在路边打成一团是文明之国的耻辱。对于狗打架时震耳欲聋的野蛮嘶吼，则可谓又气又恨，觉得把它们全杀掉都不过分。我不喜欢小乖，甚至怕它、恨它，对它没有一丁点儿爱意，恨不得它死了才好。它巴巴地跟着我，或许是认为那是被饲养者的义务吧。它对路上遇到的狗必定凄惨地嚎叫，却不知道作为主人的我当时有多害怕，被吓得瑟瑟发抖。我真想拦下一辆车，坐进去关上门，一溜烟地逃掉。若只是群狗打架便算了，万一对面的狗迷了心窍，朝小乖的主人我扑过来，可要如何是好？这种可能性不能说没有。狗是嗜血的猛兽，说不准它们会做什么。到时候我就会被咬得惨不忍睹，连续去医院三七二十一天。狗的争斗有如地狱。一有机会，我就叮嘱小乖：

“可不能打架哦，非要打架，就离我远远地打。我可不喜欢你。”

小乖像是能听懂几分人话，每当我这么说给它听，它都有些打蔫。我越发觉得狗这东西着实有点儿吓人。或许是我反复的叮嘱奏效了，也或许是小乖在和德牧的争斗中尝到了惨败的滋味，它渐渐软弱到卑微的地步。和我一起走在路上，若有其他狗对它狂吼，它便装出清高的姿态，浑身哆嗦着讨好我，像是在说：“啊，好讨厌，好讨厌。它们真野蛮。”或者露出怜悯的目光，像是觉得对方无药可救。它观察着我的脸色，仿佛赔着卑微的笑容，那副笑嘻嘻的模样猥琐极了。

“这家伙一点儿优点也没有嘛。总是看人的脸色行事，太讨厌了。”

“是因为你太宠着它啦。”老婆笑着说。她打一开始就对小乖漠不关心。只在它弄脏洗好的衣服时抱怨，再就是一脸平静地喊着“小乖小乖”，喂它吃东西。“把人家搞得性格扭曲了吧？”

“它是不是越来越像主人了啊。”我终于苦涩地这样想道。

进入七月，变化突然发生。我们终于在东京三鹰村找到了一栋正在修建的小房子，和房东签订了租约，完工后就能以每月二十四日元的价格租住，早早开始做搬家的准备。房子建好后，房东便会发快信通知。小乖自然要被我们丢下了。

“带它一起走也没什么的。”老婆一直没把小乖当成问题，带与不带都无所谓。

“不行。我又不是因为可爱才养它的，而是怕它向我报仇才无奈地妥协了。你难道不知道吗？”

“但你只要一会儿见不到小乖，不就要吵着问‘小乖到哪儿去了’吗？”

“那是因为我看不见它就更害怕了。说不定它瞒着我，偷偷勾结同伙去了。那家伙一直知道我看不起它。狗的报复心可强了。”

我想，眼下正是绝好的时机。只要假装忘了这条狗，把它留在这里，赶快乘火车前往东京，狗总不可能翻过笹子岭，一路追到三鹰村吧。我们没有遗弃小乖，完全是粗心大意，忘了带它走。这算不上罪过，也没理由被小乖记恨。它不可能找我报仇。

“应该没事吧。就算把它留在这里，它应该也不会饿死——也有魂魄作祟这一说嘛。”

“它本来就是被人家扔掉的狗嘛。”老婆似乎也有些不安。

“是啊。应该不至于饿死。看样子这事情能办妥。把那种狗带去东京，我都没脸见朋友。它的身子太长了，简直不像样子，对吧？”

最后我们决定留下小乖，变化就发生在这时候。小乖得了皮肤病，而且还挺严重。我实在不愿意形容，总之其惨状让人不忍直视。再加上天气炎热，它浑身散发出不同寻常的恶臭。这下老婆受不了了。

“这样对不住邻居啊，杀了它吧！”到了这时候，女人往往比男人更冷酷、更勇敢。

“要杀掉它吗？”我很震惊，“再忍一阵不就行了？”

我们一心等待三鹰的房东发来快信。他原本说我们七月末大概就能搬过去，七月眼看就要过完了，估计就是这两天的事了。已经收拾好搬家的行李待命，通知却迟迟不来。就在我们发信询问情况的时候，小乖的皮肤病发作了。越看越叫人难受，小乖仿佛也为自己丑陋的模样而羞耻，喜欢待在暗处，偶尔无精打采地趴在门口那块光线好的石板上，若是我见了骂一句“哇，真够呛”，它便赶忙爬起来，垂着头，无奈地悄然钻到檐廊下面。

即便如此，无论它趴在哪里，我出门的时候它还是会悄无声息地出现，要跟在我后面。而我岂能容许这怪物似的东西跟着我？于是每次都默默地瞪着它，嘴边明确地浮现出轻蔑的笑容，不错眼珠地盯着它看。这一招很奏效。小乖会像忽然意识到自己的丑陋似的，怏怏地低着头离开，找个地方躲起来。

“实在受不了了，我都觉得自己身上痒痒了。”老婆不时和我商量，“我尽量让自己别看它，可不小心看到一眼就不行了，连做梦都能梦见啊！”

“唉，再忍忍就好啦。”我想，除了忍耐别无他法。就算病着，对方仍不失为一种猛兽，若是不小心触到它的逆鳞，就可能被咬。“明天三鹰那边就该回信了吧？只要搬走，整件事就结束了呀。”

三鹰的房东回信了，读毕，我很失望。信上说，由于连日下雨，墙一直未干，再加上人手不足，大概还要十天才能完工。我烦躁不已。哪怕只是为了从小乖身边逃走，我也想尽快搬家。异样的焦虑令我无心工作，只好看看杂志、喝喝酒。小乖的皮肤病日益严重，不知怎的，我的皮肤也开始痒个不停。深夜，小乖痒得在门外吧嗒吧嗒地晃身子，那声音不知让我多么恐惧。我觉得自己受不了了，也频频发狂，恨不得狠心杀了它算了。房东又写信来，要我们再等二十天。我混沌的愤懑立刻和身边的小乖联系在一起——都是因为这家伙，搬家一事才无法顺利地推进。我觉得所有不好的事都因小乖而起，开始莫名其妙地诅咒它。一天晚上，当我发现自己的睡衣里藏了跳蚤的时候，一直以来积攒的愤怒忽然爆发，我暗中做了一个重要的决定。

我打算杀掉小乖。对方是可怕的猛兽，以往我就算倒立着也不会做出如此粗暴的决定。但那段时间正值盆地特有的酷暑天气，我本来就快要不正常了，每天又无事可做，只是呆呆地等待房东的快信，整日无聊得要死，心烦意乱，坐立难安，再加上失眠，整个人都处于发狂状态，于是再也无法忍受了。发现跳蚤的当晚，我立刻遣老婆去买大片牛肉，自己到药局买了少量的某类药物，就这样准备妥当了。老婆有些激动。那天晚上，我们这对恶魔夫妇凑在一起，小声商量了一阵。

第二天清晨四点，我起床了。头一天上好了闹钟，但它还没响，我就已经醒了。天空泛起鱼肚白，空气里透着寒意。我提着竹子做的小包出了门。

“别看到最后一刻，办完就赶快回来吧。”老婆站在门口为我送行，神色镇定。

“我知道。小乖，过来！”

小乖摇着尾巴，从檐廊下走出来。

“来，来！”我匆匆迈开步子。今天我没用那种凶狠的眼神盯着小乖，它也忘了自己的丑陋，慌忙跟着我走了。雾很大，街道还在沉睡，我疾步赶往练兵场。途中，一条可怕的红毛大狗朝小乖狂吠。小乖照例表现出优雅的态度，仿佛不知道它在瞎嚷嚷什么，只是轻蔑地瞥了它一眼，迅速从它面前路过。那红毛狗卑鄙无耻，竟无法无天地从小乖身后旋风般袭来，对准了小乖光溜溜的睾丸。说时迟那时快，小乖猛地转过身来，但踌躇了一下，静静窥探我的神色。

“上！”我大声命令道，“红毛狗太卑鄙了！不用手下留情！”

小乖得到允许，用力抖了抖身子，像颗子弹般朝红毛狗的胸口冲去。两条狗登时扭打成一团，大叫着格斗起来。红毛狗的个头几乎比小乖大一倍，却打不过它，不久便呜呜惨叫着败退，小乖的皮肤病说不定也传染给了它。真是愚蠢。

争斗结束，我松了口气。观战的时候，我真是捏了一把汗。甚至一度被卷入两条狗的格斗中，以为自己会和小乖同生共死，生出一种异样的激情来——就算我被咬死也无所谓，小乖啊，尽情地斗吧！红毛狗落荒而逃，小乖追了一会儿便站住不动，瞄着我的神色，忽然打了蔫儿，垂头丧气地返回我身边。

“真棒，你很厉害啊！”我夸了它一句，继续向前走。铁着心肠走过大桥，就到了练兵场。

小乖以前就被人遗弃在这练兵场上。所以如今我又把它带回这里——落叶归根，你就死在你的故乡吧。

我停下脚步，蓦地把大片的牛肉扔在脚边。

“小乖，吃吧。”我不想看它，只是茫然地站在原地说道，“小乖，吃吧。”

脚边传来大口吃肉的声音，用不了一分钟，它肯定就死了。

我佝偻着背，慢吞吞地走着。雾很大。山分明离得很近，此时却只能看到一团模糊的黑影。南阿尔卑斯山的山峦和富士山都看不见了，晨露把木屐打得极湿。我的背更加佝偻了，慢吞吞地踏上归途。跨过大桥，走到中学门口，一回头，小乖好好地跟在身后，满脸愧疚地低着头，轻轻避开我的目光。

我也是个成年人了，无意沉浸在哀伤中，很快便猜到了真相——那药没起作用。我点点头，恢复了以往的状态。

回到家，我将路上想到的事直接说了出来：“不行啊，那药不管用。你就饶了它吧，它是无罪的啊。艺术家本来就该站在弱者这边。艺术家是弱者的朋友，对他们来说，这是一切的起始，也是最高的目标。这么简单的事，我竟然忘了。不光我忘了，大家全忘了。我打算把小乖带去东京。要是朋友笑话它的模样，我就揍他们一顿。家里有鸡蛋吗？”

“嗯。”老婆一脸不悦地回答。

“给小乖吃一个。要是有两个，就给它吃俩。你也忍忍吧。皮肤病不是什么大问题，很快就好了。”

“嗯。”老婆还是一脸不悦。

叶

神的眷顾，

令我迷醉又不安。

——魏尔伦[1]

我曾想过离开这个世界。今年正月，有人送我一件和服作为新年礼物。麻布质地，织有鼠灰色的细纹，应该是件夏天穿的和服。于是，我打算活到夏天。

娜拉[2]也重新考虑过。在来到走廊，咣当一声合上身后房门的时候考虑过，要不要回去呢？

倘若我没做坏事便回家，妻子就会笑脸相迎。

他只是被日子拉扯着，度过一天又一天。在寄宿的地方一个人

1 保罗·魏尔伦，法国象征派诗人。

2 挪威戏剧家亨利克·易卜生的戏剧作品《玩偶之家》的主人公。

喝酒，一个人买醉，然后轻手轻脚拉开被子睡下的夜晚，实在难熬。连梦都没有，疲惫不堪，无论做什么都悒悒不乐。他甚至买过一本名叫《旱厕应该如何改善？》的书，认真研究过一阵——那时候，他对一直以来的粪便处理方式相当不满。

他在新宿的人行道上看见一块拳头大小的石头正慢吞吞地向前爬。石头还会爬呢——他这样想了一下，马上就反应过来，那块石头是被走在他前面的一个脏兮兮的孩子拴在绳子上拖着向前的。

被孩子欺骗并不落寞。而他自暴自弃到能坦然接受这种天地异变，这才是真正的落寞。

这样的话，就要一辈子和忧郁抗争，渐渐死去吧。想到这里，他便不由得顾影自怜。青青的稻田一时间模糊成一片，他哭了。他惊慌失措，为如此廉价的殉情而落泪，未免有些羞耻。

下电车的时候，哥哥笑了。

“别老垂头丧气的。喂，打起精神来！”

哥哥说着用扇子拍了拍阿龙窄窄的肩膀。暮色里，那把扇子白得吓人。阿龙高兴得脸颊发红，为哥哥拍了自己的肩膀而感激。尽管不切实际，他仍然抱有幻想——要是两人能永远这样无拘无束就好了。

要拜访的人不在。

哥哥这样说道：“我不觉得小说无聊。对我来说，它只是有些拖沓罢了。往往为了说一行真话，要写一百页来铺垫氛围。”我考虑再三才难以启齿地回答：“确实，要是短短几行就能博取信任的话，文字还是越短越好。”

哥哥还很反感自杀，觉得那是自命不凡的行为。但我当时正把自杀看作为人处世的一种策略，所以对他的话颇感意外。

你就坦白交代吧，嗯？是跟谁学的？

是水到渠成。

十九岁那年冬天，他写了名为《哀蚊》的短篇。那既是一篇好文章，又是一把关键的钥匙，能解开他混沌的一生。人们公认这部作品在形式上受到了《偶人》[1]的影响，但内容完全属于他本人。原文如下：

> 我见过奇怪的幽灵。那是我上小学不久的事，肯定早该像幻灯一般模糊不清。不可思议的是，印在那纱帐上的幻灯般模糊的回忆，却仿佛一年比一年清晰。
>
> 那好像是姐姐纳婿……哦，正好是婚礼当晚的事。那天有很多艺伎到我家来，我记得自己带家徽的和服开了一个口子，一位漂亮的雏伎帮我缝了起来。父亲在偏房昏暗的走廊上和高个子的艺伎们摔角。第二年父亲便去世了，如今住在我家客厅墙上的那张大照片里。每当我看到那张照片，都会想起那个摔角的夜晚。我的父亲绝不是恃强凌弱的人，那次摔角一定也是因为艺伎们做了什么过分的事，父亲才要对她们施以惩罚。
>
> 想来想去，那件事的确发生在婚礼的夜晚。可实在不好意

1　日本小说家芥川龙之介的短篇小说。

思，一切都已和纱帐上的幻灯一般氤氲模糊，恐怕这个故事无法说得让您满意。大约就是一场梦吧。不，那天晚上，奶奶给我讲《哀蚊》这个故事时的眼神和那幽灵，唯独这两样东西，无论谁说什么，我都绝不会认为是梦。说它是梦也太愚蠢了。那两样东西——奶奶的眼神和后来的东西——不是已经清清楚楚地浮现在我眼前了吗？

没错，没有几个奶奶像我的奶奶那样美。去年夏天奶奶去世了，但说到她沉睡的面庞，那真是美到了极致。她白蜡般的双颊上还映着那年夏天的树影。奶奶如此貌美，却姻缘不顺，一生不曾将牙齿染黑[1]。

"我以万年白齿为代价，才换来了这百万的家当啊。"

生前，她经常操着沙哑的嗓子，用富本调[2]如此诉说，看来背后肯定存在某些有趣的缘由。至于是何等缘由，还请诸位莫要粗俗地探究，会把奶奶惹哭的。之所以这么说，是因为我的奶奶通达人情世故，一辈子都没有脱下她那件绣着家徽的绉绸外褂。将师傅请到房间里练习富本调，也是很久以前的事了。我这辈人记事之后，从早到晚沉浸在奶奶哀婉地吟唱《老松》《浅间》等曲目的哭腔里，也是常有的事。人们称奶奶为隐居艺伎，据说她听说后，露出了美丽的笑容。不知道为什么，我从小就很喜欢奶奶，离开奶妈就立刻扑进奶奶怀里。我母亲体弱多病，本就没有太多余力照料孩子，父亲和母亲也都不是奶奶亲生的，所以奶奶很少去找母亲玩，整天待在偏房里。而我黏

1 旧时日本女性会在举办婚礼时染黑牙齿。
2 三味线曲调之一。

着奶奶，三四天不去见母亲也不稀奇。所以和我的姐姐们相比，奶奶明显更宠我，每天晚上都会读连环画册给我听。其中不乏八百屋的阿七[1]这样的故事，时至今日，我仍能记起当年听完故事的感动。奶奶还戏谑地叫我“吉三”，那时候我高兴极了。没错，奶奶在油灯黄色的火光下念连环画册时，那美丽的容貌我记得一清二楚。

尤其是她那晚睡前讲给我的故事《哀蚊》，不可思议地令我难以忘怀。说起来，那好像是发生在秋天的事。

“苟活到秋天的蚊子叫作哀蚊。它们太可怜了，就别点蚊香了。”

啊，奶奶的一字一句都原封不动地留在我的记忆里。她躺着，语气忧郁地说道。对了，奶奶抱着我睡觉的时候，总会将我的双脚夹在她的两腿之间焐热。在某些寒冷的夜晚，她也曾将我的睡衣剥得精光，自己也脱光了，露出美得发亮的皮肤，抱着我睡觉，为我取暖。奶奶就是这样在乎我。

“什么嘛，哀蚊就是我啊。世态无常……”

她边说边凝望着我的脸，这世上再没有更美的双眸了。正房中婚礼的喧闹悄然归于宁静，大概已近午夜时分了。如今我还能隐约记起，那时阵阵秋风簌簌地抚弄着挡雨板，檐下的风铃随风微弱地鸣响。嗯，我就是在那个夜晚看到幽灵的。睡到一半，我忽然醒来，说要解小手。奶奶没有回应，于是我睡眼惺忪地望了望四周，发现她不在房间里。我有些胆怯，但还是独自溜出被窝，战战兢兢地沿着锃亮的细长榉木走廊往厕所走。

1　江户时代，八百屋（蔬菜店）的阿七为拯救初恋吉三郎而主动认下纵火罪行；最终被处以火刑的悲恋故事。

虽然脚底凉得难受，但实在太困了，整个人有一种在茫茫大雾中缓缓游动的感觉。我就是在那时候看见幽灵的。它窝在漫长走廊的一角，苍白、孤单。过远的距离使它像胶片般娇小，但它在窥望姐姐和今晚那位夫君同寝的房间，这一点千真万确。它是幽灵，不，这不是梦。

艺术之美，终归是要为市民效劳的。

从前有个为花痴狂的木匠，很是碍事。

接着，町子垂下眼帘喃喃道：

“你知道那种花的名字吗？用手指一碰就会啪的一下裂开，溅出肮脏的汁水，能让手指立刻腐烂。要是知道它的名字就好了。”

我双手插在裤兜里冷笑着回答：

“你知道这种树的名字吗？它的叶子直到凋落都是绿的，只有背面会一点点枯萎，被虫子啃噬。但它不动声色地将背面藏好，假装自己在凋落前都是苍翠的。要是知道这种树的名字就好了。”

“死？你要去死吗？”

小早川觉得自己或许真的会死。大概是去年秋天吧，青井家起了佃户纷争，很多糟心事一下子落在青井一个人身上，他当时也想过吞药自杀，甚至连续昏睡了三天。听说就在前几天，他还想着：“我一直如此放荡，无非是因为身体还经得住吧。除非被阉了，我才能避开一切官能上的快感，专心于斗争运动的财政辅助。”于是他接连三天去P市的医院，掬起传染病病房旁边泥沟里的水喝。但只导致了轻微的腹泻，没能成功。青井后来红着脸对小早川说了这些。小早川对这种自作聪明的游戏反感至极，但青井竟能钻牛角尖到如此地步，也的确深深地打动了他。

“要是能死成，那就再好不过了。不，不光是我。至少所有阻碍社会进步的家伙都死掉才好。难道说你有什么科学的理由能让我相信那些消极的人都不能死吗？”

“你、你瞎说什么。”

小早川忽然觉得青井的话十分愚蠢。

“不许笑。你想想，这有什么不对吗？人要么得为了祭奠祖先而活，要么就必须使人类的文化完整。我们一直在被灌输这些颇具伦理性的义务，不曾得到任何科学的解释。既然如此，我们这些消极的人不如都死了才好。死掉，一切就归零了哦。”

“笨蛋！简直是一派胡言。我看你就是太任性了。这也难怪，毕竟你和我都完全没参与过生产劳动。但这也不能证明我们绝没有过消极的生活。你真的希望解放无产阶级吗？相信无产阶级的大胜利吗？尽管程度有别，但我们都是资产阶级的寄生虫，这一点毫无疑问。可这并不意味着我们支持资产阶级。你刚才说，自己对无产阶级有一成贡献，对资产阶级有九成贡献，可你对资产阶级的贡献是指什么呢？在特意养肥资本家这一点上，我们和无产阶级一样。若是生活在资本主义经济社会就算背叛，那么那些无产阶级斗士早就修炼成仙了。这些话才是极端的、幼稚的。对无产阶级的贡献，一成就够了。那一成也弥足珍贵。我们正是为了那一成，才必须努力活下去。这样就是很积极的生活。寻死什么的太愚蠢了，太愚蠢了！”

少年有生以来第一次拿到算数教科书。是小开本，封面漆黑。

啊，书里罗列的数字映在眼中是多么美妙啊。他拿在手中把玩了一番，不久便发现书的最后几页印着所有问题的答案。他皱着眉头嘟囔道：“真粗鲁啊。”

窗外雨雪霏霏，笑个什么劲儿啊，列宁雕像。

姑母说：

“你既然长得不好看，就该学会讨好。既然体弱多病，就该强健心灵。既然擅长说谎，就该谨言慎行。”

明知如此还要强迫对方坦白。这是多么阴险的刑罚啊。

月圆之夜。海浪翻滚破碎，起伏不定，痛苦到极致时，我故意甩开了原本牵得牢牢的手。女人转瞬便被浪涛吞噬。她高喊着一个名字，不是我的名字。

我是山贼，你夺走了我的自尊。

“这事不一定会发生，虽然不一定，但今后建我的铜像时，记得把我的右脚向前雕半步，让我气宇轩昂、昂首挺胸，左手插在坎肩里，右手攥烂废掉的稿子。还有，别雕脑袋。不，没什么特别的意思，我只是不愿意让鼻尖落上麻雀的粪便。还要在雕像基石上刻上这句话：“这里有个男人。他活过，然后死了。他的一生都用来揉烂废稿。”

书中写道：梅菲斯特[1]被雪花般不停飘落的玫瑰花瓣烧焦胸口、脸颊、手掌而死。

在看守所待了五六天，一天正午，我挺直身板向看守所的窗外望去，院子里洒满了深秋温暖的阳光，窗边的三棵梨树全都生机勃勃地开了花。有二三十名巡警在树下训练。大家听从年轻的巡警部长的号令，或齐刷刷地从腰间抽出抓捕绳，或吹响哨子。我望着这幕景象，想象起每位巡警的家庭来。

我们在山里的温泉浴场举办了毫无头绪的婚礼。母亲始终在笑。她辩称是因为旅馆女佣的发型奇怪才笑的，其实是因为开心吧。没有学问的母亲把我们叫到炉边训话："你这孩子没常性——"说到一半，她像是没了自信，瞄了瞄更无知的新娘，寻求赞同，"你说是吧？"其实母亲说得很对。

他花费整整三年教育妻子，完成教育后，他便开始想死。

病妻啊　有如天边凝滞的浮云　有如地上的鬼芒

火红的烟雾，像弯曲的蛇一般蜿蜒升上天空，膨胀，徐徐流淌，继而化为浊浪，一圈圈地转成漩涡。火舌转瞬间疯狂蔓延，以山崩地裂之势沿着山坡攀升。山脚到山顶都被火光照得极亮。千万棵冬天的林木熊熊燃烧，一匹载着人的马风一样疾驰而过。

1　德国作家歌德创作的《浮士德》中的魔神。

哪怕告诉我一句话也好！“Nevermore”[1]。

天空碧蓝如洗的日子里，会有一只不知来自何处的猫在院子里的山茶花下小憩。正在画油画的朋友问我那是不是波斯猫，我只答了一句：“是只弃猫吧。”猫跟谁都不亲。一天，我在烤沙丁鱼当早餐，院子里的猫哀伤地哭起来。我也来到走廊，“喵”地叫了一声。猫起身，安静地朝我走来。我扔了一条沙丁鱼给它。猫矮着身子，做好随时逃跑的准备，还是将鱼吃了。我心潮澎湃——它接受了我的爱。我想摸摸这只白猫，于是走到院子里。刚碰到它的后背，猫便狠狠地咬了我的小指肚，伤口深可见骨。

想当演员。

从前的日本桥长为二十二丈六尺五寸，如今只有十六丈二尺[2]。只能认为是河道窄了这么多。从前就是如此，无论是河还是人，都比现在大得多。

这座桥始建于庆长七年[3]，是很久以前的事了。后来改建过十几次，现在的桥身是明治四十四年[4]落成的。大正十二年[5]震灾的时候，装饰在桥栏上的青铜龙翅在烈火中烧得通红。

我幼时爱玩木板《东海道五十三次》[6]道中双六[7]，日本桥就是游

---

1 意思为“不再”。
2 日本的一丈约为3.03米，一尺约为30.3厘米，一寸约为30.3毫米。
3 即1602年。
4 即1911年。
5 即1923年。
6 日本浮世绘画师歌川广重的名作之一，描绘日本旧时由江户至京都的五十三个驿站的景色。
7 指以日本东海道旅行为主题的棋牌类游戏。

戏的起点。画面一派安闲，许多人手持长枪在桥上行走。想来这一带原先曾经这样繁华过，现在却如此冷清。海鲜市场迁到筑地后名气大不如前，现在的多数东京名胜明信片已经不收录它了。

今年十二月下旬一个雾气深重的夜晚，一个异国女孩远离一群乞丐，独自站在这座桥边。女孩曾在这里卖花。

大概三天前，每到黄昏，女孩便捧着一束花乘电车来到这里，在那头把玩东京市圆形徽章的青铜狮子雕像下，默默地站上三四个小时。

日本人有一个可恨的习惯：见到落魄的外国人，就认定对方是白俄罗斯人。此时此刻，看到这个在浓雾中捧花而立，小心遮掩着手套上破洞的女孩，大部分日本人一定会轻松地嘟囔一句："啊，那边有个俄罗斯女孩。"而且，若是被读过契诃夫的年轻人看到了，多半会放缓脚步，陶醉地臆断："她的父亲是退伍的陆军二等大尉，母亲是傲慢的贵族。"若是刚开始看陀思妥耶夫斯基的学生，兴许会大喊一声："哎呀，是涅莉[1]！"然后慌忙竖起外套的衣领。但也就仅此而已，不会进一步探究这个女孩。

但是，有一个人有不同的想法：她为什么要选择日本桥呢？在这座冷清、昏暗的桥上卖花，并不是什么好选择。她为何要这样做？

此人的疑问可以得到简单却颇为浪漫的回答：这和她的父母对日本桥的幻想有关。他们一定认为日本桥是全日本最热闹、最好的桥。

女孩在日本桥的生意极为惨淡。第一天只卖掉一枝红花，买花的是一个舞女。舞女看中了那缓缓张开的红色花蕾。

"它会开的吧？"舞女的问题简单粗暴。

1　十九世纪俄国著名作家陀思妥耶夫斯基的小说《被伤害与侮辱的人们》中的角色。

“会开。”女孩清清楚楚地回答。

第二天，一个醉醺醺的年轻绅士买了一枝花。那位客人喝醉了，却还是一脸忧愁。

“随便来一枝就行。”

女孩从昨天剩下的那束花中为他挑了一枝白色的花。绅士像做贼似的，轻轻地接了过去。

这就是仅有的两桩生意。第三天，也就是今天。女孩久久地站在冰冷的雾中，却没人回头看她一眼。

桥对面的一个男乞丐拄着拐杖，穿过电车轨道走过来。他是来找碴儿和女孩抢地盘的。女孩给他鞠了三个躬，拄拐的乞丐啃着黑漆漆的胡子思索了一阵，重重地说：

“就到今天为止！”

说完，他又被浓雾吞噬了。

没过多久，女孩就准备回家了。她晃了晃花束。是从花店便宜收购的零散花枝，拿出来摆了三天，花几乎都蔫了。女孩每摇晃一下，沉沉垂着的花头就颤动不止。

女孩将花束轻轻地夹在腋下，怕冷似的缩着肩膀，走进附近的一家中式荞麦面面馆。

她已经在这里连续吃了三个晚上的馄饨。这家店的店主是中国人，把女孩当成寻常的客人对待。她为此高兴。

店主边卷馄饨皮边问：

“卖出去了吗？”

女孩瞪圆了眼睛回答：

“没有……我要回去了。”

这句话触动了店主的心。女孩要回国了，一定是这样。他轻轻摇了摇光秃秃的脑袋，一面怀念自己的故乡，一面从锅里捞馄饨。

“我点的不是这个。”

女孩接过店主递来的黄碗，望着里面的馄饨，困惑地喃喃道。

“没关系。这是叉烧馄饨，我请你吃。”

店主的语气很坚决。

馄饨十钱一碗，叉烧馄饨二十钱一碗。

女孩扭捏片刻，最后放下盛馄饨的小碗，从腋下的花束中抽出一枝花蕾硕大的草花递给店主。意思是送给他。

走出那家店，去电车车站的路上，女孩一阵阵地后悔，自己把快要枯萎的糟糕的花递到了三个人的手中。她突然蹲在路边，在胸前画着十字，开始用旁人听不懂的语言激烈地祈祷。

最后，她低声说了两句日语：

“希望花开。希望花开。”

生活安逸时，作绝望之诗。生活压抑时，写生之喜悦。

春天快来了吧？

反正迟早要死，至少要写一篇浪漫的好故事，让人睡得安稳——男人恐怕是在他一生中最阴郁的时期开始这样祈愿的。他思前想后，终于向希腊女诗人萨福射出黄金之箭。多么可悲，才华仍被人们赞颂的萨福是唯一能令男人的郁闷内心悸动的女人。

男人翻阅一两本有关萨福的书，了解到这些讯息：

萨福并非美人，她皮肤黝黑，牙齿外翻，被一个名叫法翁的俊美青年迷得神魂颠倒。法翁不懂诗，萨福却执迷地相信，只要为爱奋不顾身，即使不得好死，满腔的爱意也会随之消散。于是她从琉卡底亚海峡一跃而下，跳入怒涛之中。

生活。

满意的工作结束后
喝一杯茶
茶水的浮沫中
映出许多许多张
我漂亮的脸

一切，总会有办法的。

新郎

日子只能一天天完整地往下过，没有别的办法。今天用不着为明天的事烦恼，明天的事留到明天去烦。我想快乐、努力、和和气气地过好今天。最近的蓝天也美得不像话，美得让人想去泛舟。山茶花的花瓣像樱蛤一样，凋落时会发出声音。今年我才发现竟有这样美的花瓣，为此惊讶不已。一切都令人眷恋。就是吸一根烟，我也怀着感激到想哭的念头——倒是不可能真哭出来，大概是情不自禁地面带笑容的程度吧。

我对家人也明显越来越温柔了。以前，若是隔壁房间的小孩哭了，我总是佯装不知，但这段日子，我有时会起身到隔壁去，笨拙地抱起孩子，轻轻摇晃。我也曾在夜晚悄悄凝望孩子的睡脸，只是为了将它记在心里。难道是今生的最后一面？怎么可能。但我的心情也和最后一面差不多。我相信这孩子一定会健康地长大——直觉如此，心无挂碍。出门也会尽早回来，坚持在家吃晚饭。餐桌上没有拿得出手的东西，于我而言是一种乐趣。没有拿得出手的东西让我觉得有趣，菜的味道因此刻骨铭心。妻子无地自容地向我道歉，可我不住地夸她做的小菜，说很好吃。妻子笑得很落寞。

“这佃煮不错嘛。这是鲜虾佃煮啊，你竟然弄到虾了！”

“虾都干瘪了。”妻子没有自信。

“就算干瘪了也是虾，我最爱吃虾。虾的须子富含钙质。”我满口胡言。

餐桌上只有佃煮、腌白菜和炖墨鱼。我放任自己夸赞个不停。

“腌菜很好吃，腌得恰到好处。我小时候最爱吃的就是腌白菜。只要桌上有腌白菜，我就对其他小菜不感兴趣了。这种脆生生的口感，真是让人停不下来啊。”

“最近，商店里也没有盐了……”妻子依然没有自信，悒悒不乐，“做腌菜的时候也不能尽情地用盐。要是多放些盐，可能就会好吃。”

“不，现在这样正好。我不喜欢吃得太咸。”我在逞强。夸难吃的东西好吃，令我心情愉悦。

不过，我有时也会把事情搞砸。

“今晚吃什么？哦，什么吃的都没有啊？这样的夜晚也有其乐趣所在。我们来想想办法。有了，做海苔茶泡饭吧，这是一道经典菜品。去把海苔拿出来。”我想海苔茶泡饭是最简单的菜，就问妻子要海苔，却失策了。

“没有呀。”妻子神色尴尬，“最近，哪家商店都不卖海苔。真奇怪啊……我不算不会买东西的人，可最近，肉也好，鱼也好，全都买不到。我还在市场里提着购物筐哭过一回。”她沮丧极了。

我为自己的冒失而羞耻，我竟不知道家里没有海苔。

“梅干有吗？”我战战兢兢地问。

“有的。”

我们俩都松了口气。

“忍忍吧。这些都不算什么，只要有米饭和蔬菜，人就能活得好好的。日本今后会好起来的，会越来越好的。我相信，只要我们现在甘于忍耐，日本就一定会成功。报纸上登的大臣们的发言，我照单全收，相信一切。让他们尽力拼一场吧。现在好像正是关键时刻，我们得忍一忍。”我一边嚼着梅干，一边认真地将这些早已没有悬念的事讲给她听，不知道为什么，感到十分痛快。

一天晚上，我在外面吃晚饭，被一桌子山珍海味惊到了，感到不可思议。我忍着羞耻，悄悄拜托女佣打包了一块牛排。女佣为难地说：“您在这里用餐是没问题的，但外带可是不行的呀。”但我还是把热乎乎的牛排带回家了。这种乐趣我也是今年才尝到。一直以来，我绝对不会拎着礼物回家，总觉得那样实在是又脏又窝囊。

“这可是我给女佣鞠了三个躬，煞费苦心才带回来的。你很久没吃牛肉了吧！”那一次，我纯真地为此自豪。

“像在吃药似的，”妻子怯怯地举起筷子，“一点儿食欲都没有呀。”

“哎呀，尝尝看吧，好吃吧？都吃掉吧。我在外面吃了很多。”

“这样有碍你的颜面。”妻子小声地说出这句我意想不到的话，“我也没有那么想吃，以后别再对女佣低头了。”

听妻子这样说，我才有些不好受，但更多的感受是踏实。这下我放心极了。没关系。今后我再也不为家里的吃食担心了。说什么“这可是牛肉啊”，我简直太卑鄙了。不光不为吃的担心，今后我也可以彻底对妻子的事放心。她一定能把孩子健康地养大。我很感激。

现在，我丝毫不担心家里人了，于是每天都过得很轻松。开心地望着蓝天、吸着烟，然后努力对世上的每个人温柔以待。

很多大学生会到我三鹰的家来玩。他们有的头脑聪明，有的笨拙，但一律很正派。迄今为止，尚未有一个学生向我借钱，反而有学生有意借钱给我。学生们来我家玩不打任何算盘，只是想和我聊天。我还没有拒绝过这些年少的朋友们。就算工作再忙，也会告诉他们："当然能来。"只不过我不否认，之前的"当然能来"多半是消极的。也就是说我确实曾出于软弱，无奈地笑着说："当然能来，我的工作怎样都无所谓。"我的工作没有重要到必须坚定地将客人赶跑的地步，我不知道客人的苦恼和我的苦恼究竟哪个更深，兴许我还比他们轻松些。"有什么了不起的？居然凭兴趣沉溺于基督游戏，只会写些臭不可闻、假装深沉的废话，实际上不就是一个装腔作势的利己主义者吗？"我承受不住被人这样说的羞耻感，所以才不管工作多么紧张，也要起身迎接学生们——似乎也不是没有这种倾向。那大概不是诚意十足的欢迎，而是卑鄙的自我防卫，毫无责任感可言，没有惹怒学生们已是万幸。以前，我总是边听学生们的话边想自己的事，偶尔简单地回一句无关痛痒的话，或者态度暧昧地笑笑，只为自己的立场考虑。学生们或许以为我是个羞涩的老好人，但最近，我明显温柔了许多，会把心里想的东西直接严厉地说出来。这和普通的温柔有些不同。我的温柔是不做修饰，将自己的全貌展现给学生们。如今，我深感责任重大，不希望来我家的任何一个人堕落。倘若我站在最终的审判台上时，能坚定地说出"不过，我没有让任何一个和我交往过的人堕落"，那我不知会多么高兴。最近，我一直毅然决然地对学生们说逆耳的忠言，还骂了他们。这就是我的温柔。每当这样做的时候，我都觉得即使被学生杀掉也没关系。杀人的学生是永远的笨蛋。

非常抱歉，若有事找我商量，能否限制在三十分钟内？这个月我有些重要的工作。请见谅。太宰治。

我还在大门上贴过这样的字条。因为我曾觉得用随意敷衍的热情见他们是不好的，也因为我开始想认真工作。这是为了我自己，也是为了学生们。每天的生活都很重要。

学生们渐渐不来我家了。我觉得还是这样比较好。学生们离开我之后，应该在认真地努力吧。

每天的时间都很宝贵，我想尽量完整地把今天过好。不光在面对学生们时如此，我也开始用全部的真诚和世界上的每一个人相处。

通过寄明信片与我交流的人，写了这样的内容给我：

> 《女人的决斗》《越级申诉》……老师的作品我消化不了，在我看来，那些都是奇怪的小说。我想从您这里得到一些启示。希望您简明扼要地告诉我：达达主义[1]究竟是什么意思？拜托您了。
>
> 某不入流的乡下国民学校教导员 敬上

我给出了回复：

> 敬启。阁下的明信片已收悉。有事向人请教时，还望您的措辞再客气些。我觉得从事小学教育的人这样做是不合适的。
>
> 下面认真回答您的问题。迄今为止，我从未自诩达达主义者，我一直觉得自己是一个糟糕的作家。为了让读者明白我的心思，我尝试过许多种风格，但都不成功。我的努力很笨拙。我没有开玩笑。书不尽言，就此搁笔。

1 兴起于一战期间的艺术运动。达达主义者认为战争是一场疯狂的集体屠杀。

这样写时，我做好了这位国民学校的教导员找上家门将我骂一顿的心理准备。但四五天后，对方写来一封稍长的回信：

十一月二十八日。

昨晚我很疲惫，今天早上听到七点的报时声，仍然起床困难。之前画了一幅水墨的竹子画当作示范教材，我望着它，茫然地想着入伍（×月×日）的事、文学的事、花篮的事。××县地图和竹子画贴在值宿室的白墙上，显得有些凄凉，总觉得是对我的某种暗示。当我这样想的时候，就必定会失败。我忽然想起自己读师范学校时在宿舍烧火被骂的事，不由得歪着脸，穿上拖鞋来到后门的井边。我浑身懈怠，头脑发沉。我伸手拍了拍脖颈。屋外下着倾盆大雨，我戴上斗笠，去浴室拿脸盆。

“老师早上好。”

两个附近村里的孩子在井边洗脚。

上完第二节课，我在办公室喝了热水，不经意间向窗外一瞥，看到披着黑色防雨斗篷的邮递员在狂风暴雨中艰难地骑着自行车赶来。我赶忙出门去迎，于是接到了意想不到之人的回信。老师，虽然上次我的措辞非常老套……（中略）

真的非常感谢。我时常为自己毫无缘由的不逊而后悔。因为这个，我给人的第一印象总是很差。这样不行。我明知如此，却还是稍有不慎便重蹈覆辙。

我给校长也看了您的明信片。校长说：“这的确是你需要三思三省的。”我也这样想。

……（中略）

我想拜托您一件事。

请相信，我是真的很惭愧。我不是一个品行不端的男人。

……（中略）

我打算就此搁笔，用这所学校唯一的那架小风琴弹奏一首《别让那团火熄灭》。

敬上

我擅自省略了信中的部分内容，不过以上文字都出自那位国民学校教导员之手。我很高兴。这回，我写了感谢信给他，还写道："无论是否入伍，都请努力完成每一天的义务。"

最近真得将每天的义务当作毕生的义务，严肃地付诸努力。糊弄是要不得的。要是有喜欢的人，就要趁早不加修饰地将真实的想法告诉对方。还是不要打那些肮脏的算盘了。坦率地行动不会后悔，剩下的只有交给天意。

前些天我还收到了姑母写来的长信。我的回信如下。这封信原封不动地发表在某份报纸的文艺专栏上。

姑母，今早收到了您的长信。谢谢您如此关心我的健康和未来的生活。不过，我最近对于未来一点儿规划也没有。既非虚度人生，也不是自暴自弃。我只是觉得，倘若笨拙地预见未来，将万事放在秤上，慎重地掂量该向左还是向右，反而会招来悲惨的挫折。

那个人也说，不必为明天的事烦恼。清晨醒来，就踏踏实实地过好这一天。最近我惦念的只有这些。我不再说谎，学习时也渐渐懂得不带着虚荣和算计。以前我总是指望明天，敷衍当下，现在我不再这样了。现在的每一天都无比珍贵。

我绝没有虚度人生。对现在的我来说，每一天的努力都相当于一辈子的努力，战场上的人恐怕和我有同样的心情。伯母今后也不要囤东西了。因怀疑而失败是最丑陋的活法。我们都相信，匹夫不可夺志。苦笑是不行的，只有纯真地相信这一切，才能得到安宁。我不会放弃文学，我会相信自己，然后成功。请您放心。

最近，我每天早上都会刮胡子，还会把牙刷得干干净净的。脚指甲、手指甲都剪得整整齐齐的。我每天洗澡，洗头，还常常掏耳朵。鼻毛更是不会多长一分。眼睛若是有些疲劳，就滴一滴眼药水，保持眼球湿润。

我用一张漂得纯白的棉布，从肚子一圈圈地裹到胸口，无论何时都保持纯白。内裤也是纯白的平纹细布材质，一样随时保持纯白。然后夜晚独自睡在纯白的床单上。

我的书房里永远有应季的鲜花盛开，今天早上，我将水仙扔进壁龛的储水罐里。啊，日本真是个好国家。或许没有面包、没有足够的酒，但唯独花永远富足，无论哪家花店的摊前，都盛放着红色、黄色、白色、紫色的花朵。日本啊，如此盛景，大可向全世界夸耀！

这阵子，我根本不穿破烂的和服棉袍。早上起来就穿上干净的条纹鲜明的和服，系紧角带[1]。去附近的朋友家拜访时，也一定会穿得正式、隆重，怀中揣着一块刚刚洗好、叠得四四方方的手帕。

不知道为什么，我最近很想穿着带家徽的和服出门。

1　日本男士和服使用的一种窄而硬的腰带。

今天早晨买花回来的路上，我看到三鹰车站前的广场上有一辆古典的马车在等客人。有一种看见鹿鸣馆[1]的感觉。我怀念极了，便问马夫：

“这辆马车要去哪儿啊？”

“这个嘛，哪里都去。”年迈的马夫和气地回答，“这辆马车出租哦。”

“能载我去银座吗？”

“银座太远了。”马夫笑了，“你坐电车去吧。”

我原想坐这辆马车巡游银座八丁目。还想穿着绣有鹤丸（我家的家徽图案）家徽的和服、仙台平[2]的和服裤裙和白足袋，乘这辆马车慢悠悠地去银座八丁目溜达。啊，最近的我，每天都以新郎的心态生活。

（昭和十六年十二月八日。）

（这天早上，传来了太平洋战争打响的报道。）

1　日本明治维新后在东京建的一所会馆，是供改革西化后的达官贵人们聚会风雅的地方。

2　日本宫城县仙台市的丝制衣物，江户时代到明治时代，人们公认这种和服裤裙是最高级的。

香鱼小姐

佐野君是我的朋友。虽然我比佐野君大十一岁，我们仍是朋友。佐野君现在在东京某所大学的文科读书，但成绩似乎不太好，随时可能被退学。我也曾勉为其难地忠告他稍微用点儿功，可佐野君听了我的话，抱着胳膊低下头来，小声嘟囔道："反正已然如此，我也就只能当个小说家了。"我露出苦笑——他仿佛深信，只有讨厌做学问、脑筋不灵光的人才会当小说家。不过这些都无所谓，问题在于佐野君最近似乎终于下定了决心觉得自己只能当个小说家。或许是因为随着时日流逝，他要被退学的事渐渐成了定局吧。"反正已然如此，我也就只能当个小说家了"这句话，如今已不再是一句玩笑，而是破釜沉舟的决定，大概是因为这个缘故吧，佐野君如今的日常生活实在悠闲得很。他今年才二十二岁，却在他那间出租屋里坐得端端正正的，痴迷地独自练习围棋。看着他那副模样，我甚至感受到一种不知从何而来的闲云野鹤之趣。他时常穿着西服出门旅行，书包里装着稿纸、钢笔、墨水、《恶之花》、《圣经 · 新约》、《战争与和平》第一卷和其他细软。他会在温泉旅馆的房间里泰然自若地靠着壁龛的柱子，在桌上摊开稿纸，忧郁地凝望香烟飘散的烟雾，束起长发，轻咳几声，俨然一派文人墨客的架势。可他好像又很快因这些没用的姿势而疲累，于是便起身去散步。有时还会向旅馆借钓竿，尝试钓溪边的樱鲑，只是不曾钓起一条。其实，他并不怎么喜欢钓鱼，觉得换鱼饵麻烦得不得了，所以基本上用假饵。他在东京买了好几种上等的假饵，放在钱包里，才踏上旅途。既然并没有那么喜欢，他为何要特意买假饵，带到旅行的目的地垂钓呢？没什么特别的原因，只是因为他想体会隐士的心境。

今年六月香鱼解禁那天，佐野君照旧将稿纸、钢笔、《战争与和平》等物什塞进包里，然后将好几种假饵藏在钱包中，前往伊豆的某个温泉浴场。

四五天后，佐野君买了许多香鱼回京。据说他钓上了两条柳叶大小的香鱼，得意扬扬地带回旅馆时，引得旅馆的人爆笑，令他尴尬得不知如何是好。尽管如此，他还是请旅馆帮忙煎了那两条香鱼，就着晚饭一起吃掉了。看到大盘子中躺着两撮小指头大小的鱼肉碎时，他终于恼羞成怒了。他也拎了一些美味的香鱼来我家，怯懦地向我坦白，这是从伊豆的鱼店买的。“有些人轻轻松松就能钓上这么多条香鱼，可我没钓上来。我不好意思一下子钓走这么多条，所以向他们说明缘由，请他们让给了我。”这样的坦白方式令人莫名其妙。

说起来，那趟旅行还使他带回一样不同寻常的“纪念品”——他主动说想结婚。说是在伊豆认识了一位好姑娘。

“是吗？”我根本没兴趣听他细说。我不太爱听人谈论他们的恋爱，因为他们的话中一定有美化的成分。

我的回应毫无兴致，佐野君却浑不在意，滔滔不绝地讲起那位他认识的好姑娘来。他的讲述朴实无华，倒不像掺了假，于是我听到了最后，没怎么不耐烦。

他是五月三十一日的晚上出发去伊豆的，当晚在旅馆喝了一瓶啤酒后睡下，请旅馆的人第二天早早叫他起床，然后便扛着钓竿悠闲地离开了旅馆。虽然还有些睡眼惺忪，但还是努力装出风骚墨客的样子，踩着夏日的草地往河边去了。青草上的露水冰凉，沁人心脾。他爬上堤坝，坝上开着松叶牡丹和姬百合。冷不丁往前面一瞧，有一位穿着绿色睡衣的小姐正赤着脚在草地上走，白皙纤长的双腿露到膝盖往上的地方。啊，这是何等纯洁、何等美丽的人儿啊！佐野君当时离她不过十米。

“哎呀！”佐野君心思简单，不由得欢呼一声，并且实打实地伸手指了指小姐那白得透明的柔软双脚。小姐倒没有特别惊讶，只是笑了笑，放下了裙摆。散步也许是她每个早上都要做的事。佐野君不知该将指了小姐脚的右手往哪里放，有些为难。他后悔了，初次见面就指人家小姐的脚，真是太不礼貌了。“这怎么行啊……”他用责难的语气意义不明地嘟囔着，一阵风似的从小姐身旁经过，头也不回，匆忙地走了。途中绊了一跤，这才放缓了脚步。

佐野君走下河岸，坐在一棵粗得一个人搂不住的柳树的树荫里，垂下钓线。这地方究竟能不能钓上鱼并不重要，只要此处没有其他垂钓者，足够安静就行了。垂钓的妙趣不在于能钓上多少条鱼，而是一面垂着钓线，一面宁静地欣赏四季风情——这好像是露伴[1]老师说的，佐野君认为他说得完全正确。佐野君本就是为了锻造文人的精魂才钓鱼的，能不能钓上鱼，终归不成什么问题。此时此刻，他静静地垂着钓线，正一门心思地享受当季风情呢。河水低语着流过，

1　指幸田露伴，日本小说家，代表作有《五重塔》《命运》等，曾获日本政府颁发的第一届文化勋章。

香鱼忽地游过来碰一下假饵，又哗的一声翻身逃掉。真敏捷呀，佐野君深感佩服。河对岸开着紫阳花，竹林里开着一片红彤彤的花，好像是夹竹桃。佐野君困了。

“能钓到鱼吗？”身后突然传来一个女人的声音。

佐野君忧郁地回过头，只见方才那位小姐穿着一件白色的便装站在身后。她的肩上扛着一根钓竿。

“不，我在这里不是为了钓鱼。”他的回答很古怪。

“是吗？”小姐笑了。她看上去还不到二十岁，牙齿生得很美，眼睛也生得很美。白皙柔软的脖颈像要融化似的，十分可爱，浑身上下无一处不美。她卸下肩上的钓竿：“今天是解禁日，听说小孩子也能轻松地钓到鱼呢。”

“钓不到也无妨。”佐野君把钓竿轻轻地放在河岸的草地上，抽起烟来。佐野君不是好色的青年，在这方面算是比较愚笨的。他表现得若无其事，像是已经不把那位小姐当回事了，悠然地吞云吐雾，欣赏着当季的风景。

“让我看看哦。”小姐拿过佐野君的钓竿，看了穿过钓线的假饵一眼便说：“这个不行呀，这假饵不是用来钓桃花鱼的吗？”

佐野君觉得很丢脸，便一骨碌仰躺在河岸上：“没什么区别嘛，我用这种假饵也钓上了一两条。”他说了谎。

“分你一个我的假饵吧。”小姐从胸前的口袋里掏出一个小纸包，蹲在佐野君身旁，开始给他换钓钩。佐野君躺在地上，眺望天上的浮云。

“这种假饵啊，”小姐一面将那金色的小钓钩系在佐野君的钓线上一面喃喃着，“这种假饵哦，名叫小染。好的假饵都有名字，这个叫小染。是个挺可爱的名字吧？”

“是吗？谢谢你。”

不知好歹的佐野君心里想的却是：“什么小染啊，你别多管闲事了，快到一边去吧。心血来潮的热情只会给人倒添麻烦。”

“喏，换好了。这回你可以钓到鱼了。这个地方很容易钓到鱼的。我总是在那块岩石上钓鱼。”

“你是东京人吗？”佐野君坐了起来。

“哎呀，怎么这么问？”

“没什么，只是……”佐野君狼狈不堪，脸变得通红。

“我是本地人。”小姐的脸也有些红了。她低下头，轻轻地笑着，往岩石那边走去。

佐野君拿起钓竿，重新安静地垂下钓线，欣赏当季的风情。过了一会儿，他听到扑通一声。那声音很大，的确是扑通一声。只见小姐从岩石上结结实实地掉进了水里，河水没到她的胸口，她紧握着钓竿，边说着“哎呀哎呀”，边爬上了岸，简直是一副落汤鸡的模样，白色的连衣裙紧贴在两条腿上。

佐野君笑了，笑得十分愉快。他只是爽快地觉得小姐活该，却没有半分同情。他忽然忍住笑，大喊道：

“血！”

他指着小姐的胸口。早上刚指了人家的脚，这回又指了胸口。小姐白色便服的胸口位置渗出一朵蔷薇花大小的血花。

小姐低头瞄了一眼自己的胸口：“是桑葚。”她若无其事地说，“我在胸前的口袋里放了桑葚，想过会儿吃的，这下亏了。”

大概是从岩石上滑落的时候把桑葚压破了吧。佐野君再一次觉得丢脸。

“不许盯着那里看！”小姐留下这句话便消失在河岸的棣棠丛

中。第二天，第三天，小姐再也没来过河岸。只有佐野君一人照旧在那棵柳树下悠闲地垂钓，欣赏当季风情，似乎也没想和那位小姐重逢。佐野君不是那么好色的青年，他过于愚笨。

三天来，他欣赏着当季的风情，钓上了两条香鱼，只能说多亏了那名为小染的假饵。钓上来的香鱼只有柳叶大小。佐野君好像请旅馆的人帮他把这两条鱼煎来吃了，却因此悒悒不乐。第四天，他就要回东京了，说是早上离开旅馆去买香鱼当土特产时，遇到了那位小姐。小姐穿一件黄色的丝绸连衣裙，骑着自行车。

“哟，早上好。”佐野君心思简单，大声向小姐问好。

小姐只对他轻轻点了点头就跑掉了。不知道为什么，她的神情很严肃。自行车后座上有一束菖蒲，白色和紫色的花朵轻盈地摇晃着。

那天将近中午，佐野君退了房，右手提着来时背的包，左手拎着一盒用冰镇着的香鱼，从旅馆走向巴士车站。那段尘土飞扬的乡间小路约有五百多米，佐野君不时停下来，放下行李擦擦汗，然后叹一口气，继续往前走。走了三百米左右，有人从身后向他打招呼：“您要回去了吗？”

一转身，那位小姐正对着他笑，手里拿着一面小小的国旗。黄色的丝绸连衣裙很上档次，头发上别的大波斯菊仿真花也显示出她良好的品位。小姐身旁有一位乡下老爷子，身穿棉质条纹和服，小个子，看上去是个实在的人。黝黑的大手骨节隆起，右手拿着先前那束菖蒲花。这么说来，她早上骑着自行车奔忙，就是为了给这位老爷子送花吧——佐野君暗自想道。

“怎么样，钓到鱼了吗？”小姐的语气带着揶揄之情。

“没有。”佐野君苦笑道，“因为你掉到了水里，香鱼好像都被吓跑了。”对他来说，这样的应酬已算不错了。

“是我把水搅浑了吗？”小姐没有笑，低声嘟囔着。

老爷子轻轻笑了笑，走了起来。

“你怎么拿着旗子？”佐野君试着转换话题。

“因为有人出征。”

“是谁？”

“我侄子。”老爷子回答，“昨天出发的。我喝多了，就留宿在这里。”他说话时微眯着眼睛。

“那要恭喜您了。”佐野君满不在乎地说。事变刚发生时，佐野君无论如何也说不出这句祝福。但现在，他也能顺顺当当地说出来了。民众的情绪大概终将如此渐渐统一吧。这是件好事，佐野君想。

“他一直很疼那个侄子。”小姐伶俐而沉稳地进行说明，“爷爷昨晚难免寂寞难过，最后就住下来了。毕竟不是什么坏事嘛，所以今天早上我买了花送给爷爷，想给他打气。他就拿了一面旗子给我。”

“你家是开旅馆的吗？”佐野君对小姐一无所知。小姐和老爷子都笑了。

他们到了车站，佐野君和老爷子上了巴士。小姐在窗外不住地摇晃着国旗。

“爷爷，不要颓丧哦！大家都要出征的。”

巴士开动了。说不上为什么，佐野君有点儿想哭。

“她人真好，那位小姐人真好。我想和她结婚。”佐野君一本正经地告诉我，我却无话可说。因为我已经听懂了。

“你真傻，怎么会这么傻？那小姐家里才不是开旅馆的。你好好想想，她六月一日一大早就大摇大摆地在外面散步，钓鱼作乐，但其他日子都不能出来玩。你不是在任何地方都没见过她吗？那就不会有错，她每个月只休息一天。听懂了没有？”

“原来如此，她是咖啡店的女服务员啊。”

“是就好了，但我看不是。那位老爷子在你面前挺不好意思的吧？说到他住了一晚的时候。”

“哇！是吗？原来是这样啊！”佐野君攥紧拳头，咣的一声敲了下桌子。他像是更加坚定了想法，认为自己只能当个小说家了。

小姐。我也觉得这位香鱼小姐比家境优渥的千金大小姐好上许多，是真正的大小姐。但是，唉，也许我也不过是个俗人，若是我的朋友想和那种境遇的姑娘结婚，我还是坚决反对的。

花烛

点烛续昼。

一

新婚之夜，新郎和新娘正在房间里畅想未来，隔扇外面突然传来窸窣的声响。两人吓了一跳，慌慌张张地爬出来，轻轻拉开隔扇一看，原来装饰在盆景贺礼上的伊势龙虾竟还活着，一直慢悠悠地摆动着虾须。找到了声音的来源，两人面面相觑了一阵，暖融融地笑作一团。想来有这样美好回忆的夫妻，一定会恩爱地生活下去，也一定会组成一个美好的家庭，白头偕老。

衷心期盼我接下来要讲的这个故事中的男女今后也会有如此温馨的新婚夜晚。

东京郊外有个男人名叫男爵，看样子大概三十二三，或者更年轻些。他在帝国大学读经济系，读到一半退学后，就一直无所事事。乡下的老家每个月都寄来足够的生活费，所以他租了一间对独居者来说过大的房子，有三间屋子，面积分别是四叠半、六叠和八叠。房子里每天晚上都很热闹，热闹的不是男爵本人，而是许多客人——实在非常多。客人们和男爵一样无所事事，都是心事重重的那类人，而且无一例外都很贫穷。在某种意义上，他们都被社会贴上了背德者的标签。甚至有些从未谋面的陌生人，路过房子的时候觉得里面很有意思，就说着“打搅了，我是路过的，进来看看”，然后满不在乎地走进来。这时候，说着“来吧来吧”，愉快地招呼路人坐下的男人不是男爵；一面称赞“您真有胆量”，一面给路人倒茶的男人也不是男爵；冷不丁说一句“你的眼神在说谎哦”，吓新来的客人一跳的消瘦男人也不是男爵。那么，男爵到底在哪儿呢？在八叠大的客厅的角落里，像要遁于无形似的蜷身而坐、毕恭毕敬地听大家谈话的那个男人，才是男爵。他相当没存在感，小个子，身高大概五尺二三寸，而且体形瘦弱。就是仔仔细细地盯着他的脸看，也看不出他的长相有什么特别的。他皮肤黝黑，油光满面，下巴上的胡子有点儿长。脸型不圆，也不是很长，十分中庸。头发有点儿长，没到蓬头垢面的程度，但也没有用发蜡仔细打理的痕迹。他戴着一副普通的铁框眼镜，整个人给人留下的印象很弱。因此，客人们大多沉浸于谈天说地，忘了男爵的存在。往往是谈笑了一阵，觉得累了，才忽然发现男爵窝在房间的角落，于是哈欠连天地和他打个招呼：

“哦哟，你还在呢？没有烟了啊。”

“嗯，”男爵微笑着站起来，“我刚才也想抽烟来着。”这话是假的，男爵平时不抽烟。“我去买。”说完，他便轻松地出门了。

男爵是他的绰号，其实他只是北国一个地主的儿子。这男人读书的时候干过两三件轰轰烈烈的事——恋爱、喝酒和参与某种政治运动。他甚至曾被打入牢房，也曾三次企图自杀，却三次都失败了。

成长于大家庭的孩子容易唯独觉得自己多余，一门心思地妄自菲薄，忙不迭地找理由断送自己毫无价值的生命。上述倾向在这个被唤作男爵的人身上一眼就能看出来。怎样都好，只希望赶快成为牺牲品，和这个世界告别。这场告别如果能给两三个人带来些好处，那就再好不过了。心灵的丑陋、肉身的贫瘠、因生在地主之家不劳而获的诸多权利导致的胆怯和过分的顾虑无情地鞭笞着这个男人的自我。他的自我扭曲得十分离谱："我已经活腻了。若这条微不足道的性命能帮上您的忙，就请您拿去吧。"这近乎卑微的想法已成了这个男人所剩无几的行为准则。男人就凭着这一准则行动。不过，他的行动表面上总还是光彩的：我是弱者的朋友，穷人的伙伴。这种自暴自弃总是酷似殉教者的所作所为。尽管时间短暂，但男人也尝过和殉教者不相上下的艰辛。受过狂风鞭笞，挨过巨浪席卷，淋过瓢泼大雨，唯独艰难值得信赖。但这本是绝望的行动，只有"吾将灭亡"的信念不曾动摇，唯愿早日死去。他举足狂奔，不过是漫无目的地寻找自己的葬身之地罢了。一个连自己都照顾不好的人，又怎么可能为别人着想呢？他是个彻头彻尾的失败者，不可能轻易得到为人牺牲的光荣名号。人世之艰难，不会允许一个男人如此狂妄自大。所谓的自私就是这样的，毕竟人不可能成为烟火。不考察事实情况，单说"思想转变"一词，其中必然蕴含着救赎、光明等意思。但就连"思想转变"这一点，在他这里也是不允许的。那意味着废弃、破产，迎来的不是光荣的十字架，而是灰色的无视。思想转变不会带来好下场。就像一个演员谢了幕，幕布却迟迟不落，让他无可奈何，最后只好往舞台上一躺，装死给观众看。那是一种走投无路的滑稽。或许这就是废人唯一的职责吧，他已经落魄到这种地步，却似乎仍有某些夙愿割舍不下。于是，他就躺下来对大家说："如果我身上还有能啃的地方，就请诸位尽情啃噬吧。”他仍有被人利用的价值。身为地主的儿子，他不愁吃穿。正所谓水往低处流，因种种缘由被世人指指点点，谩骂为失败者、废人、道德败坏的人、比他贫穷的人全都来仰仗他。就这样，男人有了“男爵”这个轻蔑的爱称，男人的住处成了这些人唯一的避难所。男人在厨房里默默地为这些客人烧饭，寂寞地剥芋头的皮。

他就是这样一个男人。客人中有一位在电影制片厂工作，并似乎因此而扬扬自得的人，总想让大家瞧瞧他工作的模样。其他客人都对他嗤之以鼻，男爵觉得他可怜，便求他带自己去见识一下。男爵原本是个没有闲情雅致的男人，虽然取得了弓道初段资格，但很难说弓道是他的爱好。他连猜拳的规则都搞不清楚，总以为剪刀能胜过石头。他这副德行，对电影就更是一无所知了，每天从早到晚忙着接待客人，有的客人还会住下来，搞得他根本没时间玩。偶有家里没客人的时候，他便在家大扫除，还要去酒店、米店等地方看看有没有欠账，根本没时间参加什么活动。其实大家的过度开销已经让他难以应付，但他总是对客人一味隐瞒。没有闲情雅致不光是时间紧张或性格所致，说不定和他的经济状况也有关系。

那天，男爵搭了将近两小时的电车，来到电影制片厂所在的地方。虽然制片厂位于一个荒僻的乡村，但他丝毫没有怠慢，甚至觉得金雀枝树丛的暗影里随时可能冲出打扮精巧的哥萨克骑兵，年纪不小了却摆出一副身披小樱花纹铠甲的气势，大步流星地向前走。看到自己瘦弱的影子躺在春天淡淡阳光照耀的路上，仿佛只有苦笑的份儿。下车后，他沿着田间小路走了一百多米，到了制片厂的正门。白色的水泥门柱上攀着爬山虎的新芽，很有文艺气息。门的正对面有一家茅草屋顶、居酒屋模样的小店，那就是男爵和客人约好见面的牛奶店。对方让他在这里等。他费了一番力气才拽开这家店的玻璃门，门嘎嗒作响，很不好开。他摆出拉开天岩户[1]的架势，使出九牛二虎之力，玻璃门发出嘎啦啦的巨响，滑开一米多宽的距离。男爵用力过猛，直往前栽，好不容易才站稳，灰头土脸地溜了进去。店里满是灰尘，六七把椅子和三张桌子上都盖着一层白灰。男爵没犹豫，径直坐在门边一角的椅子上。角落总是让他觉得舒服。他在店里等了很久，没有一位顾客进来。起初他还担心会有演员进来，很是紧张了一阵，奈何店里冷清得让人吃惊，没过多久，紧绷的神经就让男爵筋疲力尽。他喝了三杯牛奶，约定的下午两点早就过了。快四点的时候，被夕阳染成淡红色的玻璃门终于发出嘎啦啦的可怕巨响，一个男人像子弹般冲了进来。

“哎呀，抱歉抱歉！有烟吗？”

男爵笑容满面地站起来，从兜里掏出两根香烟，莫名其妙地道起歉来：“我也刚来一会儿，不好意思来晚了。”

“嘿，没关系。”男人轻松地原谅了他，“我啊，今天开始参加生田组的拍摄，也忙得不可开交。”他边说边手舞足蹈，表示自己忙得不行。

男爵一本正经地望着男人手舞足蹈的模样，带着某种感动的情绪，不经意间说了句：“真起劲儿啊。”话刚出口他便觉得惶恐，认定自己俗气的评价会伤到对面这位艺术家的自尊，“让艺术创作的冲动和……”他顿了顿，将后面的话在内心悄悄地组合了无数次，终于整理得当，又暗自默念了一次才说出口，“让艺术创作的冲动和对日常生活的向往完全一致，我觉得很不容易。看来你在这一点上做

1　日本神话中高天原上的一个地方，是岩石形成的洞窟。

得非常好。这太美妙了，我非常羡慕。”说完这番了不得的恭维话，男爵悄悄用手帕擦了擦脖子上的汗。

“也没什么的。”那男人说着，卑微地笑了，“想去看看我们的制片厂吗？”

男爵早就不想看了。

但他还是拼了命地诚恳请求：“请务必带我看看！”

男人先是傻乎乎地大喊一句：“All right（很好）！”接着又傻乎乎地喊道：“Come on（来吧）！”然后飞奔着离开了牛奶店，男爵只好蹒跚地追在他身后。

男人是摄影导演的助手，干的都是杂活儿，诸如用水桶打水、给导演搬椅子等。他对投入工作的自己十分满意，恨不得男爵能在这里观摩好几个小时。男爵也感受到他的心思，于是像个傻瓜一般呆站在一旁，恭敬地观望这场毫无乐趣的拍摄。一幕无聊的情节在男爵眼前展开：留着大胡子的威猛男人肚子饿了，连着吃了六碗饭。或许导演想把这一幕拍出喜剧爆笑的效果，但在男爵看来，这情景无聊极了。男人吃饭，一旁服侍他的女孩做惊讶状。如此简单的情节竟反复拍了二十多遍，实在无聊。男爵何止不觉得好笑，简直是苦不堪言。日本的喜剧总会出现这类镜头：或者大口吃饭；或者一口气吃下十个包子直翻白眼；或者是两个人争抢一张纸币的时候风把纸币吹上了天，两个人慌慌张张地在后面追。观众看到这类情景往往哈哈大笑，但在男爵眼里，这些都无聊极了，他只感觉情绪低落。这大胡子男人的戏份尤其糟糕，甚至让他联想到“人格侮辱”一词。这时，导演有了好主意：在吃饭男人的胡子上黏几粒饭粒。这主意成了点睛之笔，那位扮演大胡子男人的优秀演员对着年轻的徒弟递上的镜子，手忙脚乱地把饭粒黏到胡子上。冷掉的饭粒已经没了黏性，很难黏住。就在大家发愁的时候，干劲儿十足的导演助手站了出来："可以这样，将饭粒碾碎做成米糊，把米粒黏在米糊上不就行了？"

这过分愚蠢的建议让男爵四肢无力。他忽然眼眶一热，莫名地想哭，恨不得哇哇大哭。可他不能离开，那样太没礼貌了，非得装出恍然大悟、一脸佩服的样子，严肃地点头，继续看下去不可。

拍摄总算告一段落，男爵有如重获新生。他连滚带爬地离开闷热的摄影棚，长出了一大口气。太阳早就下山了，星星闪着模糊的光。"阿新！"身后有人低声喊他，一回头，是刚才那个侍奉大胡子男人吃饭、足足喊了二十多次"哦哟"的矮个子姑娘。她的笑容在黑暗中发出黄色的光。"阿新，你一点儿都没变呀。我刚才一眼就认出你了。但当时还在拍摄，不能说话，所以没和你打招呼。不好意思哦。"她一口气说完这些，忽然拘谨起来，"真是好久没见了。家乡那边，大家是否别来无恙？"

男爵终于想起来了。

"啊，阿富，是阿富吧！"他慌张得带了几丝乡音。十年前住在乡下的时候，阿富在男爵家做女佣。那是男爵刚上高中的时候，暑假回来，家里多了个十六七岁的女佣，又瘦又小，头发打卷儿，做事认真。她将男爵服侍得无微不至，过于热情，男爵反而嫌弃，觉得她啰唆，处处刁难，甚至曾命令她将宠物犬身上的跳蚤抓得一只不剩。阿富大概在男爵家待了两年，然后忽然消失得无影无踪。除了纳闷她不见了，男爵再没有其他想法。现在，阿富就在自己眼前。男爵感觉到一股让人颤抖的恶寒，虽然不至于汗毛倒竖，但也浑身异样地发麻，这的确是一种畏惧。命运残酷的作弄、奇迹的可能和严肃的复仇像深山中的精气一般，清清楚楚地渗入他的肌肤。他不由得语无伦次，连声音都变得沙哑了，毫无意义地嘟囔了一句："来得真好。"这或许已经成了这个不断被客人打扰的人的口头禅。

对面的女人似乎有些兴奋，全然不介意男爵傻瓜般的梦话，一面观察周围的情况，一面迅速地低声恳求："阿新才是来得真好呢。我想好好和你聊一聊，可现在实在忙得抽不开身。啊，有了有了，九点我在新桥站前头等你。虽然你也许不想来，但我真的想和你聊聊。"她的神情非常恳切，而男爵本来就不是能拒绝别人要求的人。

"啊，好呀，我没问题。"

离开制片厂，男爵在电车上十分不悦。和曾经的女佣相约在新桥站见面，让他感到十分无耻、下流，甚至有违伦理。他相当犹豫，不知道该不该去，但终究还是决定去一趟。他没有那么强大，无法心平气和地爽约。

九点，男爵在新桥站找到了小个子的阿富，基本上没怎么开口，只是快步向前走。阿富几乎是小跑着追着他，一会儿从右边探头看他的脸，一会儿从左边探头看他的脸，毫无顾忌地提出许多问题，大部分是有关故乡的。男爵已经八年多没回故乡了，对故乡的事一无所知。所以只好用"谁知道呢""这个嘛"等十分糊弄的话来搪塞。他渐渐连搪塞也厌倦了，开始胡说八道，竟蹦出"as you see（你知道的）"之类的英语，巴不得早些和阿富分开。这时候，阿富却说起奇怪的话来。

"我什么都知道哦。阿新做过的事，我一件不落地打听到了。阿新，你一点儿坏事都没做过，很了不起。我从前就相信，阿新是个好人。这些年来，你吃了不少苦头。我听很多地方的人说过，大家都知道你做的事。但阿新，你要鼓起勇气，你没有输。真要论输赢，输的也是神明。阿新的所作所为就是想成为神明嘛。这样是不行的。

我之前也吃过苦，很能理解你的心情。在某些瞬间，阿新你尝到了生而为人最艰难的痛苦，完全可以为此自豪。我相信你。人嘛，谁都有缺点。阿新已经做得很好了，别害羞嘛。拿出自信来，可以要求对方理所应当地向你致谢。阿新这是怎么啦，你很优秀的！我一直待在肮脏的世界里，所以很清楚这一点。”

男爵觉得自己像在做梦。他努力拒绝阿富莫名其妙的低语：这女人到底在说些什么？即便是在这朦胧的爱之喜悦面前，深不见底的落败感还是将这个男人变成了悲惨的无能者。爱无能。被驯养的卑微。几乎和白痴没什么两样。二十世纪的怪物。脸上有青色胡茬的奇怪婴儿。

阿富猛地从背后推了他一把，男爵踉跄着进了资生堂。两人在包厢里相对而坐，不时有其他客人偷偷看他。他们看的不是男爵，看这样一个瘦弱的青年毫无乐趣可言，他们看的是阿富。阿富已是一位出名的女演员了，只因男爵对什么都提不起兴致，才对此一无所知。人们毫无顾忌的目光令他生气，他一直板着脸。

“看吧，因为你戴着这么一顶别着羽毛的帽子，大家都在取笑我们呢。真是丢人。我还是最喜欢女人穿平纹丝绸和服的样子。”

阿富笑了。

“有什么好笑的？你怎么莫名其妙地狂妄起来了。刚才你说话的时候我一直没出声，你现在居然如此趾高气扬，装腔作势地和我说那些话，就像刚读完妇女杂志似的，我可没想得到你这样的人的安慰。女人最好还是有点儿女人样子。实在让人郁闷，我要回去了。你也没有别的话要说了吧？”

说这些的时候，男爵感到一种莫名其妙的强烈的耻辱：“这家伙真没礼貌，想把我当成她游戏的伙伴。我怎么能被她这样的人取悦？”他猛地站起来，独自快步离开了资生堂。阿富脸上带着慈母般的微笑，冷静地望着他的背影。

二

出了资生堂，男爵径直回了郊外的家。在市郊的小车站下车时，他总算恢复了平静，松了口气，至少没有受伤，这就是不幸中的万幸。他隐秘地赞许自己勇敢的态度，有些飘飘然地来到车站前的烟店，买了十个客人用的方盘。他这样的男人通常会心悦诚服地讨好破口大骂自己的人，却对那些善待自己的人大耍威风，不把他们踢到一边就不罢休。可那天晚上，男爵到底还是怀念起自己的故乡，在床上辗转反侧。

我还是为自己的出身自豪的。不管怎么说，我还是为我的家骄傲的。那是一个严肃的家庭，具体来说，假如我手边有全家人的纪念照，我想把它放在房间的壁龛里。人们见了一定会羡慕我，那一瞬，我该多得意啊。我一定会不厌其烦地将大家庭里每个人的伟大、美好、诚实和恭俭一一说给身边的每一个人听。我的赞美多少带些夸张，并会将听众因忍住倦怠的哈欠而逼出的眼泪误认为感动的泪水。然而，听众终于还是听不下去了，他们惨叫着说出“原来如此，你真幸福”，打断我的大话，接着提出一个疑问：“不过，这张照片里没有你啊。怎么回事？”

我这样回答他们的问题：

“这是当然。我因为干过两三件坏事，没资格出现在纪念照上。这是理所应当的。我根本没有那个资格。”

现在，我仍然是这个样子。家人们都觉得我任性、爱说谎、没个正形，想让我多吃些苦头。所以即使我活得痛苦，大家也都默不作声。那家伙本性没有那么糟糕，只要假以时日，他一定会醒悟——家人们都相信这一点，并等待我醒悟的那天到来。我也正因为了解他们，才在那些想死的痛苦夜晚拼命劝慰自己，黑夜过后就是黎明，黑夜过后就是黎明，想尽办法活了下来。三年后，家人们一定会允许我站在纪念照的一角。我身体不好，说不定等不到他们允许我一起拍照就死了。到时候，我的家人们将在纪念照的右上角放上被白色花环簇拥的我的笑脸。

然而，这可能是三年，不，也许是五年、十年后的事。家人们一定认为我是个相当糟糕的男人，所以就算都原谅了我，也无法轻易与我一起合影。若是在此期间，我突然遇到什么急事，非得背着这糟糕的评价回乡不可，该怎么办呢？我自己就不用说了，家人得多难过啊。去年秋天，姐姐去世了，但家人压根儿没对我走漏半点儿风声。我想这也是没办法的事，一点儿也不怨恨他们。但倘若——这是一个非常荒唐且极不谨慎的假设——倘若去世的是母亲，一切又会如何呢？说不定就会有人传消息给我了。就算没有，我也必须忍耐。这一点我早有心理准备，不会心存怨恨。但我终究是自私的，以为他们说不定会通知我，然后我就会被唤回故乡。我已有近十年没回过故乡了。虽然想偷偷回故乡看看，但不被允许。这也很正常。倘若去世的真是母亲，倘若我被唤回了故乡，到那时又会发生什么呢？

让我来想想看吧。

家里发来了电报。我很为难，在房间里漫无目的地打转。非常为难。或许会为难到开口呻吟。我没有钱，无法行动。客人们都比我穷，活得都十分辛苦，所以即便遇到这种事，我也无法求他们帮忙。就连告诉他们这件事，对我来说都很痛苦。在这种措手不及的情形面前束手无策，客人们一定比我更难过。我不想让客人们蒙受这种无端的耻辱。对我来说，这反而是更大的痛苦。我忽然想到了死。这和其他事不同，面对母亲的人生大事，我却如此散漫，简直没资格做人。这时，家里寄来一张电报汇票。是嫂嫂寄来的，一定是这样的。三十日元。其实我想要五十日元，但这是我的贪欲。五十日元是一大笔钱，能让一家五口人笑呵呵地过上一个月宽裕日子，就算某个女孩患了接近失明的严重眼病，都可以用这笔钱治愈。嫂嫂肯定也想尽量多寄些钱给我，但她本人不可能有那么多余钱，三十日元已经是尽力而为的结果。而且就算她能寄来更多钱，也要顾及一众亲戚的感受，为许多人情债所苦，我若再嫌这三十日元不够，就太不像话了。我当然要感激这三十日元的汇票。

我开始为着装而苦恼。久留米的藏青底碎白花纹和服配毛织和服裤裙是最好的，相比之下，书生气的着装最能让我的家人们放心。其次是普通的西服，绝不能穿彩色的衬衫配红领带出席这种场合。我现有的衣裳就只有那条肥肥大大的裤子和一件鼠灰色的夹克衫，除此之外再没别的了，连顶帽子都没有。今晚我也穿着这身穷画家或油漆店老板似的衣服在银座喝茶，但如果我穿着这身衣服出现在故乡，家人恐怕会羞耻得痛不欲生。我在着装方面一筹莫展，于是做了个奇妙的决定：向人借衣服。我的个子偏矮，所以借衣服也不太方便。这样说未免有些奇怪——在日本，只有一个人和我差不多高，他不是我的客人，而是唯一一个惯于对我的浪荡予以真实忠告的人。这位朋友比我还贫穷许多，虽然有一身西服，但多数时候不在他身边，而是寄放在别人那里。我带着三十日元赶往这位朋友家，简单地和他说明缘由，用十日元从他那里借来那套西服，总算把衣服搞定了。是否合适并不重要，能有一套合乎常理的衣服我就很感激了。我的脑袋大，灰色的软帽拘束地戴在头顶，显得十分孤单。西服的颜色是朴素的藏蓝色，领带是黑色的，嗯，可以说是一套普通的衣服。我慌慌张张地赶往上野站。伴手礼还是不买了吧。虽然有一群侄女、外甥、堂姐、堂弟，但大家都已习惯了奢侈的伴手礼，如果寒酸地递上一册绘本，只会让他们觉得我可怜。如果他们的妈妈出于某些礼节而不能收下这份礼物，非要和我推辞不可，就更是了不得。我决定不买伴手礼，只买了一张票，坐上了火车。

回到故乡，看到几乎十年未见的乡下风景，我或许会边走边落泪吧。终于，我重整心情，走进家门。连个旅行箱都没提，实在是说不过去。此刻的我已经如坐针毡，一定像个傻瓜一样面无表情，只是呆站在屋子里。嫂嫂的脸上明确显露出一种恐惧——这个站在这里的男人，这个有点儿邋遢的中年男子真的是我的小叔子吗？真的是那个曾经一口一个“姐姐”地叫着我、聪慧地向我撒娇的枯瘦高中生吗？下流，猥琐。眼球黄且浑浊，头发稀疏，额头红得发黑，还闪着粗野的油光。那嘴唇，那脸颊，那鼻子……嫂嫂被吓得瑟瑟发抖。

我来到母亲的病房。啊，果然还是不行。这里无论如何都出乎我的意料。我的空想必然会残忍地成真。太可怕了，实在不能细想，我还是离开这里吧。

我从母亲的病房偷溜出来的时候，嫁到外地的我最小的姐姐也蹑手蹑脚地跟着溜了出来。

“你来啦。”她压低了嗓门。

我一定会束手无策地哽咽吧。

只有这位姐姐不怕我，静静地站在走廊上等我哭完。

“姐姐，我是个不孝子吧？”

想到这儿，男爵用坐垫捂住了自己的头，久违地落泪了。

变化是逐渐发生的。也就是说，他慢慢地变成了红褐色的平庸的俗物。这变化不以人的意志为转移，也不是一早醒来，偶然撞见某件事才发生的。是大自然的太阳，是这五年、十年的风雨，一点点将他的身姿拽得走了样。他就像一株植物，其变化恰似春天花开、秋天叶红的自然现象。“植物抵不过大自然的力量。”他偶尔会这样嘟囔着，丑陋地苦笑，但偶尔也自觉已经全都输了，输得干干净净的，反而不可思议地感觉身边有一种清新的氛围。“人生的关键就从这里开始呀。”他模糊地想着，真到了需要面对的时候，却毫无办法。

这段时间，即便是他也渐渐开始因接待客人而为难。虽然仍旧老实地倾听客人们每晚的谈笑，但开始有一种应付不来的感觉。他无意责备客人们因卑微而扭曲的自私和刹那主义式的奇妙虚荣。男爵将这一切理解为客人们的软弱——这些人都不知如何处理自己深厚的爱意，于是被世人认为软弱而不中用，无处可去才到我这里来，他们太可怜了，无论别人怎么做，我至少要热心地招待他们——男爵一直这样想。然而，最近他忽然提出了某个疑问：“这些人为什么不去工作呢？”这是一个十分朴素的疑问。假使找不到工作，做些纯粹的、没有报酬的事也好。笨拙却依然努力才是人生的正道吧？世道就是如此严苛，不做到这份儿上就很难活下去。这个朴素的命题存在于基本的生活中，我们的思考、审美、问候都建立在这个命题上。如此每天晚上一成不变地躺着，虚荣地问候彼此，实在是件愚蠢、盲目、傲慢、浅薄的事。和聚集在家中的人相比，那些灵魂更高尚、才貌更出众的人却甘愿投身于细碎的工作，为之献上自己的一生。其实在这群人中，那位电影导演的助手是最正直的，大家却都嘲笑他，连我也受不了他的干劲儿十足，这样不好。干劲儿十足不是个粗野的词，也并不滑稽。聚集在家里的人都贫穷而软弱，可当代的思潮莫名地娇惯这种人，把他们变成了令人不悦的东西。如今的我真的有余力热情地招待他们吗？我如今也一样贫穷而软弱，和他们不是毫无区别吗？而且布尔乔亚意识形态的坏品质仅残存于曾被思潮骄纵着长大的所谓"市民辛普勒"[1]之间，现在，灭亡的布尔乔亚们反而舍弃了他们的颓废心态，正在逐渐改过自新嘛。因此，现代社会的风貌也变得更加复杂而微妙。神不会因为一个人软弱、贫穷，就必然垂青于他，因为弱者中也有撒旦，而强者也可能向善，神反而偏爱这样的人。

他毕竟是个无趣的男人，虽然有了这样的想法，但仍然没有自信，无法拒绝客人。他害怕。常言道："虐杀和尚，祸殃七代。"他甚至担心自己拒绝了软弱而贫穷的人后，身体就会从做出拒绝姿势的指尖开始一点点腐烂，最终殃及七代子孙。结果，他就一面磨磨蹭蹭地拖着，一面等待着什么。

三

阿富寄来一封信。

坂井新介大人：

1 指德国剧作家卡尔·施特恩海姆创作的喜剧《市民辛普勒》。

三天前，我们来到沼津的海边拍摄。静静地凝视海浪的飞沫时，我准会想喝波子汽水。望着富士山的时候，就准会想吃羊羹。有件事令我痛苦不已，以至竟说出这些言不由衷的玩笑话。今年我也二十六了，和您分别已经快十年了。这十年里，我学了不少东西，但还是一无所成。今天下着雾一样的细雨，拍摄暂停，大家都在隔壁的房间里开心地玩闹。或许我不适合做女演员吧。想见见您。十六、十七、十八日这三天我请了假，新介大人挑您方便的日子就好。要是您不嫌弃，愿意到我的小破屋子里来就太好了。随信另附纸张，画下到我这里的路线草图。提出如此失礼的请求，我羞愧得心烦意乱。也请您原谅我糟糕的字迹。有关我的终身大事，非常想听听您的意见，我身边也没有其他可靠、亲近的人了。我深知自己的厚颜无耻，还请您多多包涵。

阿富

又及，最近我听导演助理S先生说，您有个绰号叫“男爵”。好有趣呀！

男爵躺在床上读完了信。刚读到开头，他就笑了。他觉得很奇怪，阿富也像大都市的摩登女郎一般，用这些蹩脚的词语写信。这让他新鲜极了。他笑得几乎停不下来，但忽然又变得很严肃。能强硬地拒绝别人的给予，却断不能拒绝别人的要求，这便是他们这类人的宿命。男爵看了附在信中的草图，阿富家在制片厂附近那个车站的后两站。非去不可。男爵心情晦暗，不情不愿地起身。今天是十六日，他打算这就出门，尽早把事办完。往往越是怠惰的人，越想尽快将眼下惦念的事处理妥当。

下了电车，他发现这个村庄比制片厂所在的乡下更加荒僻。眼前是一望无际的麦田，麦子长到五六寸高，像要融化在一片柔软的绿色里似的。这就是所谓的祖母绿吧，无趣的男爵想。走了五六分钟，很快便找到了阿富的家。从外表看是一栋结构时尚的房子。男爵吃了一惊。按下门铃，一个女佣出来应门。他可怜地想："这个蠢货就算当上了演员，也不必如此铺张浪费吧。"

"我是坂井。"

"啊！"女佣穿得花里胡哨的，剃了眉毛，面色苍白。她点点头，心领神会地露出谄媚的笑容，领着男爵走进大门。几乎是前后脚的工夫，穿着平纹粗绸和服的阿富就站到了门口。男爵仿佛并未注意到她那件和服，有些愤怒地说：

"你说有事，是什么事？别再给我寄那种信啦，别看我这样，也是很忙的。"

"抱歉。"阿富恭恭敬敬地鞠了一躬，"谢谢您过来。"深深的感动在她脸上表露无遗。

男爵扬了扬下巴："这房子不错嘛。哎呀，院子也很宽敞。房租应该很高吧？"

知名女演员根本不至于租房子住，这房子是阿富用自己挣的钱盖的。

"只是为了虚荣吗？嗯，还是别逞强比较好哦。"男爵一本正经地说。

男爵被带到客厅，听阿富讲了她所谓的终身大事。今年秋天，阿富和现在公司的合约期就要到了。她今年就二十六了，想趁此机会辞去演员一职。乡下年迈的父母打一开始就放弃了她，阿富费尽口舌劝他们到东京来找自己，可父母怎么也不愿放弃乡下仅有的那几块田，就是不肯来东京。阿富有一个弟弟，六年前不顾父母反对来投奔姐姐，现在在私立大学读书。眼下究竟该怎么办呢？这就是她要商量的事。男爵听呆了，他暗暗怀疑：这阿富怕不是个傻子吧？

“开玩笑也要有个度吧？”过分的愚蠢甚至令男爵提高了防备心，措辞也显得郑重了些，“这哪里就叫终身大事了？你现在的处境不是挺好的吗？为了你，我可是大老远跑过来的。你让我怎么想啊？既然乡下的亲戚放弃了你，完全无法沟通，那就随他们去嘛。你弟弟好歹也是个男人，无论怎样也能自力更生吧。对于他，你没有什么责任。剩下的事要怎么做还不都是你的自由？搞什么嘛，怪愚蠢的。”他相当不悦。

“嗯，问题是……”阿富笑得十分落寞，迟疑了一阵，忽然抬起头说，“我在想，到底要不要结婚。”

“想结就结嘛，这跟我有什么关系。”

“是……”阿富害怕地缩了缩脖子，“就是，关于这个——”

“有话就赶紧说吧。你到底把我当成什么人了？以前你就有这个毛病，动不动就因为一些小事在我面前有诸多顾虑。这样可不好，我只觉得你是在嘲弄我。”男爵很生气。

“不，我绝没有那个意思……”阿富拼命否认，“有件事，请您务必劝劝我弟弟……”

“我去劝？劝什么？”

阿富走投无路似的默默眺望窗外开始长叶的樱花树。男爵也学她的样子看那些樱花树，一脸苦涩。阿富或许已经不抱任何希望了，轻轻耸了耸肩，用冷淡到可怕的语气痛快地讲了起来。她的弟弟总是找各种理由反对她结婚。“弟弟目前在私立大学读预科，有几分不良少年的气质，最近还因为打麻将赌博给警察添了麻烦。我的结婚对象是个很认真、很刚强的人，要是婚后弟弟对他做出什么粗鲁的事，我简直没有颜面活在这世上。”

“这就是你的任性了，是你太自私。”阿富的话说到一半，男爵就大声打断了她。女性赤裸裸的自私让他感到可耻，竟莫名可怜起阿富的弟弟来，甚至义愤填膺。“看你这如意算盘打的！你这个蠢货，太愚蠢了。你到底想干什么？”最近，男爵还从未如此愤怒过。他肆意怒吼着，甚至感觉体内有一股神奇的力量，觉得自己长高了一尺。

“那个，弟弟的事，就拜托您了。”

气氛如此紧张，吓得阿富嘴唇都白了，她悄悄起身，用几不可闻的声音断断续续地说完这句话，就转身跑出了房间。

“喂，阿富！”男爵下意识地用了十年前使唤她时的语气，闹出了很大动静，“我可不管你！”

门无声地开了，一个大眼睛、皮肤黝黑的青年悄悄向屋内张望。男爵立刻责问道：

“喂，小伙子，你是谁？”从前的男爵断不会如此粗鲁地盘问一个陌生人。

那青年毫不畏缩，郑重而安静地走进房间：

“您就是坂井先生吧？我在老家见过您一次，您也许已经不记得了。”

“哦，你就是阿富的弟弟？”

“嗯，是的。听说您有话要和我说。”

男爵已经做好了心理准备。

“有啊，当然有。先告诉你，我现在非常不高兴。实在是特别不高兴。你姐姐简直是个傻子，我站在你这边。我是个心里藏不住事的人，大家都说你姐姐最近想结婚，未婚夫好像挺优秀的。不，这不重要。嫁给一个好人是件挺好的事，这些我管不着。但接下来的事就不行了。太丢人了。明明没什么大不了的，她却嫌你碍事。我相信你。只看了你一眼，我就明白。你们这些学生，不，我也一样，不过是错失了努力的方向而已。不，只是没有表现出来罢了。空有学问，却无处可去啊。只是社会不愿意理解埋在你们心中的赤诚而已。假如你姐姐不要你了，你就到我这儿来，我们一起干出一番名堂。真是的，我也不想永远这样漫无目的。我从没受过如此无用的侮辱，竟然为了一个女佣跑腿，我怎么能任由她使唤？不说别的，她那未婚夫不也是个窝囊废吗？连老婆的弟弟都养活不了的人，能有什么出息？”

“不，我——”青年站在原地，干脆地说，“我没想被他们养活，只是受不了他们对我敬而远之的态度，好像我是个不干不净的人。我也有我的理想。”

“没错，你说得对。总之那家伙不是什么好男人。”男爵说完这句话，又有些张皇失措，“不管怎样，这件事我不会管。你告诉阿富，让她自己看着办。我很生气。我要走了。她把我当成什么了？算了，我回去了。你转告她，要是这么讨厌自己的弟弟，这孩子就由我来收留。”

“不好意思，”青年挡在要夺门而出的男爵面前，低声说，“我觉得养活也好，收留也好，这些办法都过时了。重要的是，您有余力养活一个人吗？”男爵大吃一惊，不由得重新审视青年的脸。“您的当务之急难道不是为自己的所作所为做好准备吗？与其救济别人，请先救救自己吧。您先自救给我们看。即使是微不足道的小事，我们也会肃然起敬。无论多小的事，都应该相信个人的努力和力量。时下我们最新的理想就是重新培养从前被摧毁得四分五裂、沉入混沌之渊的自我意识，让它出落得纯粹而朴素。这年月还大肆宣扬自我意识过剩、虚无主义，说它们高尚的人才是真的愚蠢。”

“哎呀！”男爵发出欢呼似的呐喊，“你，你真是这样想的吗？”

“不是只有我这样想。在我心中，有一道比阿尔卑斯山还要险峻的难关，我要尽一切努力克服它。我们把做到这一点的人尊为个人英雄，对待他们比对待拿破仑还要尊敬。”

来了，等待已久的东西终于来了。全新的下一代已经慢慢崭露头角了。男爵感慨万千,一时间说不出话来。

“谢谢你。这样真好，真好。我一直在等你们出现。被笑话是个老好人，被指责为笨蛋，被蔑视为废人，我都默不作声地忍耐。你知道我等了多久吗！”

男爵竟说得泪眼婆娑，慌忙跑出了屋子。

他就这样逃也似的离开了阿富家，青年猛地坐在客厅的沙发上，一个人默默地笑了。阿富静悄悄地推门走了进来。

“计划成功！”所谓的“不良青年”朝天花板吐着烟圈，“是个很好的人呀，我也很喜欢他。姐姐，你跟他结婚也无妨。辛苦你了，十年的暗恋终于有了回报。”

阿富眼中涌出泪水，双手合十，向弟弟拜了拜。

男爵对此一无所知，慌张而兴奋地回到家，却无事可做。思索再三，他在家门口贴了一张写着“忙中谢客”的纸条。在人的一生中，重新开始永远不晚，贵在尝试。就算结局惨淡，春天依然会到来。而樱桃园[1]是彻底回不来了。

1　应指俄罗斯作家契诃夫的戏剧作品《樱桃园》。该作品围绕“樱桃园的易主与消失”这一主题，描绘了贵族退出历史舞台的必然性和新兴资产阶级的兴起。

皮钱包

落语《皮钱包》的故事，与其说可笑，不如说是可怜。我只是读书时在曲艺场听过，最近不怎么去曲艺场了，故事的具体细节也早已忘记了。大抵是讲一个醉汉深夜醉醺醺地回家，在路上捡了一只皮钱包的故事。他将钱包带回家一看，里面装了很多钱。醉汉欣喜若狂："有了这些钱，我每天都能风风光光地从早喝到晚，老婆再也不会抱怨了。干脆也给她买一条腰带吧？"醉汉独自快活着，不久便睡着了。早上，妻子在丈夫熟睡时将那只钱包拿去和房东商量了一阵，然后把它交给了警察。丈夫醒来问妻子钱包去了哪里，妻子回答："什么钱包？你做梦了吧？"丈夫晃了晃因宿醉而发沉的脑袋说："是吗？不过，幸好那是个梦。要是真的，我现在就犯了盗窃之罪。啊，话说回来，醉酒后内心的污秽真是可怕，而我竟不惜犯盗窃之罪也要喝酒！啊，从今往后我要戒酒！"他一边说一边浑身发抖，自此滴酒不沾，开始专心养家，渐渐有了一些积蓄。过了一年还是五年来着，总之这件事发生几年后，他成了鱼店老板。一天晚上，他家的饭桌上赫然放着一只酒壶。丈夫瞪圆了双眼，问妻子这酒壶是怎么回事。妻子笑着将皮钱包递到丈夫眼前："这个嘛，因为一直没有失主来找，今天早上，公家又把它还给我了。”妻子交代了事情的始末，“好啦，今晚你就喝个痛快吧！”丈夫举起酒杯，又忽然想起了什么，猛地把酒杯扣在桌上。“怎么了？”妻子惊讶地问。丈夫摇摇头：“喝醉后又要做梦了。”在我的印象中，这就是那则落语的大致内容，或许有记错的地方。但那则落语相当有名，恐怕无人不知，要是记错了内容就怪丢人的。于是，今天早上我去三鹰的旧书店二层和吉祥寺的旧书店五层，想找一本类似《落语速记集》之类的书确认一下，但并没有找到。没办法，明知道一定有记错的地方，我还是提心吊胆地仅凭自己模糊的记忆试着把故事写了下来。我喜欢那则落语。前些天读《森鸥外全集》的时候，我得知鸥外正在起草一篇名为《皮钱包出处》的文章。依鸥外所说，《皮钱包》可能出自中国故事《蕉鹿》。《蕉鹿》似乎最初见于《列子·周穆王第三》，鸥外还介绍了故事原文。可在我看来，两个故事的情节虽然有些类似，但主题完全不同。《蕉鹿》讲的是一位樵夫一天在山里猎到一头鹿，将鹿藏在某处后，高兴得过了头，忘了藏鹿的地方。樵夫以为整件事是自己做的一场梦，还将梦的内容讲给别人听。那位有心人偷偷去樵夫所说的地方找到了鹿，将鹿带回家，告诉妻子自己以樵夫的梦为线索寻找，果真找到了鹿。但他狡猾的妻子想抹去樵夫的功劳，独占这头鹿，于是哄骗丈夫：“其实这一切都是你的梦，你在梦中听樵夫讲他的梦，这头鹿是你循着自己的梦找到的。”但樵夫回家后依然对那头鹿念念不忘，当晚不仅梦到了自己将鹿藏在哪里，还梦到了男人将鹿带走的情景。于是，就有了一场关于鹿该归谁的官司。可官府也对这起案子无能为力——若没有堪比黄帝、孔丘的神通之力，没人能裁断梦中情景的真假，会做怎样的梦也不以人的意志为转移。光拿梦说事是无凭无据的。最后，官府判鹿由两家平分。以上便是《蕉鹿》的故事梗概，我觉得这个故事和《皮钱包》稍有不同。两个故事中的妻子都巧妙地说服了丈夫，但《蕉鹿》中的妻子只是狡猾，和《皮钱包》中的妻子在品行上简直天差地别。所以我想，《皮钱包》可能另有出处。不过，到底是鸥外，顺带对落语《皮钱包》的结构做了精妙的评价："作者考虑到警察制度，将故事情节设计为卖鱼人的妻子和房东商量后，将捡到的东西交公。此为画蛇添足。捡到大笔钱财之事一旦公开，捡钱包的卖鱼人不可能浑然不知。卖鱼人的妻子聪明而霸道，没有厚着脸皮将捡来的东西藏起来，显然逻辑不通。"可情节如果变成这样就不美好了，就成了一个罪大恶极的故事。应该如何是好呢？我有一个办法。说起来，我写这篇小品文的用意就是想炫耀这个妙招：把皮钱包换成债券怎么样？嗜酒的丈夫买债券中奖后兴奋不已，妻子将中奖的债券偷偷换成自己之前悄悄买的另一张。这样的话，故事情节就自然了许多。第二天，丈夫盯着被调包的债券喃喃道："难道是梦？"等到丈夫彻底死心的时候，妻子才讲明原委，和丈夫商量后决定把这笔钱捐给公家。如此一来，还能成为流传后世的美谈。落语界的新人若是站在曲艺场上讲上这么一出，一定会博得满堂喝彩。以上便是我引以为傲的妙计。

（附记：这篇文章写就后，我在西鹤[1]的著作中找到一则和《皮钱包》类似的故事，即《武家义理故事》中的《木工于黎明拾金》。但那个故事中的妻子是个可恨的坏女人，情节也不像《皮钱包》那样感人至深。我想，这大概也不是《皮钱包》的出处。）

1 指井原西鹤，日本江户时代的小说家、俳谐诗人。

女人训诫

辰野隆老师的《法兰西文学故事》一书中，有这样一段意味深长的文字：

> 故事发生在一八八四年，距现在并非有多久远。在奥弗涅大区的克莱蒙费朗市，有一位名叫希伯雷博士的眼科名医。他通过独创性的研究，轻松实现了人眼与兽眼的互换，并通过实验证明猪眼和兔眼与人眼最为相似。他在一名盲女子身上实践了这破天荒的手术。用猪眼做假眼说起来不好听，于是用了兔眼。奇迹发生了，那名女子从那天起不必再用盲人手杖探索世界了。也就是说，她借兔眼回到了舍弃俄狄浦斯王[1]的光明世界。这件事大抵在世上引起了很大轰动，听说还上了当时的报纸。然而几天后，由于假眼的缝合处化脓——多数人认为或许是手术时消毒不够彻底——女子好像又失明了。一位和她关系亲近的人后来是这样对大家说的：

1 欧洲文学史上典型的悲剧人物。

“我见证了两个奇迹。第一个当然就和传说中的奇迹意义相同——奇迹可通过科学实验实现，不需要依仗信仰。但这并不值得多么大惊小怪。第二个奇迹对我来说才更加稀奇——兔眼长在她身上的那几天，她一见到猎人就要逃。”

以上便是老师的文字。誊写过程中，我不禁怀疑其中不乏老师巧妙的加工，有捏造神秘氛围的痕迹。猪眼和人眼最为相近之类的说法实在大快人心，不过，这段文字终归是严肃的报道体裁，若不通篇相信，就是对老师的不礼貌。我决定姑且相信这段文字的真实性。这份不可思议的报告中，尤为重要的一点在最后一行：她一见到猎人就要逃。现在，我想就这一事实展开思考。那名女子的假眼是兔眼，恐怕就是医院饲养的家兔的眼睛。家兔不可能害怕猎人，它或许根本没见过猎人。若是住在山中的野兔，兴许还知道不能在猎人面前大意，对其敬而远之也是自然而然的。可博士不可能特意深入山中，大汗淋漓地捉一只野兔来做实验。参与实验的一定是医院饲养的家兔。家兔从未见过猎人的双眼，为何能一下子认出猎人，并避之不及呢？这里有些问题。

答案其实很简单。怕猎人的不是兔眼，而是拥有兔眼的女子。兔眼对猎人一无所知，但拥有兔眼的她了解猎人这份职业的性质。尚未拥有兔眼的时候，她就听说过猎人的残酷。恐怕她家附近住着一位灵巧的猎人，还偏巧是猎捕野兔的好手。女子大概从猎人或猎人的妻子口中听过他今天从山里猎得十只野兔、昨天猎得十五只野兔带回家的琐事。这样一来，事情就容易解释了。她安上家兔的眼睛，得以看到这个光明的世界，想要好好保护自己的这双兔眼，从而憎恨并害怕之前听说过的猎人——兔子的敌人，以至到了避之不及的地步。可以说，不是兔眼把她变成了兔子，而是她太爱这双兔眼，主动选择成为兔子。在女性身上，这种肉体倒错的情况似乎很常见。她们能心平气和地接受与动物的肉体交流。据说某个英语私塾的女学生只是因为想准确地发出“L”的读音，便一星期吃两次炖牛舌，这也是肉体倒错的案例之一。西方人能将“L”读得如此准确且如此熟稔、轻易，是因为他们自古就习惯吃牛肉。吃牛肉会使牛身上的细胞不知不觉移植到人身上，人的舌头就会变得和牛的舌头一样长。因此，女学生为了准确地发出“L”的读音，如今每星期都要大吃特吃两次炖牛舌。众所周知，炖牛舌就是炖牛的舌头。她的想法似乎是吃牛舌比牛脚等其他部位更有效。惊人的是，她的舌头迅速地变长，“L”的发音几乎和西方人没有差别了。这个案例我只是道听途说的，我不曾亲眼见过这位勇敢的女学生。所以此刻向诸位报告的时候，多少有些害羞。但我觉得这样的事确有可能发生，因为女性的细胞同化力确实惊人。有位夫人只要围上狐狸毛的围巾，就会立刻谎话连篇。这位太太平日性格十分谦逊、恭谨，可一旦戴上狐狸毛围巾出门，就会立刻变成狡猾至极的骗子。根据我在动物园的悉心观察，狐狸绝不是狡猾的坏动物。相对而言，它们其实是内向、恭谨的。狐狸能化形的说法，对狐狸来说实在是莫大的冤屈。如果它们真有如此神通，又何必困在那狭窄的牢笼中，难堪地四处徘徊？大可以化作蜥蜴，轻松地从笼中脱逃。既然做不到这一点，就意味着狐狸不是会化形的动物。说它会化形实在是言过其实。那位夫人大概也是天真地相信狐狸会骗人，明明没人要求她那样做，她还是每次戴上狐狸毛的围巾就故意说谎给大家看，真是辛苦。不是狐狸使夫人变成骗子，而是夫人主动将自己同化成了空想中狐狸的模样，这和刚才那位盲女子的故事有十分一致的地方。那双兔眼一点儿也不怕猎人，不仅如此，甚至压根儿没见过所谓的猎人，是拥有兔眼的女子格外恐惧猎人。狐狸并不会骗人，是拥有狐狸毛的夫人刻意要骗人。两个女人的心理状态几乎是一致的。前者变得比真正的兔子更像兔子，后者也变得比真正的狐狸更像狐狸，并且一副若无其事的样子。真是奇怪。这两三件事也清楚无误地证明了女性的皮肤和触觉过度敏感。听说某位电影女演员为了皮肤白嫩而孜孜不倦地生吃乌贼。她的做法源于愚蠢的迷信：只要摄取乌贼体内的营养成分，乌贼的细胞便会和她体内的细胞同化，使肌肤变得柔软、透亮。但令人不悦的是，竟有传闻称她的这番尝试成功了。到了这种地步，一切已经真假难辨，我只能觉得女人可怜。

女人能变成任何事物。一则外国故事说北方一位灯塔看守者的妻子用撞死在灯塔上的海鸥的羽毛做了一件小白背心。那妻子原本贤惠可爱，但自她将背心穿在外衣里面开始，就突然失去了以往的沉着，性格中带了卑劣的浪荡，和丈夫的同事发生了不该有的关系。终于在一个冬天的夜晚，她站在灯塔顶上，像鸟儿一样张开双臂，瞄准噬咬岩石的怒涛纵身跃下。那位妻子多半也是主动化身为可悲的海鸥的。这是何等的悲哀！日本自古也有猫变成老太婆在家中作乱的传说，并且还不止两三种。但诸位仔细想想便会明白，一定不是猫变成老太婆，而是老太婆发疯变成了猫。那模样着实让人不忍直视：猫的耳朵轻轻一碰就会抖动，其实动的是老太婆的耳朵，喜欢油炸食品、爱吃老鼠或许也不是夸张。女人的细胞就是这样容易化为其他动物的细胞。故事变得越来越阴森、越来越让人生厌了，但最近我正在仔细思忖，所谓的人鱼是否真的存在？自古以来人鱼的性别就是女性，从未听说过有男人鱼出现。似乎人鱼只可能是女性。至此，我找到了一个解答思路，说不定是这样的：一天晚上，一名女子忘了应守的礼节，将一条大到吓人的鱼吃得精光，不知为何，那条鱼的样子一直留在她心里。深深地留在女子心中，就是身体细胞即将开始变化的证明。变化很快就加速了，女子开始撕心裂肺地思念海边，赤着脚冲出家门，一头扎进了大海。她的腿上生出了滑溜溜的鳞片，她扭着身子挠了两三下。遗憾的是，她已经变成了奇异的人鱼。我想，人鱼的诞生大概经历了上述步骤。听说女人生来就是游泳好手，身上的脂肪可以使她们轻松地浮于水面。

教训："女人不可忘记自身的修养。"

富岳百景

富士山的顶角在广重[1]笔下是八十五度，文晁[2]笔下的也在八十四度左右。但根据陆军的实际测量图画出山体东西南北的截面图，可知其东西向的顶角为一百二十四度，南北向的顶角为一百一十七度。不止广重和文晁，多数画家笔下的富士山顶角都是锐角。山顶锐利、高挑、纤细。北斋[3]的富士山顶角接近三十度，竟画出了埃菲尔铁塔般的富士。但真正的富士山顶角，钝角就是钝角，缓缓地伸展，东西一百二十四度，南北一百一十七度，绝不是秀逸、窈窕的高山。假如我是印度或其他什么国家的人，突然被老鹰抓起来，扑通一下扔到日本沼津一带的海岸，猛然看到这座山，只怕是不会怎么惊叹的。人们感叹日本富士山的神奇和美妙，只因早就对它心怀憧憬。倘若对那些庸俗的宣传一概不知，面对富士山时，朴素、纯粹、空白的心灵能受到多少触动呢？如此看来，这座山其实颇有几分落寞的情调——山不高，山脚延伸得那么远，海拔却只有那么一点儿。

1 指歌川广重，日本江户时代著名浮世绘画家，代表作有《东海道五十三次》《江户百景》等。
2 指谷文晁，日本江户时代著名画家，擅长风景画，代表作有《五柳先生图》《青山庄园图》等。
3 指葛饰北斋，日本江户时代著名浮世绘画家，代表作有《凯风快晴》《神奈川冲浪里》等。

照理说，山脚如此广阔的山，高度怎么也得是它的一点五倍。

只有从十国崖看到的富士山很显高，那个角度很好。起初云彩遮蔽了山顶，我根据山脚的坡度推断山顶大概的位置，在云中的一处做了记号。不久，云散开了，我定睛一看，位置不对。青青的山顶忽然出现，比我起初做记号的位置高出许多倍。我吓了一跳，心里莫名发痒，不由得哈哈大笑。真有你的，我想。人遇到真正可靠的东西，第一反应似乎是松弛地哈哈大笑，好像全身的螺丝轻易就变松了。这个比喻虽然奇怪，但就是一种解开腰带笑个没完的感觉。诸位读者见到恋人的瞬间，若是恋人哈哈大笑，那是件值得庆贺的好事。千万别责备对方不懂礼数。恋人之所以笑，是因为见到你便全身心地沐浴在你的可靠中。

从东京的公寓窗口看到的富士山模样痛苦。冬天能看得清清楚楚的，地平线上蓦地突起一个纯白的小三角，那就是富士山。平凡无奇，是装饰圣诞节的点心。左斜的山影可怜巴巴的，仿佛船尾渐渐沉默的军舰。三年前的冬天，我从某个人口中得知一个意外的事实，走投无路。那天晚上，我独自在公寓的房间里大口喝酒，一夜未睡，不停地灌酒。拂晓时出去解小手，从公寓厕所拉着铁丝网的方窗里看见了富士山。小而纯白，微向左斜，令人难忘。鱼店的人骑着自行车从窗户下面的柏油路上飞驰而过。“哦，今天早上的富士山格外清晰呢，看来冷得可以。”我嘟囔了几句，然后久久地站在昏暗的厕所里，摸着窗户上的铁丝网，难过地抽泣。这种感受，我不想再体验第二次。

昭和十三年[1]的初秋。我决心重整旗鼓，提着一个背包踏上旅途。

1 即1938年。

我到了甲州。这里的群山以山势起伏格外平缓而闻名。有个叫小岛乌水的人写过《日本山水论》，其中也提到：“此地多怪山，临此如仙游。”甲州的山或许是山中怪胎。我从甲州市区乘巴士约一小时，来到御坂崖。

御坂崖海拔一千三百米，山顶有一家名为天下茶屋的小茶店。井伏鳟二[1]先生从初夏开始，一直猫在茶店的二楼办公。我是听说这个消息才来的。为了不打搅井伏先生的工作，我打算在他的隔壁租个房间，在山中仙游一阵。

井伏先生一直埋首工作。我得到他的允许，暂时在那家茶店落脚。即使不情愿，也不得不每天和富士山面对面。御坂崖位于自甲府出东海道往返镰仓的要塞，有“北望富士的代表观望台”之称。据说从这里看到的富士山自古就是富士三景之一，但我不是很喜欢——何止不喜欢，简直是看不上。因为在这里看到的富士山过于端正。正中央是富士山，河口湖在山下泛着一大片冷冷的白光，近景的群山默默地蹲在两旁将湖环抱。我只看了一眼，就狼狈得红了脸。那简直就是澡堂里挂的油画、戏台的布景，标准过头的景色令我羞愧难当。

我在御坂崖茶店住了两三天，井伏先生的工作也告一段落，我们一起爬了三重崖。三重崖海拔一千七百米，比御坂崖高一些。我们几乎是手脚并用地攀上陡坡，花了约一小时抵达三重崖的崖顶。分开爬山虎的藤蔓、手脚并用地走在狭窄山路上的我，模样绝不好看。井伏先生穿着正式的登山服，脚步轻快，但我没带登山服，穿的是棉袍。茶店的棉袍很短，我体毛浓密的小腿露出了一尺多，而

1　日本小说家，作品多取材于日常生活，诉说普通百姓的不幸和悲哀，并寄予深切的同情。代表作有《今日停诊》《遥拜队长》等。

且我还脚踩跟茶店老爷子借的胶底短布袜，连自己都觉得邋遢，花了些工夫系紧了腰带，戴上挂在茶店墙上的旧稻草帽试了试，那样子更古怪了。井伏先生绝不是瞧不起别人装束的人，唯独这次流露出些许同情的神态，小声劝我："男人最好别对穿衣打扮太上心。"令我终生难忘。总之，我们登上了山顶，但突然吹来一阵浓雾，即使站在山顶那个叫全景台的地方——那是断崖的边缘——也完全无法眺望风景。什么都看不见。井伏先生坐在浓雾底下的大石头上，慢条斯理地边吸烟边放屁，看样子无聊得很。全景台那边有三家茶店，我们从中选了一对老夫妻经营的朴素的店，进去喝了热茶。"这雾来得真不巧，估计过会儿就散了。其实富士山就在那儿，雾散后能看得清清楚楚的。"茶店的老太婆可怜我们，从屋子深处拿来一大张照片，站在悬崖边上，双手高举照片，拼命为我们讲解："就在这边，富士山像这照片里一样近，特别清楚。"我们一面啜着粗茶，一面望着照片中的富士山笑。今天看见了漂亮的富士山，虽然雾很浓，但不觉得遗憾。

大概是两天后吧，井伏先生要离开御坂崖了，我陪着他一路到了甲府。在甲府，我和一位姑娘相了亲。井伏先生穿着简便的登山服，带我拜访了甲府市郊的一位姑娘。我系着腰带，穿了一件夏天的短褂。姑娘家的院子里种着许多玫瑰花。她的母亲迎我们进门，在客厅里寒暄了一阵，姑娘也来了。我没有看姑娘的脸。井伏先生和姑娘的母亲东拉西扯地聊着大人的家常，忽然抬眼望着我身后的横梁，嘟囔了一句："哎呀，富士山。"我也扭过身，抬头看后面那根横梁。原来梁上挂着一个相框，照片上是富士山山顶的大火山口，犹如一朵洁白的睡莲。我看了一会儿，慢慢地将身子转回来，偷瞄了一眼姑娘的脸，下定决心：无论遇到多少困难，我都要和她结婚。

感谢那照片中的富士山。

井伏先生当天返回东京，我又折回了御坂崖。随后的九月到十一月十五日，我都住在御坂崖茶店的二楼，一点点推进工作，和不太喜欢的“富士三景之一”展开令人沮丧的对谈。

曾有一件事让我捧腹大笑。一位好像在大学教书的浪漫派友人远游途中路过我的住处，我们来到二楼的走廊，望着富士山聊天。

“看起来很庸俗，跟富士山模型似的。”

“看着它反而觉得不好意思。”

我们一面抽烟一面说这些狂妄的话，这时候，友人忽然扬了扬下巴：

“咦，那个僧人打扮的家伙是谁？”

那是一个五十岁上下的矮个子男人，裹着一件染成黑色的袈裟，拖着一根长手杖朝崖顶走来，不时抬头仰望富士山。

“这就是所谓的‘富士见西行’[1]吧。有模有样的。”我觉得那个僧人很亲切。

“别傻了，那是乞丐。”朋友很冷淡。

“不，不。他有一股超凡脱俗的气息。那走路姿势不是挺像回事的吗？听说能因法师[2]曾在这里作过赞颂富士山的和歌——”

我的话还没说完，友人就笑了。

“喂，你快看。像个什么样子。”

茶店养的一条名叫小八的狗正对着“能因法师”狂吠，搞得他狼狈周章。那场面不堪入目，简直叫人厌烦。

1　日本绘画题材之一，描绘西行法师将斗笠和行囊放在一旁仰望富士山的背影。

2　日本平安时代的僧人、歌人。

“果然不行啊。”我很失望。

乞丐狼狈得几乎悲惨地东逃西窜，终于猛地把手杖丢在一旁，慌乱不已地说着“下回饶不了你”便跑掉了。着实很不像样。如果富士山庸俗，那么法师也是庸俗的。如此这般，现在回忆起来仍旧觉得荒唐。

有个叫新田的二十五岁青年，性格温厚，在山脚处一个叫吉田的狭长村落找到了一份邮局的工作。他说自己通过信件得知我最近住在这里，于是到崖上的茶店来看我。我们在二楼我的房间里聊了一会儿，好不容易熟络起来，他才笑着对我说：“其实我还有两三位朋友本想一齐来叨扰您的，但真到了该来的时候，他们又打起了退堂鼓。他们说佐藤春夫[1]老师在小说里写过，太宰先生过得极为颓废，而且性格极坏，想不到您是如此认真、正派的人。我也不好硬把大家拖来。下次我打算带他们一起过来，可以吗？”

“这倒没什么关系。”我苦笑着，“如此说来，你这趟是鼓起必死的勇气，代表你的朋友们来考察我的吧？”

“我是敢死队员。”新田很直率，“昨天晚上我还把佐藤老师的那部小说重读了一遍，来之前做足了心理准备。”

透过房间的玻璃窗，我望着富士山。它兀自默然地伫立。好伟大啊，我想。

“不错嘛。富士山还是有它好的一面，干得漂亮。”我想，我是比不过富士山的。起伏不定的爱憎令我羞愧，富士山到底是了不起的、不同凡响的。

“干得漂亮？”新田似乎觉出了我话中的蹊跷，露出了聪慧的笑容。

---

1 日本诗人、小说家，其作品具有浓厚的浪漫主义色彩。

后来，新田带了许多年轻人过来。大家都是安静的人，都叫我老师。我郑重地接受了这个称呼。我没有什么引以为傲的长处，也没有了不起的学识、才干。肉身污秽，心灵也是贫瘠的。唯独经历了颇多苦恼，以至能放心地被这些年轻人叫作老师。只有这些是我所剩无几的自负。而唯有这份自负，是我确实想保留的。别人总是说我像个任性而泼皮的孩子，可究竟有多少人明白我内心的苦恼呢？新田和另一个叫田边的擅长作短歌的年轻人也是井伏先生的读者，同样是出于这份安心，我和这两人的关系最好。我曾请他们带我去过一次吉田，那个村庄狭长得可怕，很有山脚小镇的感觉。阳光和风都被富士山挡住了，整个村子像一根瘦长的茎，给人一种阴暗、微凉的感觉。山脚的村落似乎总会有一条清溪沿路流淌，吉田如此，三岛也是这样的，清水源源不断地淌过整个村子。当地人笃信那是富士山的积雪融化而成的。相比之下，吉田的水比三岛少且肮脏。我望着流水说道：

“莫泊桑[1]的小说中，有某个地方的大小姐每天晚上游泳过河去见一位贵公子的故事。也不知那位大小姐游泳的时候穿不穿衣服。该不会是裸着身子游的吧？”

“是哦。”年轻人们也陷入了思索，“是不是穿了泳衣呢？”

“莫非是把衣服顶在头上，打个结游过去的？”

年轻人们笑了。

“还是说她穿着衣服游泳，湿透了全身去见贵公子，两人一起烤火？如果是这样的话，回家的时候怎么办呢？非得游回去，让好不容易烤干的衣服再湿透不可？真让人担心。贵公子游泳来见她多好。

1　法国著名的批判现实主义作家，被誉为现代文学的“世界短篇小说之王”。

男人就算游泳时只穿一条裤衩，也不会那么难堪。那位贵公子莫不是个旱鸭子？”

“不，我觉得是大小姐太喜欢他了。”新田认真地说。

“也许吧。外国故事里的大小姐，性格都勇敢可爱。一旦喜欢上对方，便不惜游泳过河相见。日本可不会发生这样的事。不是有一出戏剧吗？一条河在中间流淌，男人和公主在河两岸哀叹。那位公主其实根本没必要哀叹。游过去会如何呢？在戏里，那条河非常窄。哗啦啦地游过去会怎么样呢？两人那样哀叹，根本毫无意义，我是不会同情他们的。《朝颜日记》[1]中的大井川水流滔滔，而且朝颜目不能视物，多少还能引人同情。不过，硬要游的话，大井川也不是游不过去。扒着大井川前头的木桩怨天尤人，有什么意义呢？啊，有一位。日本也有一位勇敢的姑娘。那家伙很厉害。你们知道吗？”

“日本也有吗？”年轻人们双眼发亮。

“清姬[2]。她追在安珍身后，游过了日高川，不停地游。那家伙可厉害了。故事书里说，清姬当年好像十四岁。”

大家边走边说些荒唐的话，来到村子边上一家冷清的旧旅店。那里好像有位田边的熟人。

我们在旅店喝了酒。那晚的富士山很好。晚上十点左右，年轻人们各自回家，把我一人留在旅店里。我睡不着，于是裹着棉袍出去看了看。月亮亮得吓人，富士山很美，在月光下绿得仿佛是透明的，我不由得怀疑自己被狐狸附身了。富士山青翠欲滴，像是点着了磷火。鬼火、狐火、萤火、芒草、藤叶。我像没有脚似的，直直

1 净琉璃剧目。主人公朝颜追寻恋人时被大井川阻隔的一幕很有名。
2 《今昔物语》中爱上年轻僧人安珍的人物。

地走在夜晚的路上。只有咔嗒咔嗒的木屐声清脆地回响着，仿佛那不是我的脚步声，而是其他活物发出的声音。我轻轻地回头，富士山就在身后，燃着翠绿的火光浮于空中。我叹了口气。维新志士鞍马天狗，我以此自居，有些做作地将手揣在怀里走着，觉得自己是个很不错的男人。我走了很久，丢了钱包。钱包里有二十多枚五十钱的银币，也许是太重了，一下子就从怀里掉出去了吧。我不可思议的平静。既然钱丢了，就一路走回御坂崖好了。就这样往前走着，我忽然想，要是沿着来时的路原样走回去，肯定就能找到钱包。于是又揣着手，晃晃悠悠地往回走。富士山，月夜，维新志士，掉了钱包。我觉得这是一种有趣的浪漫。钱包当然还在那里，在路中央闪闪发光。我捡起钱包，回到旅店睡下了。

我是被富士山骗了。那个夜晚，我成了个白痴，全无意识。如今回忆起那晚的事，仍觉得格外恍惚。

我在吉田住了一晚，第二天回到御坂崖，茶店的老板娘对我坏笑，她十五岁的女儿对我冷冰冰的。我没来由地想告诉她们，我没做什么不干净的事。于是她们问都没问，我便兀自娓娓道来，报上了所住旅店的名称，还把吉田酒的味道、月夜看到的富士山和掉了钱包的事全说了出来。老板娘女儿的情绪也有所好转。

“客人，你快起来看看！”一天早上，老板娘的女儿在茶店外面扯着嗓子喊我，声音高亢。我快快地起床，来到了走廊上。

老板娘的女儿兴奋得满脸通红，默不作声地指着天空。我抬头一看，下雪了，心里一惊。雪下在了富士山上，山顶洁白无瑕，闪闪发光。原来御坂崖的富士山也不能小瞧，我想。

“真好啊。”

“很精彩吧？”听了我的夸赞，老板娘的女儿很是得意，“御坂崖的富士山这样也不尽人意吗？”她蹲下来说。大概是我平时总对她说御坂崖的富士山俗不可耐，让她感到沮丧吧。

“果然如此。富士山不下雪就没意思。”我一本正经地订正。

我穿上棉袍到山里转悠，采了两大捧月见草的种子，种在茶店后面。

“听好了，这是我种的月见草，明年我还要过来看。不许往这里倒洗过衣服的水哦。”老板娘的女儿点点头。

特意选择月见草，是因为有一件事让我深信富士山和月见草很相配。御坂崖这家茶店相当于深山中的独栋住宅，因此收不到信。巴士从崖顶开到山脚河口湖畔的河口村——一个名副其实的荒僻村落——车程半小时左右，寄给我的信件都被存在河口村的邮局，我大约三天便要去取一次信，每次都选天气好的日子去。巴士的女售票员不会向游客特意介绍这一带的风景，不过偶尔也像忽然想到了什么似的，用极其平淡的语气自言自语般忧郁地讲上一两句“那是三重崖，对面是河口湖”“有一种鱼名叫西太公”等。

从河口村的邮局取了信，我又乘巴士返回崖上的茶店。身旁有个六十岁上下的老妇人端正地坐着，穿一件深褐色的盘领和服，面色苍白而端庄，和我母亲很像。女售票员突然像想到了什么似的，又冒出那些既不像游览介绍又不像个人感叹的话来：“各位，今天能清楚地看见富士山呢。”一时间，车内人声嘈杂。背着登山包的年轻上班族也好，身穿绸衣、盘着硕大的日本髻、用手帕小心地捂住嘴的艺伎模样的女人也好，全像刚刚发现新大陆似的扭过身子，从车窗探出头眺望那座平凡无奇的三角山，“呀”“哇”地发出傻乎乎的感叹。但我身旁这位老妇人也许是心怀深深的郁闷，和其他游客不同，没看富士山一眼，反而定睛凝望反方向山路上的断崖。此番举动让我愉快得浑身发麻，我想向老妇人剖白自己高尚且虚无的内心——我也一样不想看富士山这种俗不可耐的山，我很理解你的痛苦和寂寞。尽管对方没有要求，我仍想展现这份共鸣，于是悄悄地靠过去，像对老妇人撒娇似的，和她保持同样的姿势，呆望着对面的山崖。

老妇人似乎也对我不设防备，枯瘦的手指着路旁的某处，喃喃道："哎呀，月见草。"

巴士疾驰而过，一株金黄色的月见草在我眼前一晃而过，鲜艳的花瓣留在了我心间。

怎么说呢，那株坚强挺立的月见草太好了，气宇轩昂地和三千七百七十八米高的富士山对峙，毫不畏惧，简直可以说是"金刚大力草"。月见草和富士山是很相称的。

十月中旬过后，我的工作仍迟迟不见进展。我想见人。夕阳染红了卷积云，我在二楼的走廊上独自吸烟，特意不看富士山，反倒去凝望满山鲜艳欲滴的红叶。我向在茶店门口扫落叶的老板娘打招呼：

"大婶，明天会是好天气呀！"

我的声音像欢呼般高亢，连自己都吓了一跳。大婶放下手里的扫帚，抬起头，可疑地皱着眉问："您明天有什么事吗？"

我窘然回答："什么事也没有。"

老板娘笑了："您一定闷得慌吧？去爬爬山如何？"

"就算爬到山顶，也得马上下山，挺无聊的。无论爬哪座山，都只能看到同一座富士山。想到这个就心情沉重。"

我的话大概很奇怪吧，老板娘只是含混地点了点头，又扫起枯叶来。

临睡前，我轻轻拉开房间的窗帘，隔着玻璃窗望富士。有月亮的夜晚，富士山是银白色的，挺立的身姿有如水之精灵。我叹了口气："唉，能看见富士山。星星好大，想来明天天气晴朗。"这是我默然活在世上仅剩的喜悦。随后我又轻轻地拉上窗帘，就这样睡下了。但一想到即使明天天气好也和我没什么关系，我就觉得好笑，于是一个人在被子里苦笑。我很痛苦。和工作带来的痛苦相比，单纯的动笔之苦反而能给我带来快乐。让我痛苦的不是这个，而是世界观、艺术本身、文学的未来、所谓的崭新。面对这些，我仍旧拖拉、困惑，用"痛苦挣扎"来形容也不为过。

我认为，应该一把抓住那些朴素、自然、简洁、鲜明的东西，直接将其誊在纸上，除此之外别无他法。从这个角度考虑问题，眼前的富士山仿佛也有了别的意义。说到底，它的姿态和表现或许就是我思考的"单一表现"之美——我略微向富士山妥协，但还是对它的某种直上直下的朴素无话可说。如果富士山是美的，那么布袋和尚的摆件就也是好看的。布袋和尚的摆件我实在欣赏不来，那样的东西怎么也不算好看。富士山的模样也有不对劲的地方——这个不行，我再一次犹豫不决。

我就这样朝夕看着富士山，度过阴郁的每一天。十月末，山脚吉田村的一群艺伎搭五辆机动车来到御坂崖。这恐怕是她们一年一度的休息日。我在二层观望，形形色色的艺伎从车上下来，像篮子里倒出来的一群信鸽，起初不知道该往哪儿去，只是聚作一团，漫无目的地沉默着，挤挤挨挨的。没过多久，异样的紧张感松弛下来，大家各自信步而行。有的文静地挑选摆在茶店门口的明信片，有的驻足眺望富士山，是一幕昏暗、凄凉、让人不忍目睹的情景。二楼一个男人不惜性命的共鸣，对这群艺伎的幸福毫无帮助，我只是不得不看而已。让痛苦的人痛苦，堕落的人堕落吧，一切与我无关。人间就是如此。虽然勉强装出冷淡的态度俯视她们，但我的内心相当痛苦。

拜托富士山帮忙吧——我突然想到这个主意。喂，这些家伙就拜托你关照了。我怀着这样的心情抬起头，此时的富士山在寒空中漠然矗立，宛如穿着棉袍、双手揣怀、高高在上的首领。拜托它帮忙后，我放心了许多，抛下那群艺伎，带着茶店的六岁男孩和一只叫阿八的长毛狗出门，轻轻松松地去山崖附近的隧道那边玩。在隧道入口附近看到一个三十岁左右的瘦弱艺伎，独自一人默默地采着没什么来头的草花。我们从她身旁经过，她连头也不回，仍在专心采花。这个女人也拜托你多关照——我再次抬首向富士山请愿，然后拉着孩子的手，快步走进隧道。隧道里冰凉的地下水滴在脸上、脖子上，但我故意昂首阔步，假装一切与我无关。

那阵子，我的婚事也一度受挫。逐渐确定老家不会给我任何帮助后，我陷入了困局。我曾自以为是地相信老家至少能资助我一百日元，我可以用这笔钱办一场简单而庄重的婚礼，成家所需的其他费用就靠工作赚。但通了两三封信后，我认清家里不会提供一点儿帮助，最终走投无路。到了这个地步，我做好亲事告吹的心理准备，心想总之要跟对方把情况说个明白，于是独自下山去姑娘甲府的家中拜访。正好姑娘在家，我被带到客厅，面对姑娘和她的母亲，将事情和盘托出。我的语气偶尔变得像在演讲，令人恼火，但大抵把情况交代清楚了。

姑娘很冷静，歪着头问我：“这么说，您家里是反对这门亲事的吧？”

“不，没有反对，”我的右手轻轻地按在桌上，“我想，就是让我自己看着办的意思。”

“没关系。”姑娘的母亲很有涵养地笑着说，“如你所见，我们也不是什么有钱的人家，婚礼办得太夸张反而让人为难。只要你本人对爱情、事业有热情，我们就满足了。”

有那么一阵子，我呆呆地望着庭院，连礼数都忘了。只觉得眼眶发热，决心要好好孝顺这位母亲。

回去的路上，姑娘将我送到巴士的发车站。

“怎么样，要不要再交往一阵子看看？”

我边走边问了一个矫揉造作的问题。

“不用，已经够了。”姑娘一直在笑。

“你有什么问题要问我吗？”我的问题越来越傻。

“有的。”

我打算无论她问什么，都如实回答。

“富士山上已经下雪了吗？”

这个问题让我扫兴。

“下了。山顶有雪——”话说到一半，我忽然发现前方就能看到富士山。那种感觉很奇妙。

“什么嘛，在甲府也能望见富士山啊。你在耍我。”我的语气变得有些无赖，“刚才那个问题太蠢了，你耍我。”

姑娘低下头，轻轻地笑了。

“谁叫您住在御坂崖呢，不问几个富士山的问题我都觉得不合适。”

真是个古怪的姑娘，我想。

从甲府回来，我的肩膀果然酸痛得难以呼吸。

“真好啊，大婶。还是御坂崖好，甚至像回到自己家一样。”

晚饭后，老板娘和她的女儿交替着为我捶肩。老板娘的拳头很硬，有力道。她女儿的拳头柔软，不太见效。“再用点儿力，再用点儿力。”被我这样一说，小姑娘拿来木柴，哐哐地砸在我肩上。非得如此，才能消除肩膀的酸痛。可见我在甲府有多紧张，简直拼尽了全力。

从甲府回来后的两三天里，我整日发呆，无心工作，坐在桌前漫无边际地乱写一气，抽了七八包蝙蝠牌香烟，然后躺下来反复哼唱关于“玉不琢，不成器”的歌谣，小说则是一页也写不下去。

“客人，你从甲府回来后，状态就变差了呢。”

早上，我在书桌上撑着下巴，闭着眼，心事重重。老板娘十五岁的女儿在我背后擦着壁龛，似乎十分厌恶地用有些带刺的语气对我说。我连头也没回，直接答道：

“是吧。也许是差了吧。”

姑娘也没停下手里的活计：“嗯，是差了。这两三天，你根本没好好学习嘛。每天早上我都按编号顺序将您写过的纷乱稿纸整理好，这个过程让我非常开心。您若是写得多，我就高兴。昨晚我也悄悄来二楼看过您。您知道吗？那时候您用被子蒙着头，正呼呼大睡呢。”

我很感激她。说得夸张些，这是对人努力活着的纯粹声援，丝毫不计回报。我觉得老板娘的女儿很美。

到了十月末，山中的红叶也已发黑、变脏。某天晚上，暴风雨忽然袭来，漫山林木化为冬季漆黑的树林。如今，进山的游客寥寥无几，茶店也冷清了许多。老板娘有时带着六岁的男孩到山崖下的船津、吉田等地买东西，店里就只剩下女儿一人，没有游客。从早到晚，只有我和老板娘的女儿隐秘地在这崖顶过活。我在二楼闷得慌，便到外面漫无目的地游荡，路过茶店后门，走到洗衣服的老板娘女儿身边，忽然笑着大声说一句：“好无聊啊！”姑娘低着头，我偷瞄了一眼她的脸，大吃一惊——她竟然在哭鼻子，神情明显带着恐惧。好吧，我苦涩地一转身，怀着极度厌恶的心情，在满是落叶的狭窄山路上大步流星地走来走去。

从那以后，我就格外小心。老板娘的女儿独自看店的时候，我尽量不离开二楼的房间。茶店有客人来的时候，也负起保护她的责任，大模大样地从二楼下来，坐在茶店一角，慢悠悠地喝茶。曾有一位新娘打扮的客人，在两位身穿绣着家徽的和服的老爷子的陪同下乘车前来，在这崖顶的茶店歇脚。当时店里也只有姑娘留守。我照旧从二楼下来，坐在角落的椅子上抽烟。新娘穿着下摆带花纹的长和服，背后系着金线织花的锦缎腰带，顶着蒙头纱，是极为正式的礼服装扮。老板娘的女儿也不知道该如何接待这几位不寻常的客人，只给新娘子和两位老爷子斟了茶，就躲到我背后站着，默默地注视新娘。这是她一生一次的好日子，她大概是从山崖的另一边嫁到对面的船津或吉田村吧，路上在这崖顶稍作休息，看看富士山。饶是旁观，都浪漫得让人心痒。不久，新娘款步走出茶店，站在店门口的崖顶上，仔仔细细地眺望富士山。她双腿交叉呈“X”形站立，姿势大胆。真是个从容的人。我欣赏着新娘，不，应该说富士山和新娘都很从容。但新娘没一会儿就对着富士山打了个大哈欠。

“哎呀！”身后传来一声低呼，老板娘的女儿大概也敏捷地捕捉到了那个哈欠。

新娘一行人终于坐上在外等候的车子下山了。但他们前脚下山，后脚就被骂惨了。

“那家伙已经习惯了，肯定是第二回，不，估计是第三回结婚了。新郎还在山下等着，她竟做出下车看富士山这种事。第一回当新娘的人，脸皮不可能那么厚。”

“她打哈欠了呢。”老板娘的女儿也极力赞成，“打哈欠的时候嘴张得那么大，真是厚颜无耻。客人，您可不能娶那种新娘哦。”

年纪不小的我竟然羞红了脸。那时，我的婚事已经渐有好转，一位前辈为我张罗了一切。婚礼也只打算请两三位至亲的人，即将寒酸却庄重地在那位前辈家里举办。人情的温暖令我像少年般感动而振奋。

进入十一月，我已经受不住御坂崖的寒冷了。老板娘拿出了炉子："客人，二楼很冷吧？您不如到炉子旁边来工作吧。"虽然老板娘这样说，但我在人前无法工作，谢绝了她的好意。老板娘担心我的身体，去山脚的吉田村买来一个被炉。我在二楼钻进被炉，衷心想对店里人的热情道谢，但望着已经被雪覆盖了三分之二的富士山和入冬后变得萧条的树林，觉得在这山崖上忍着刺骨的寒冷苦熬下去也没有意义，于是决定下山。下山的前一天，我穿着两件棉袍，坐在茶店的椅子上啜着滚烫的粗茶，只见两位穿冬装的年轻姑娘——或许是打字员，看上去很机灵——从隧道那边哈哈大笑着走过来，忽然看见雪白的富士山就在眼前，似乎很受冲击地站住了。两人低声商量了一阵，其中一个戴眼镜、皮肤白皙的姑娘笑容满面地朝我走来：

"不好意思，麻烦您帮我们照张相。"

我不知所措。我不怎么擅长摆弄机械，对摄影全无兴趣，而且还罩着两件棉袍，寒碜极了，连茶店的人都笑话我像个山贼。忽然被来自东京的衣着华丽的姑娘拜托去做那么时髦的事，我的内心狼狈不堪。不过我转变了想法：说不定即使我这副模样，在外人眼中也有时尚的一面，或许是一个会灵巧地按下相机快门的男人。在这些小小的喜悦情绪的帮助下，我佯装平静，接过姑娘递过来的相机，漫不经心地问了她两句快门的用法，战战兢兢地瞄向取景器。视野正中是巨大的富士山，山下有两朵小小的"罂粟花"——两个女孩都穿着红色的外套，紧紧地拥抱在一起，表情十分庄重。我觉得可笑极了，拿相机的手抖得不成样子。我强忍笑意透过取景器望去，“罂粟花”越发矫揉造作，僵硬不堪。我怎么也瞄不准她们，干脆将两人的身影从镜头中剔除，只让富士山撑满画面。别了，富士山，承蒙照料。咔嚓。

“好，拍好了。”

“谢谢！”

两人齐声向我道谢。她们回家后洗出相片一看，一定会大吃一惊——相片中只有大大的富士山，根本找不见她们的影子。

第二天，我下山了。先在甲府的廉价旅馆住了一晚，醒来后的清晨，我靠在廉价旅馆走廊脏兮兮的栏杆上看富士山。甲府的富士山在群山后面露出三分之一的脸庞，那模样好似酸浆。

灯笼

越解释，人们就越不愿意相信我。见到我的所有人都对我怀有戒心。就算我想念大家，想亲近他们，他们也用一种狐疑的目光迎我进门。这一切令我痛苦难当。

渐渐地，我哪儿都不想去了。哪怕是家门口的澡堂，也一定会挑傍晚过去，不想让任何人看见我。即便如此，盛夏时分，看到自己的夏季和服在暮色中泛白，我还是觉得扎眼得吓人，因而迷茫得要死。昨天和今天，天气明显凉了许多，到了能穿针织衫的季节，我打算立刻换上黑底的单衣。如果这样熬过秋天、冬天和春天，在眼看夏天就要到来的时候，又要穿着白底的夏季和服走在街上，那可真是太煎熬了。至少在明年夏天之前，自己能换一种身份，可以无所顾忌地穿着这件牵牛花纹样的夏季和服上街，化个淡妆走在庙会的人群中吧。想到那时候的喜悦，我开始心潮澎湃。

我偷了东西。此事无可辩驳，我不觉得是件好事。但是，不，我要先把话说清楚。我愿向神起誓：我不依赖他人。能相信我的话的人，相信就好。

我是贫苦木屐店店主的孩子，而且是独生女。昨晚，我坐在厨房里切大葱，听到屋后的空地传来孩子悲凄的哭喊：“姐姐！”我猛然停下手上的活儿，心想：“要是我也有个那样黏我、会哭着喊我的弟弟或妹妹，或许我就不会如此寂寞了。”想到这里，被大葱辣到的眼睛涌出热泪，我用手背去擦，结果辣味越来越强烈，泪水源源不断地往下流，我简直不知该怎么办才好。

今年的樱树长出嫩叶的时候，梳发店传出谣言，说那个任性的姑娘终于开始为男人痴狂了。那时候，瞿麦花、菖蒲花刚刚出现在庙会的夜市摊上，但我真的很开心。每天傍晚水野都来接我，天黑前，我已经换好衣服、化好妆，在家门口来回走了好几趟。邻居们见我这样，都在暗地里指指点点地窃笑：“看，木屐店的咲子迷上男人了。”这些是我后来才知道的。父亲和母亲大概也隐约感受到了，但他们什么也没说。我今年就要二十四了，但还没有出嫁，也没有夫婿上门。这固然与我贫穷的家境有关，而且母亲曾是这镇上颇有声望的地主家的小妾，后来却与父亲情投意合，忘却地主的恩情，偷跑到父亲家，没过多久就生下了我。我的长相不像地主，也不像我的父亲，母亲因此越发被世人冷落，听说当时几乎没脸见人。生在这样的家庭，我找不到结婚对象也是很正常的吧。而且以我的样貌，就算生在大富大贵的人家，或许也难逃姻缘不顺的命运。不过，我不恨父亲，也不恨母亲。我就是父亲的亲女儿。无论别人怎么说，我都深信不疑。父亲和母亲都待我很好，我也很孝顺二老。他们都是软弱的人，就连面对亲女儿我，也总是客客气气的。我觉得性格怯弱的人需要被大家温柔地疼爱。我曾以为无论多么痛苦、寂寞，只要是为了父母，就要忍耐下去。然而，认识水野后，我还是怠慢了行孝。

说来惭愧，水野比我小五岁，还在商业学校读书。但请饶恕我，我没有别的办法。我和水野是今年春天认识的，当时我的左眼出了毛病，去看家附近的眼科大夫，我们在医院的候诊室里相遇了。我是个容易一见钟情的女人。他和我一样左眼戴着白色眼罩，不悦地蹙着眉头来回翻看小开本词典的模样，在我眼中到底是十分可爱的。我也由于戴着眼罩而心情郁闷，即使透过候诊室的窗户欣赏米槠树的嫩叶，也觉得那嫩叶仿佛裹在一团火里，正泛着绿光熊熊地燃烧。外界的一切就像属于遥远的童话王国，水野的面庞是那样美丽高贵，以至我觉得他仿佛不属于这个世界，这一定也是我那眼罩施的魔法。

水野是个孤儿，没有人真心待他。他家本是做药材批发的，生意相当红火。母亲在他还是婴儿的时候就撒手人寰了，父亲也在他十二岁那年去世了，后来他便没有家了。两个哥哥、一个姐姐被分别过继给来自天涯海角的远房亲戚，身为老幺的他则被店里的掌柜收养，虽然现在在商业学校读书，但每天都过着颇受约束的苦闷日子。他自己也有些感慨地说过，只有和我一起散步的时候才是真的开心。日常生活中他似乎也有诸多不便，比如告诉我和朋友约好今年夏天要去海边游泳，但完全没有开心的样子，反而萎靡不振。当天晚上，我就偷了东西——一件男士泳装。

我走进镇上货品最全的大丸商店，假装挑选女式简装，悄悄将身后的一件黑色泳装拉到手边，紧紧地夹在腋下，蹑手蹑脚地走出店门。走出四五米远，身后传来“喂喂”的喊声，我吓得几乎哇哇大叫，像个疯子似的跑了。“小偷！”粗重的叫声在背后响起，有人用力捶了我的肩膀。我踉跄着猛一回头，被猛地扇了一记耳光。

我被带到了派出所，门口人头攒动，都是镇上的熟面孔。我的头发披散着，夏季和服的下摆处甚至露出了膝盖，模样惨烈极了。

警察让我待在一个铺着榻榻米的狭窄房间里，盘问了我许多问题。那名警察皮肤白净，脸型细长，戴着金边眼镜，约莫二十七八岁，面目可憎。他将我的名字、住址和年龄问了个遍，一一记录在案，然后突然坏笑着问我：

“这是第几次？”

我只觉得毛骨悚然，不知该如何回应。若是张皇失措，肯定会被关进监狱，背负沉重的罪名，必须想办法巧妙地搪塞过去。我拼命在脑海中搜寻辩解的词汇，不知应该坚持怎样的立场，如堕五里雾中，从未有过如此恐惧的感受。好不容易喊叫着说出的话，在自己看来，实在是难堪而突兀的，但说出一句话后，我就像被狐狸附身一般停不下来，滔滔不绝，好像疯了似的。

“不能把我抓进牢里，我没有错。我快二十四了，二十四年来一直孝敬父母，无比重视父亲和母亲。我究竟有什么过错？从未有人戳着我的脊梁骨说过什么。水野先生是个优秀的人，今后一定会成为大人物，这一点我很清楚，我不想让他蒙羞。他和朋友约好了要去海里游泳，我想在他出行前做些准备，不让他逊色于常人。这究竟哪里错了？我是很蠢。虽然蠢，但依然要把水野先生打扮得漂漂亮亮的给大家看。那位先生出身高贵，和其他人不同。我怎样都无所谓，只要他能风风光光地出人头地，我就别无所求。我还有工作要做，不能把我抓进牢里。这二十四年来，我一件坏事都没做过，一直在拼尽全力孝顺柔弱的父母啊。不要，我不要，你们不能把我抓进去。二十四年来，我不懈努力，只是这一晚忽然犯了错，动了手，仅此而已，就要抹杀我二十四年来的功劳，不，就要把我的一辈子搅得一团糟，这怎么行？你们搞错了。简直匪夷所思。一生中，我的右手只有这一次情不自禁地挪动了一尺，就能成为手脚不干净的证据吗？太过分了，太过分了。仅此一次，不就是两三分钟内发生的事吗？我还这么年轻，我的人生才刚刚开始。我还要和往常一样，承受着痛苦和贫穷生活下去。事情就是如此简单，我不会有任何改变，仍然是昨天的那个咲子。一件泳装能给大丸商店带去多少麻烦？那些靠骗人诈取一两千日元的人，不，那些毁掉别人所有财产的人当中，不是还有因为这些行径得到夸奖的人吗？监狱到底是为什么人准备的呢？被抓进监狱的净是没钱的人。那些人一定是软弱而正直的，做不出骗人的事。正因为没有足够的恶智，无法通过行骗让自己过上好日子，才渐渐被逼得山穷水尽，做出那种傻事。强抢两三日元，就得在牢里过上五年、十年。哈哈哈哈，好笑，好笑，这算什么事嘛。唉，简直太荒谬了。”

我当时一定是疯了，不会有错。警察脸色苍白，默默凝视了我许久。我忽然喜欢上了那位警察，边哭边扯着嘴角对他微笑。看来我是被当作精神病患者对待了。警察小心谨慎地将我带到了警察局，当天晚上，我被留在看守所里。到了早上，父亲来接我，我才被允许回家。回家的路上，父亲只是小声问了我一句：“你没被打吧？”除此之外，他一言不发。

看到那天的晚报，我的脸红到了耳朵根。报上登了我的事，标题是“小偷也有三分理，精神失常的座椅少女美言滔滔”。不仅如此，还有邻居在我家附近徘徊。我起初也不明白这意味着什么，发现大家都是来看我的时候，整个人抖得像筛糠一样。我渐渐明白，自己的一个小动作惹出了多大的麻烦。倘若当时家里有毒药，想必我会爽快地吞下；倘若附近有竹林，想必我会平静地走进去上吊自杀。接下来的两三天，我家的店都没开门。

水野终于也给我写信了。

咲子是我在这个世界上最信任的人。不过咲子受的教育不够。咲子是个正直的女人，但因环境所迫，有不正直的一面。我一直试图努力纠正你的那一面，但有些东西是怎么也改不了的。人不能没有学问。前几天我和朋友一起去洗海水浴，在海滩上就人的上进心是否必要展开了漫长的讨论。我们一定很快就会出人头地。咲子今后也要谨言慎行，诚恳地向社会谢罪，哪怕只能偿还所犯之罪的万分之一。人们憎恨的是罪，而非犯罪之人。水野三郎。（阅后即焚。请同信封一并焚毁，切记。）

以上便是信的全文。我竟忘了水野本是有钱人家出身的。

如坐针毡的日子一天天过去，天已经这样凉了。今晚，父亲说："电灯这么暗，让人郁闷得很。"他将六畳大的房间里的灯泡换成了五十烛[1]的灯泡。于是，我们一家三口在明亮的灯光下吃了晚饭。"啊，太晃眼，太晃眼了。"母亲边说边用拿筷子的手遮在额前，情绪很是高涨。我也给父亲斟了酒。原来我们的幸福，不过是给屋里换个灯泡这么简单。我暗自告诉自己，却并不觉得有多孤独，反而觉得点亮这朴素的灯泡就像点亮了一盏格外漂亮的走马灯笼。一股宁静的喜悦涌上心头，我甚至想告诉院子里的鸣虫：啊，要看就看吧，我们一家人是很美好的。

1　日本旧时的亮度单位。

浪漫灯笼

其一

八年前去世的那位有名的西洋画巨匠入江新之助先生的遗属似乎都有些不寻常。不是说他们性格古怪，或许正是他们的生活方式足够正统，反而显出我们这些一般家庭的奇怪来。总之，入江家的气氛和普通人家似乎略有不同。许久以前，在那家人的影响下，我曾试着创作了一部短篇小说。我是个不入流的作家，写的作品也不会立刻被杂志刊登，那部短篇小说一直压在我书桌的抽屉底下。除了那部小说，我还有三四篇未经发表便压箱底的作品，去年早春，我将它们打了个包一气儿以单行本的形式出版了。虽然是一部寒酸的作品集，但直到现在，我对它还是有一定的感情的。因为这部集子里的作品，全是在天真而不带任何野心的状态下写就的，写得十分快活。所谓的“力作”往往落笔生硬，作者本人在完成后重读都难免有厌倦之感，轻松的小品文就没有这种问题。虽然这部作品集也照样卖得不太好，但我并不为此感到遗憾，甚至觉得卖不出去更好——我虽然喜欢，但并不认为这本集子里的内容是最好的。它们根本禁不住庄重严肃的鉴赏，净是些所谓“吊儿郎当”的作品。不过，作者的喜爱和作品的质量仿佛是两回事，我甚至会不时将这部散漫过头的作品集偷偷摊在案头阅读。这部作品集中最肤浅也最受作者喜爱的作品，就是开头提到的那部在入江新之助先生的遗属的影响下写就的短篇小说。尽管它肤浅而无聊，但我不知为何总是难以忘怀。

入江家有兄妹五人，都喜欢爱情小说。

长子二十九岁，是法学学士。与人接触时虽有些妄自尊大的毛病，但那是他用来掩饰软弱的假面。实际上，他是个软弱且非常温柔的人。和弟弟妹妹们一起去看电影，他往往一面说着“这电影太糟糕、太愚蠢”，一面为电影里武士的情义折服。第一个落泪的总是这位长子。走出影院后，他立刻换上一幅妄自尊大、默默发火的模样，在路上一言不发。他曾毫不犹豫地宣告，自己出生以来不曾说过一次谎话。姑且不论这话究竟是否公允，他确实有刚正不阿、清白纯洁的一面。他读书时成绩不太好，毕业后没去任何地方工作，固执地守护着全家人。最近他在研究易卜生，重读《玩偶之家》并有了重大发现，颇为兴奋：娜拉当时恋爱了，爱上了医生阮克。长子把弟弟妹妹叫来宣布这一发现，大声呼喊，尽力说明，却徒劳无功。弟弟妹妹们只是疑惑地讪笑着说“谁知道呢”，脸上丝毫没有兴奋的神色。其实，弟弟妹妹们根本不把这位兄长放在眼里，总是小瞧他。

长女二十六岁，至今未嫁，在铁道局上班。她的法语很好，身高五尺三寸，身材纤瘦，曾被弟弟妹妹们戏称为马。她一头短发，戴着圆框眼镜。心胸开阔，和谁都能立刻成为朋友，拼命付出再被抛弃是她的兴趣所在。她暗自享受着忧愁和寂寞。不过，她曾迷上一位在同一科室上班的年轻同事，到了要被抛弃的时候——唯有那次她觉得万念俱灰，再加上尴尬，便谎称患了肺病，在家里躺了一星期，然后在脖子上缠了绷带，胡乱咳嗽着去看医生。医生用X光做了精细的检查，夸她有一对强大得罕见的肺。长女鉴赏文学是很认真的，她确实经常读书、做学问。有余力的时候，还偷偷摸摸地写些东西。她将这些东西藏在书箱的右侧抽屉里，在堆叠的稿纸上放上写着“死去两年后发表”的字条。“两年后”有时候会改写为“十年后”“两个月后”，有时会改写为“一百年后”。

次子二十四岁，是个俗人，就读于帝都大学医学部，但由于身体不好，不常上学。他是真正的病人，长相美得惊人，但有些吝啬。长子被骗买下据说是蒙田[1]用过的球拍，为一把平平无奇的旧球拍花掉五十日元还洋洋自得的时候，次子由于过分恨铁不成钢，默默发起了高烧。那场高烧最终烧坏了他的肾脏。次子仿佛瞧不起任何人，别人说些什么，他便发出天狗般奇怪且令人极其不悦的笑声。他只崇拜歌德一人，对歌德的崇拜似乎并非源于其朴素的诗歌精神，而是为其身居高位而倾倒。他这人很怪，但和兄弟姐妹一起比赛即兴作诗的时候，总是能拿第一名。他很有才华。虽然是个俗人，但对所谓的热情有清晰而客观的把握。如果有意精进，他说不定能当上个二流作家。家里跛脚的十七岁女佣也被他迷得神魂颠倒。

1 法国哲学家，以《随笔集》留名后世。

次女二十一岁，非常自恋。一家报社招募日本小姐的时候，她纠结了三天三夜，不知道是否该毛遂自荐，恨不得大喊大叫，以疏散内心的苦闷。纠结三晚的结果是她意识到自己的身高不够，断了念想。兄弟姐妹中只有她的个头明显比较矮，只有四尺七寸。但她绝对不丑，而且相当漂亮。深夜，她会赤身裸体地站在镜子前，时而露出可爱的微笑；时而用丝瓜化妆水洗自己白胖的小脚，轻轻亲吻脚尖，陶醉地闭上双眼。有一次，她的鼻头长了个针尖般大小的疙瘩，令她忧郁得要自杀。她在读物的选择上很有特点，会从旧书店找来明治初年的《佳人奇遇》《经国美谈》等故事，独自看得发笑。她还喜欢看黑岩泪香[1]、森田思轩[2]等人的翻译作品，不知从什么地方找来很多不知名的同人杂志，一面一本正经地嘟囔着“真有意思”“写得真好”，一面从头到尾专心地阅读。其实，她私下最喜欢的作家是泉镜花[3]。

幺子十八岁，今年刚升入一高的理科甲班。上高中后，他的态度骤然转变。在哥哥姐姐们眼中，那副模样可笑至极，但幺子非常认真。无论家中出现什么纠纷，无论有没有人叫他帮忙，他都要站出来，深思熟虑地做一番评判。连同母亲在内，家里的所有人都受不了他的举动，幺子渐渐被家人敬而远之，他对此很是不满。长女不忍见弟弟每天噘嘴，作了一首和歌安慰他不受重用的落寞，大意是虽然他自认已经成熟，但没人把他当作成年人，真是可悲。幺子长得像一头小熊，十分可爱，哥哥姐姐们无论发生什么都偏袒他，他的性格也因此多少有些

1 日本思想家、作家、翻译家。

2 日本记者、翻译家。

3 日本小说家，以追求美的观念和浪漫主义丰富了日本文学，代表作有《外科室》《歌行灯》等。

冒失。他爱读推理小说，常常独自在房间里玩变装游戏。号称要学习外语，买来英日对照的柯南·道尔作品集，只读其中的日文部分。他经常独自悲壮地感叹：兄弟姐妹中真正担心这个家的人只有他。

以上是这部短篇小说开头的文字，后面则用琐碎的事件慢慢展开情节，整体的结构就是如此。我在前面就提过，这本来就是一部无聊的作品。与其说我爱的是这部作品，不如说是爱作品中的那家人。我喜欢那一家的所有人。毫无疑问，那家人是实际存在的，这部作品便是对已故的入江新之助先生遗属的描绘。当然，小说中的内容并非完全写实。这样说来未免夸张，我也感到有些狼狈。总的来说，就是将诗歌和不真实的部分适度进行了整理叙述，有些地方甚至掺了弥天大谎。但大体上的确刻画了入江家的人的样貌。虽然存在“一毛”的差异，但“九牛”是真实的。在这部短篇小说里，我原本只写了兄妹五人和他们温柔聪慧的母亲，受制于小说的结构，至于他们的祖父和祖母，尽管相当失礼，但不得不忍痛割爱。这的确是我的处理不当之处。写入江家的事，却将祖父祖母排除在外，无论如何都是不全面的。现在我想先谈谈这两个人。在此之前，有一件事必须说明，那就是我接下来要谈的内容并不能代表此时此刻的入江家，我写的仅仅是四年前我偷偷将这家人写入短篇小说时的入江家。现在的入江家和当时有些不同。有的人已经结婚了，甚至有人已经去世了。现在的入江家和四年前相比晦暗了一些，而我也不能再像从前那样毫无顾虑地去入江家玩了。可以说，五位兄弟姐妹和我都渐渐长大成人，成了礼貌而疏离的所谓“社会人”，即使偶尔见到彼此，也是索然无味。既然要写，我就想写四年前的入江家。

因此，我接下来要叙述的也是入江家四年前的样子。现在和当时已经稍有不同。做完这些声明，下面写一写当时的祖父。他似乎整日无所事事，一直游手好闲。如果入江家的人身上留着非同寻常的浪漫之血，那多半是继承了这位祖父的血脉。祖父大概已经年过八十，每天都像有什么事要办似的，从麹町家里的后门匆匆地走出去，步速着实迅疾。祖父壮年时在横滨做买卖，生意一度很有规模。他的儿子——已故的新之助先生进入美术学校读书时，他不仅没有丝毫反对，反而向身边的人夸耀此事，性情极为豪爽。他年岁大了，退居二线后，在家里待不住，经常趁家里人不注意，蹑手蹑脚地从后门溜出去，脚步轻盈地走上两三百米，回头望望，确定家里没人跟来，便从怀里掏出鸭舌帽，往后脑勺上一扣。那是一顶花哨的格纹鸭舌帽，但已经很旧了。即便如此，祖父不戴上它就没有散步的心情。他宝贝了这顶帽子四十多年。戴着它去银座，进了资生堂，点一种叫巧克力的饮料。就着一杯巧克力，在餐厅里坐上一两个小时，东张西望。若看见之前的生意伙伴带着年轻艺伎过来，就立刻大声和人家打招呼，绝不错过机会，硬要对方坐到自己这桌，慢悠悠地出言挖苦。他无法抵抗这种乐趣。回家前，他必定会给某位家庭成员带一点儿小礼物。到底还是心虚的。最近，他又开始明显地讨好家人，还发明了勋章：在一枚墨西哥的银币上钻洞，穿一根红色的丝带进去，打算将它颁发给一星期里家中最有功劳的人。可谁都不太想要这枚勋章。因为一旦得到勋章，未来的一星期里，只要在家就得将它挂在胸前，家人都觉得为难。母亲孝顺公公，得到勋章便一脸感激地将它挂在腰带上——即便如此，也会尽量挂在不显眼的地方。这枚勋章是祖父晚酌的时候不由分说地当场授予母亲的，因为她多给了祖父一瓶啤酒。长子性格认真，偶尔陪祖父看戏，被祖父认为有功，一不留神也被颁发了勋章。他倒不打怵，结结实实地在胸前挂了一星期。长女和次子都避之不及。长女总是巧妙地逃脱，坚称自己没资格得到勋章。次子甚至将勋章藏在自己的壁橱里，谎称自己弄丢了。祖父立刻便看穿了次子的谎言，命令次女去他的房间里搜。次女不走运地找到了，勋章成了她的。祖父仿佛偏爱次女，次女明明是家中最高傲的，没有半点儿功勋，祖父却动不动就想把勋章颁给她。次女得到勋章后，多半会将它塞进钱包里，祖父只对她睁一只眼闭一只眼，她不把勋章挂在胸前也无所谓。一家人里唯一对勋章有些兴趣的只有幺子。而即使是他，被授予勋章后也对必须将其挂在胸前一事颇有微辞，觉得害羞，坐立难安。不过他将勋章交给别人的时候，总是忽然觉得一阵寂寞。他甚至曾趁次女不在家的时候潜入她的房间，找到钱包，眷恋地望着钱包里的勋章。祖母从未得到过这枚勋章。因为她打从一开始就直接拒绝了。她是想问题很透彻的人，说勋章这套把戏太蠢了。祖母非常喜欢幺子，对他宠爱得简直像放在手里怕化了。幺子一度开始研究催眠术，对着祖父、母亲、哥哥、姐姐施术，但没有任何人中招。大家的眼睛都瞪得大大的，最后哄堂大笑。幺子独自泫然欲泣，冷汗直流，最后试着给祖母施术，祖母很快便中招了。她坐在椅子上，头一点一点地打起瞌睡来，天真地回答施术者严肃的提问。

“奶奶，你是不是能看见一朵花？”

“哦，好漂亮的花呀。”

“是什么花呢？”

“是莲花哦。”

“奶奶，你最喜欢什么？”

“最喜欢你哦。”

施术者有些扫兴。

"'你'是指谁？"

"就是和夫（幺子的名字）嘛。"

在一旁观摩的家人哄然大笑，于是祖母醒了。不过，施术者的面子好歹是保住了。反正唯独祖母中了招。但后来，性格认真的长子忧心忡忡地私下问祖母是否真的中招了，祖母扑哧一笑，嘟囔道："怎么可能呢？"

以上便是入江家每个人的大致形象。我还想介绍得更仔细些，但现在我更想讲给大家的是这一家人接力创作的一部相当长的"小说"。前面提过入江家的兄弟姐妹们多少都有些文艺，不时会接力编故事。一般来说，阴霾的星期天，兄弟姐妹五人聚在客厅里万分无聊的时候，长子就会提议玩这个游戏。先由一人即兴编一个出场人物，然后大家依次编写这个人的命运和其他情节，最终创作出一篇故事。若是简单几句就能讲完的故事，便当场挨个儿讲几句了事。若是开头很有意思，大伙儿就慎重地按顺序将情节写在稿纸上传给下一个人。他们五个合力创作的"小说"，少说也有四五篇了。祖父、祖母、母亲偶尔也会帮忙。这篇稍长的故事也是在大家的提点下完成的。

其二

幺子文采不好，但往往是第一个讲故事的人。也正因如此，他的尝试多半以失败告终。但幺子并不绝望，总能鼓起勇气，相信自己下次一定会成功。新年五连休的时候，大家有些无聊，便玩起这讲故事的游戏来。当时，幺子也是一马当先地请愿："让我试试，让我试试。"他每次都如此，哥哥姐姐们便笑着答应了。这次是新年的第一个故事，幺子也很看重，打算将其一笔一画地写在稿纸上，传给下一个人。截稿时间是第二天早上，每个人都有一整天的时间构思。在第五天晚上或第六天早上，必须完成整篇故事。故事完成之前的五天里，五兄妹在略微紧张的同时，也模糊地感受着活着的意义。

幺子照例自告奋勇地打头阵，得到了大家的允许，负责故事的开头部分，但他一点儿头绪也没有。也许是状态不好吧，他甚至后悔接下了这个重任。一月一日，哥哥姐姐们各自出去玩了，祖父当然也一大早就穿着燕尾服消失得无影无踪。家里只剩下祖母和母亲。幺子在自己的书房里没完没了地削铅笔，几乎快哭了。穷途末路之际，他终于起了歹心——剽窃。他觉得除此之外没有别的办法。幺子心慌意乱地快速翻阅《安徒生童话集》《格林童话》和福尔摩斯的冒险故事。东拼西凑，总算写出一段故事来：

很久很久以前，北国的森林里住着一个可怕的老巫婆。样貌极丑的她唯独对独生女儿乐佩[1]十分疼爱，每天都用金梳子为女儿梳头。乐佩是个美丽的女孩，而且活泼可爱。她十四岁后就不再听老巫婆的话，有时甚至会骂她。尽管如此，老巫婆仍然非常疼爱乐佩，每次争执时都笑着顺她的意。林中的树木在北风的吹拂下渐渐掉光了树叶，老巫婆家里也要开始做过冬的准备了。这时，一个优秀的猎物跌进了这片魔法森林——一位潇洒的王子骑着马，在黄昏的森林里迷失了方向。他是这个国

1 《格林童话》中的《长发公主》的主人公。

家的王子，年方十六，沉浸在狩猎的快乐中，和仆从们走散了，找不到回家的路。王子金色的铠甲在昏暗的森林中闪着火炬般的光。老巫婆绝不会放过这个机会。她像阵风似的跑出家门，立刻将王子从马背上拖了下来。

“这位少爷真是肥美啊！看看这白嫩的肌肤，一定是常吃核桃才长得这样水润吧！”老巫婆扯着嗓子说。她生着可怕的长胡须，长长的眉毛盖在眼皮上。“简直就是一头壮硕的小羊！不知味道如何呢？把这家伙用盐腌起来，猫冬的时候吃他的肉最好了！”她狰狞地笑着，拔出短刀，瞄准了王子苍白的喉咙。

就在那个瞬间，老巫婆忽然“啊”地惨叫一声，原来女儿乐佩咬了她的耳朵。乐佩跳到老巫婆背上，狠狠地咬住她的左耳不放。

“乐佩呀，饶了我吧！”老巫婆对女儿百般宠溺，所以一点儿也不生气，还强颜欢笑地向她道歉。乐佩摇晃着老巫婆的背，撒娇道：“我要跟这孩子玩，把这漂亮的孩子送给我。”乐佩自幼在宠爱下任性地长大，性格十分倔强，一旦开口提了要求，就绝不让步。老巫婆打算只忍一个晚上，第二天再杀了王子做腌肉。

“好好好，那就送给你啦。今天晚上他是你的客人，你请他美餐一顿吧。不过，明天就要把他还给我哦。”

乐佩点头答应了。当天晚上，王子在魔法之家得到了上好的招待，可他吓得几乎魂飞魄散。晚宴是串烧田鸡、塞满小孩手指头的蝮蛇皮、豹斑鹅膏、小家鼠的湿鼻头、青虫五脏做的沙拉，饮料是沼泽之女酿的水绵酒和墓穴窖制的硫酸酒，餐后甜点是生锈的钢钉和教堂的窗玻璃。王子光是看见这些就反胃，都没动筷子，老巫婆和乐佩却赞不绝口，吃得津津有味。每道料理都是魔法之家的拿手菜。吃完饭，乐佩拉着王子的手，将他带到自己的房间。和王子一样高的乐佩走进房间便搂着王子的肩，凝视着他的脸小声说：

“只要你不讨厌我，我就不杀你。你是王子吧？”

乐佩的长发每天被老巫婆悉心照料，已经垂到脚边，闪着动人的光芒，里面仿佛织着黄金。她有一副天使般的面孔，胖嘟嘟的，像一朵黄玫瑰。鲜红的嘴唇像一颗小草莓，眼瞳乌黑澄澈，仿佛含着悲伤。王子想，他从没见过这样美的女孩。

“是的。”王子低声回答，紧张的情绪也放松了些，眼泪扑簌簌地落下。

乐佩乌黑澄澈的眸子一动也不动地望了王子一会儿，轻轻地点了点头：

“即使有一天你讨厌我，我也不会让你被人杀掉。真要有那样一天，我会亲手杀了你。”说完，她自己也哭了，但很快又突然放声大笑，用手背拭去眼泪，又拭去王子脸上的泪，精神饱满地说，“好啦，今天晚上你就和我一起，睡在我的小动物身边吧。”

乐佩将王子带到隔壁的卧室，屋里铺着稻草和毛毯。抬头一看，房梁和栖木上站着近百只鸽子，乍看上去都在睡觉。两人走近后，鸽子们略微动了动身子。

“它们都是我的。”乐佩告诉王子，敏捷地抓过手边的一只鸽子，拽着鸽子的脚晃来晃去。鸽子受到惊吓，不停拍打着翅膀。“给我亲它！”乐佩高叫着，用那只鸽子抽打王子的脸。

“那些乌鸦是森林里的流氓。”乐佩朝房间一角的一只大竹笼扬了扬下巴，“一共十只，但都是流氓，不把它们关在竹笼里，它们就会立刻飞走。还有，这位是我的老朋友阿贝。”她边说边拽着一头鹿的角，将它从房间角落里拽了出来。鹿脖子上戴着铜项圈，还被粗重的铁链绑着。“要是不牢牢锁住，这家伙也会从我这里逃走。为什么大家都不愿留在我们这儿呢？算了，无所谓。我每天晚上都用小刀给阿贝的脖子抓痒。每次它都很害怕，挣扎个没完。”她说着从墙上的裂缝里掏出一把闪闪发光的长柄小刀，拿着它在鹿脖子上比画。可怜的鹿无奈地拧着身子，满头大汗。乐佩见它这副模样，哈哈大笑。

“你睡觉的时候也把这把刀放在身边吗？”王子有些害怕，小心翼翼地问。

“是啊。无论什么时候，我都抱着刀睡。”乐佩若无其事地回答，“因为不知道会发生什么。不说这些了，我们睡吧。至于你为何会在这座森林中迷路，躺下后再讲给我听吧。”两人并排躺在稻草上睡下，王子支支吾吾地说起今天在森林中迷路之前发生的事。

“和那些仆从走散了，你寂不寂寞？”

“寂寞啊。”

“你想回城堡吗？”

“嗯，想回。”

“我不喜欢总是哭丧着脸的小孩！”乐佩突然跳起来，“没什么好难过的，你应该高兴才对！这里有两个面包、一块火腿。路上要是饿了，随时都可以吃。你还在磨蹭什么？”

王子不禁高兴得跳了起来。乐佩像母亲一般冷静地对他说：

“对了，穿上这双带毛的长靴。就送给你吧，路上肯定很冷，我不想让你冻着。这是老巫婆的大连指手套。来，戴上看看。你瞧，光看手的话，简直和我那脏兮兮的老妈子一个样。”

王子流下了感激的泪水。接着，乐佩把鹿牵出来，解开锁链。

“阿贝呀，我还想用小刀多给你抓抓痒，因为实在很有意思。不过，现在这些都不重要了，因为我要放你走了。把这孩子送到城堡去吧，他说他想回城堡。随你们去吧。除了你，没有谁比我老妈跑得更快。拜托你啦！”

王子坐上鹿背：“谢谢你，乐佩。我不会忘记你的。”

“这些都不重要啦。阿贝呀，跑吧！要是把背上的客人摔下来，我可饶不了你。”

“永别了。”

“嗯，永别吧。”这一回，轮到乐佩哭了。

鹿像利箭一般在暗夜中狂奔。跨过灌木丛，穿越森林，径直渡过湖水，飞快地跑过狼嚎鸟叫的荒野，烟花燃放般的疾驰声在它身后响起。

“不要回头，老巫婆在追我们。”鹿边跑边告诉王子，“不用担心。这世上比我更快的只有流星。但是，你可不能忘了乐佩的一片好心。她脾气很大，却是个寂寞的孩子。好啦，我们到城堡了。”

王子站在城堡的大门前，觉得自己好像做了一场梦。

但乐佩有些可怜。老巫婆这次真的生气了，因为乐佩放走了她最宝贵的猎物。“你再任性也要有个限度！”她说着将乐佩关进森林深处的一座黑漆漆的塔里。那座塔没有门，也没有楼梯，塔顶的房间里有一扇小小的窗，乐佩从此便在塔顶的房间里度日。她真是可怜。一年过去了，两年过去了，她在昏暗的房间里无人知晓，唯有容貌徒劳地越来越美。她早已长大成人，成了一位深思熟虑的姑娘，片刻也不曾忘记王子。由于太寂寞，她有时会对着星星和月亮唱歌。寂寞沉在歌声里，森林里的鸟儿、树木听了都会落泪，连月亮都会蒙上淡淡的阴影。老巫婆每个月来看女儿一次，给她放下食物和衣服便离开。老巫婆毕竟是疼爱乐佩的，不忍心让她饿死在塔里。老巫婆有魔法之翼，能够自由地出入塔顶的房间。三年过去了，四年过去了，乐佩长到了十八岁。她在昏暗的房间中美得璀璨而不自知。自己种的花有多香，自己是觉不出来的。那年秋天，王子外出狩猎，又一次迷失在魔法森林里，耳边忽然传来一段悲伤的歌声。歌声莫名地沁入他心里，夺走了他的魂魄，他踉踉跄跄地走到了塔底。那不是乐佩吗？王子一刻也不曾忘记四年前那位美丽的姑娘。

“让我看看你的脸！”王子奋力大喊，“别再唱悲伤的歌了！”

乐佩从塔上的小窗探出头来答道：“是谁在说这样的话？只有悲伤的歌才是悲伤之人的救赎，别人的悲伤，您怎么能懂？”

“啊，乐佩！”王子狂喜，“快想起我吧！”

乐佩瞬间面无血色，继而脸上慢慢泛起了红晕。不过，她儿时的倔脾气还没有完全消退，于是尽可能冷淡地说了一句：“乐佩？那孩子四年前就死了！”可她紧接着就想哈哈大笑，深吸一口气后却突然想哭，剧烈的抽泣代替了笑声。

“那女孩的头发，是黄金桥。”

“那女孩的头发，是彩虹桥。”

林中的小鸟一齐唱起奇异的歌谣。乐佩虽然在哭，但还是听到了鸟儿的歌声，美妙的灵感倏忽而至。乐佩用左手在自己的秀发上挽了两三圈，右手握住了剪刀。现如今，她这一头美丽的黄金秀发已经长得垂到了地板上。只听“咔嚓”一声，乐佩毫不吝惜地剪断了头发，将它们接起来做成一张大网。这是太阳下最美丽的网。她将网的一端牢牢系在窗沿上，顺着这张美丽的金网，从塔顶轻快地爬了下来。

“乐佩。”王子轻声呢喃，只顾陶醉地望着她。

站在地面上的乐佩突然害怕起来，她什么话也没说，只是轻轻地将自己白皙的双手覆在王子的手上。

“乐佩，这次轮到我帮你了。不，请允许我一生都陪在你左右。”王子已经二十岁了，看上去十分可靠。乐佩幽幽地笑着，点了点头。

两人逃出森林，趁老巫婆还没发现，匆匆穿越荒野，幸运地平安抵达了城堡，得到了王国上下的热烈欢迎。

幺子好不容易写到这里，却很不高兴。因为他失败了。这样的情节无法成为任何故事的开头，连结尾都被他包圆了，明摆着会被哥哥姐姐们笑话。幺子暗自冥思苦想。天已经黑了，外出游玩的哥哥姐姐们好像都回来了，爽朗的笑声在起居室里此起彼伏。我好孤独——难以言喻的寂寥涌上幺子心头。这时，救世主出现了。是祖母。独自闷在书房里的幺子早就让祖母心疼得不得了。

“你们又开始玩这个了啊。你写得顺利吗？”祖母说着走进了幺子的书房。

“快出去！”幺子很不耐烦。

“又受挫了呀。你呀，既然写不好，就不要参与这种愚蠢的比赛嘛。给我看看。”

“你哪里能看懂这些！”

“哭什么嘛，小傻瓜。我看看哦——”祖母从腰带里拿出老花镜，小声读起幺子的童话故事来。她读得呵呵直笑：“哦哟哟，这孩子居然这么早熟。有意思，写得很好嘛。但这样的话，就没法续写剧情啦。”

“这还用说吗？”

“你很头疼吧？如果是我，就这样写：‘王国上下热烈地欢迎王子和乐佩，可从此之后，不幸的事情接二连三地发生了。’怎么说呢……这巫婆的女儿和王子的身份相差太多啦。就算他们再怎么相爱，到头来也无法好好相处。这门亲事本就是不幸的。你觉得怎么样？”祖母说完，用食指戳着幺子的肩膀。

“这点儿小事，我也知道。你快出去！我有我的想法。”

“哎呀，是吗？”祖母沉着冷静，对幺子的想法了如指掌，“赶快把后面的内容写完，到起居室去。你一定饿了吧？喝点儿年糕汤、玩玩花牌多好呀。这种比赛太无聊了，接下来的故事，就交给你大姐吧。她很擅长写故事。”

赶走祖母后，幺子郑重地加上了所谓的“自己的想法”。

“但是，从此之后，不幸的事情接二连三地发生了。巫婆的女儿和王子身份太过悬殊。往后就是不幸的情节，拜托大姐来完成它。请善待乐佩。”幺子把祖母说的内容写下来，总算松了口气。

其三

今天是第二天。一家人喝完年糕汤，长女很快便独自离开餐桌，去了自己的书房。她穿着一件纯白的毛衣，胸前别着一朵小巧的黄玫瑰饰品，在桌前舒适地坐下，摘下眼镜，笑呵呵地匆忙用手帕擦镜片。擦好后又戴上眼镜，夸张地眨了眨眼，立刻换上一副认真的模样，端正地坐好，手撑着脸，沉思了片刻。不一会儿便拿起钢笔，开始写作。

真正的故事往往在恋爱的舞会结束后才开始。大部分电影以有情人终成眷属为结局，但我们想知道的是两位有情人从今往后会过上怎样的生活。人生绝不是一场接一场狂欢的舞会，人们多数时候要在无趣扫兴的宿命中日复一日地生活。我们的王子和乐佩仅仅是在小时候匆匆见过一面，感受到难舍难分的爱意，就被骤然分开了。两个人片刻也不曾忘记那段时光，历尽艰辛、长大成人后终于重逢了。然而，故事绝不会就这样结束。必须告诉诸位读者的内容反而是他们之后的生活。王子和乐佩手拉手从魔法森林中逃脱，不吃不喝、始终无话、夜以继日地走过广阔的荒野，终于到达了城堡。不过，麻烦事还在后头呢。

王子和乐佩都累得要死，却连好好休息一番的时间都没有。国王、王妃和一众用人都为王子的平安归来而喜悦，接连不断地向他抛出和此次冒险有关的问题。大家没多久就得知，垂着头站在王子背后的那位异常美丽的姑娘就是四年前搭救王子的恩人，人们的喜悦之情更强烈了。乐佩被带去泡香水澡，被要求换上美丽轻盈的礼服，被安排在厚得几乎能让整个身子陷进去的软床上进入深深的睡眠，几乎连呼吸的声音都听不到。她睡了很久，终于像熟透的无花果自然地从枝头掉落一般睁开了双眼。身穿正装、已完全恢复健康的王子正笑着站在床边。乐佩非常害羞。

“我要回去。我的衣服在哪儿？”她微微欠身问王子。

“傻瓜。”王子不慌不忙地说，“衣服不是在你身上穿着吗？”

“不是这件，是我在塔里穿的衣服。把它还给我，那是妈妈收集上好的布料为我缝的。”

“傻瓜。”王子不慌不忙的声音又一次响起，“这么快就觉得寂寞了？”

乐佩情不自禁地深深点头，胸口忽然很闷，忍不住放声哭泣。她不是因为离开了老巫婆、住进这座陌生的城堡而寂寞，这件事她早有心理准备。她也知道那位老巫婆绝不是什么好人，就算老巫婆是好人，女孩子只要能陪在心爱的人身旁，即使离开所有的亲人也丝毫不会寂寞，就像什么事都没发生一样。乐佩哭泣并非因为寂寞，而是因为羞怯和不甘——自己一门心思逃到城堡里，穿上如此高贵的华服，在如此柔软的床上睡得无知无觉，醒来仔细想想，才明白自己是卑微的巫婆的女儿，并不属于这里。想清楚这一点后，乐佩如坐针毡，不光羞怯，甚至感到深深的耻辱，于是才说出“我要回去”这样唐突的话。儿时任意妄为的性子仍然影响着她。不知人间疾苦的王子哪里懂得这些，看到乐佩突然哭了，他很困惑，擅自有了自己的判断：“你还是太累了。肚子也饿了吧？总之，我先让他们去准备饭菜。”王子低声嘟囔着，慌乱地走出乐佩的房间。

不久，来了五位侍女，又一次带乐佩去泡香水澡。这次给她换了一件大红色的衣服，比之前的要重一些。她们在乐佩的脸上和手上化了淡妆，还熟练地挽起乐佩变短的金发，缓缓地在乐佩的脖子上挂了一串珍珠项链。乐佩蓦然起身时，五位侍女齐声发出深深的叹息。她们从未见过如此高贵美丽的女孩，并认为今后也不会在这世上见到第二个。

乐佩被带到餐厅里。国王、王妃和王子三个人面带灿烂的笑容站在那里。

“哦，真漂亮啊！”国王张开双臂迎接乐佩。

“确实漂亮。”王妃也满足地点头。国王和王妃都是很温柔的人，和蔼可亲，一点儿也不张扬。

乐佩有些寂寞地微笑着向他们问好。

“坐吧，来这里坐。”王子立刻牵起乐佩的手，带她在餐桌前落座，自己也紧挨着乐佩坐下来，表情得意得可笑。

国王和王妃也轻轻笑着落座了。不久，大家便开始和睦地用餐，唯独乐佩不知所措。菜肴一道道端上桌来，但她根本不知道要怎么吃。她偷看王子的样子，暗地里学他的动作，总算将饭塞进了嘴里。然而，城堡里上等的山珍海味对吃惯了老巫婆做的青虫五脏沙拉、咸烹蛆虫的乐佩来说，味道古怪得让她恶心。只有鸡蛋料理她真心觉得好吃，但还是没有森林里的乌鸦蛋美味。

餐桌上的话题很丰富。王子回忆起四年前的恐怖经历，并为这次的冒险感到骄傲。国王为他的每一句话而感动，每听一句都深深地点头，喝干杯中的酒，终于喝得酩酊大醉，被王妃架到别的房间去休息了。餐厅里只剩下乐佩和王子的时候，乐佩小声说：

“我想去外面走走，不知怎的，胸口好闷。”乐佩面色苍白。

王子太高兴了，一时间忘了同情乐佩的痛苦。人在幸福的时候，大概是注意不到他人有多痛苦的。王子望着乐佩苍白的脸，却毫不担心，轻快地起身说：

“你是吃撑了。到院子里走走，马上就好啦。”

外面天气很好。秋天已经过了一半，可唯独这座院子里的花朵还在盛放。乐佩的脸上终于有了笑意：

“舒爽多啦。城堡里光线昏暗，我以为天都黑了呢。”

“怎么可能是晚上呢？你从昨天白天到今天早上一直睡得香甜，几乎连呼吸的声音都听不到。睡得那么沉，我都担心你会不会就这样死去。”

“要是森林里的姑娘在睡眠中死去，睁眼醒来就成了高贵的公主，那该多好。可惜我醒来仍然是老巫婆的女儿。”乐佩这样说是真的觉得遗憾，王子却以为她在开玩笑，朗声大笑起来。

“是吗？原来是这样啊。那真是可怜。”说完，他又放声大笑。

两人路过一片灌木丛，不知名的纯白色小花在灌木丛的阴影里竞相盛开，香气强烈。王子忽然站定，目光瞬间变得很认真。他紧紧拥着乐佩，力气大得几乎要把她的骨头揉碎，然后做出了疯子般意外的举动。乐佩忍了下来。这已经不是第一次了，他们从森林逃到荒野，昼夜不眠地长途跋涉时，也发生过三次类似的事。

“你不会再离开我了吧？”王子冷静了些，和乐佩并肩漫步在庭院中，低声询问。两人从长着小白花的灌木丛阴影里走出来，朝睡莲绽放的小池塘走去。不知道为什么，乐佩突然觉得很好笑，“扑哧”一下笑出了声。

“怎么了，你笑什么？”王子仔细望着乐佩问，“有什么好笑的？”

“对不起。因为你认真得过分，我就忍不住笑出来了。事到如今，我还能去哪里？我已经在塔里等了你四年。”两人走到了池塘边，这时候，乐佩很想哭，她随意地坐在岸边的青草地上，抬头望着王子，“国王和王妃都同意了吗？”

“当然了。”无拘无束的笑容又回到王子脸上。他坐在乐佩身旁：“你是我的救命恩人呀。”

乐佩把脸埋在王子的膝盖上，默默哭泣。

几天后，王国为王子和乐佩举办了豪华的婚礼。那天晚上的新娘像失去翅膀的天使般楚楚可怜地颤抖着。王子对这朵出身不同的野玫瑰宝贝得不得了，一起生活了一两个月后，他更是从乐佩跳脱的思维方式、活泼得夸张的动作、无所畏惧的勇气、幼儿般无邪的提问中感受到无限的魅力，爱她爱得难以自拔。寒冷的冬天过去，天气一天比一天暖和，院子里那些早开的花朵差不多快要绽放的时候，两人并肩在院子里慢慢地散步。乐佩已经怀有身孕了。

“好神奇呀，真的太神奇了。”

“看样子，你又有疑问了。”二十一岁的王子似乎成熟了些，“这次是什么问题呢？我真想听一听。你前几天的问题伟大极了——神到底在哪儿，对吧？”

乐佩低下头，笑嘻嘻地问道：

“我是女人吗？”

这个问题让王子摸不着头脑。

“至少不是男人。”他装模作样地回答。

“我也会生孩子，然后变成老太婆吗？”

“你会变成一个漂亮的老太婆吧。”

“那我可不要。”乐佩幽幽地笑了，笑容十分寂寞，“我不要生小孩。”

“这又是怎么回事呢？”王子从容地问。

“昨天我也一夜没睡，一直在想这个问题：孩子出生后，我就会变成老太婆，你就会只疼爱我们的孩子，一定会嫌弃我。我很清楚，没有任何人愿意疼爱我。我是出身卑贱的蠢女人，若是成了脏兮兮的老太婆，就一无是处了。除了回到森林里当巫婆，恐怕没有别的办法。”

王子不高兴了。

“你还没忘记那座不祥的森林吗？想一想你现在的身份。”

“对不起，我以为我已经忘得一干二净了，但像昨晚那样的寂寞夜晚，我还是会在不经意间回想起来。我母亲虽然是个可怕的巫婆，但她毕竟呵护着我长大成人。我想，即使没有任何人疼爱我，森林里的老巫婆也一定是唯一一个永远愿意像拥抱小孩子一样将我抱在怀中的人。”

“不是有我在你身边吗？”王子的神情十分痛苦。

“不，你不行。你虽然非常宠我，但只是觉得我新鲜，把我当作笑柄。我总是觉得寂寞，假如我现在就生下孩子，你肯定会宠爱孩子，忘了我。因为我是一个无趣的女人。”

“你察觉不到自己的美。”王子噘着嘴呻吟道，“净说些没意思的事。今天的问题实在是太无聊了。”

“你什么都不懂。最近，我十分痛苦。我果然是流着恶劣的巫婆血液的野蛮女人，对即将出生的孩子痛恨万分，恨不得想杀了他。”乐佩颤抖着说完，咬住了下嘴唇。

软弱的王子吓得浑身发抖，他担心乐佩真的会杀掉孩子。不懂得死心、照本心行动的女人，往往会引发悲剧。

长女带着一脸自信，行云流水般写下这些，静静地搁下笔。她重读了一遍，不时红着脸撇嘴苦笑。因为文字中处处散落的描写很容易让人认为她是个好色的人，之后一定会被毒舌的次子冷言冷语地笑话。但仔细想想，这也是没办法的事，于是她便不再纠结于此。长女甚至觉得这些文字如实袒露了自己的心境，不觉悲从中来。但与此同时，她又隐隐带着些骄傲，知道即便如此，自己的文字在兄弟姐妹中也是将女性细腻的内心描写得最好的。直到这时，她才忽然意识到书房里没有生火，一面小声嘟囔着“啊，好冷”，一面缩着肩膀站起来，拿着写好的稿子来到走廊上，差点儿和幺子撞了个满怀。

幺子意味深长地站在走廊上，见到姐姐，十分狼狈地说：“失敬，失敬。”

“小和，你是来侦查情况的吧？”

“不不不，并非如此。”幺子满脸通红，越发支支吾吾的。

“我知道的，你担心我能不能顺利地把故事接下去吧？”

“其实，你说得没错。”幺子小声地老实交代，然后忙着自嘲起来，“我写得太烂了吧。总之就是很烂。”

“也没有很烂啊，唯独这次，你写得很棒。”

“是吗？”幺子的小眼睛闪着喜悦的光，“姐姐，你顺利把故事接下去了吧？有没有把乐佩写得很好？”

“嗯，应该还可以吧。”

“感激不尽！”幺子双手合十，向长姐道谢。

其四

第三天。

元旦那天，次子到我郊外的家来玩，单方面把近代的日本小说批判了一番，兀自兴奋不已。到了黄昏时分，嘟囔着“这下糟了，我好像发烧了”，便匆忙回家了。那天夜里，他果然发了低烧，昨天一直睡睡醒醒，到了今天早上也没有完全恢复，脑袋好像还有些昏沉，躺在被子里闷闷不乐。看来过分批评别人的作品，就会像他这样沾染风寒。

“你感觉怎么样了？”母亲来到他的房间，坐在他枕边，轻轻将手放在他的额头上试了试温度，“好像还有些热呢，好生养着吧。昨天你一会儿喝年糕汤，一会儿喝屠苏酒，动不动就起床，没有好好休息呀。不要勉强自己，发烧的时候最好的办法就是别动弹，好好睡觉。你呀，身体不好还逞强。这样可不行。”

次子被母亲训了一顿，意志消沉，也想不出话来反驳，只得微微苦笑，听母亲发牢骚。这位次子是兄弟姐妹中最冷静的现实主义者，相当毒舌，讲话刻薄得很。但不知为何，他唯独对母亲像蔓草般顺从，丝毫不使性子。也许是因为他总生病，心里清楚母亲为自己操劳了多少吧。

“你今天一天就好好躺着，不能勉强起身走动哦。饭也在床上吃，我给你熬了粥，一会儿让阿聪（女佣的名字）给你端过来。”

“妈妈，有件事我想拜托你。”次子的声音微弱得很，“今天轮到我了，我可以写吗？”

“写什么？”母亲一头雾水，“你说什么呢？”

“哎呀，就是大家又开始玩故事接力了。昨天我太无聊了，硬是拜托姐姐给我看了她写的稿子。昨天整个晚上，我都在想怎么把它接下去。这次的故事不太好接。”

“不行，不行。”母亲笑着说，“大文豪感冒的时候，也想不出好点子来。要不让哥哥替你写吧？”

“不行啦。哥哥可写不来这个。哥哥他啊，没有这方面的才华。每次都是这样，他一写，就会写得像演讲稿一样。”

“不许这样说你哥哥的坏话。你哥哥写的东西向来都很精彩、很有男子气概呀。妈妈每次都最喜欢看你哥哥写的故事。”

“妈妈你不懂。这回我无论如何都要写，除了我，没人能完成后面的情节。妈妈，求你了。就让我写吧。”

“真是让人头疼。你今天必须躺着休息，让哥哥替你完成吧。等到明天或后天，身体好转了再写也不迟嘛。”

“不行，妈妈是看不上我们的游戏吧。”次子夸张地叹了口气，把被子拉到头顶。

“好吧。”母亲笑了，“是妈妈不好。不然这样如何？你躺着，慢慢把要写的内容说出来，妈妈帮你写在纸上。就这么办吧！去年春天你发烧躺在床上的时候，妈妈不也照你说的，帮你写了一篇挺难的论文吗？那次妈妈干得还不错吧？”

病人仍然蒙着被子，没有回应。母亲束手无策了。女佣阿聪端着早饭进了屋。阿聪出生在沼津一带的渔村，十三岁起就在入江家做工，如今快四年了，已经彻底被入江家的浪漫风气同化。她从小姐们那里借来妇女杂志，工作之余抽空阅读。读得最津津有味的是从前的那些复仇故事，还非常喜欢“女人最重要的是贞操”这句话，总是暗自紧张，认为就算以命相搏也要守住贞操。她在柳条箱里藏了一把长女送的银制裁纸刀，将其视作护身短剑。阿聪皮肤黝黑，但脸庞小而紧致，穿着打扮也干净整洁。她的左脚有一点儿跛，走路时略微拖沓，那模样格外惹人怜爱。她像尊敬神明般尊敬入江家的所有人，前面提到的祖父发的勋章，在她眼中是绚丽夺目的神圣不可侵犯之物。她固执地相信，这世上没有哪个学者像长女一样知识渊博，也没有哪个女孩像次女一样貌美。她尤其倾心体弱多病的次子，爱他爱得死心塌地，觉得若能和那样俊美的夫君结伴复仇，不知该多么快乐。可惜如今已没有从前的那种复仇之旅，真是无趣。她总是想这些愚蠢的事。

阿聪毕恭毕敬地将饭菜放在次子的枕边，感到有些寂寞。次子仍然用被子遮着脑袋。母亲只是默不作声地望着他笑。没人理会阿聪。她静悄悄地坐在那里等了一会儿，什么事都没有发生。阿聪战战兢兢地问夫人：

“少爷病得很严重吗？”

“这个嘛，谁知道呢。”母亲笑着回答。

次子突然推开被子，利落地翻过身子趴着，拉过饭菜，拿起筷子，狼吞虎咽地吃起饭来。阿聪吓了一跳，但马上冷静地侍奉在他左右。次子原来如此健康，令她放心了不少。次子一言不发，以迅猛之势喝下清粥，愤然嚼着梅干，食欲似乎很旺盛。

“阿聪，你怎么想？”次子磕开半熟的鸡蛋时，冷不防开口问出一个相当出人意料的问题，“我只是打个比方——如果我和你结了婚，你会是什么感受？”

母亲的狼狈比阿聪多十倍。

“哎！你在说什么蠢话？开玩笑也不能……这么随便吧。对吧？阿聪姑娘，他在取笑你呢。竟然开这种粗暴的玩笑，太过分了！”

“我只是打个比方啊。”次子十分冷静。从刚才到现在，他一门心思地琢磨小说的情节，完全没意识到这个比方会深深地刺痛阿聪幼小的心灵。次子是个任性的孩子。“阿聪，你会是什么感受啊？说说看，会对我写小说有帮助的。这一段实在太不好写了。”

“突然说这样没头没脑的话，”母亲暗地里松了口气，“阿聪可不管你。对吧，阿聪姑娘？阿猛（次子的名字）净说这些傻话。”

“如果是我的话……”阿聪想，既然能帮上次子的忙，自己也没什么不能说的。她无视夫人为难的眼色，赌上一切，强硬地回答：“如果是我的话，我就去死。”

“什么嘛。”次子一脸失望，“无聊。去死也太无聊了。乐佩如果死了，故事也就结束了。不行啊。唉，好难写。到底要怎么写啊？”他还是不停地构思小说的情节。阿聪赌上性命的回答似乎对他没有任何用处。

阿聪沮丧极了，偷偷摸摸地收起碗筷。为了掩饰羞涩，特意呵呵地笑着，端着碗筷逃出了房间。来到走廊上，她很想大哭一场，却不觉得难过，反而打心底里笑了出来。

母亲几乎想对年轻人的天真坦率道谢，她为自己含混不清的狼狈感到羞耻，心想：“年轻人是可以信任的。”

“怎么样？有思路了吗？你就这样躺着往下说就行。妈妈帮你记录下来。”

次子再次仰躺着，将被子拉到胸前，闭上双眼，做苦思冥想状。没过多久便煞有介事地用严肃的语气说：

“大概想好了，拜托您了。”

母亲不禁偷笑出声。

下面就是母子二人那天合力创作的情节。

一个润洁如玉的孩子出生了，是个男孩。全国上下欢喜万分。但生产后的乐佩却一天天衰弱下去。整个国家的名医齐聚在城堡中，各显神通，乐佩的身体却越来越差，几乎危在旦夕。

“所以啊，所以啊，”乐佩躺在床上，静静地流着泪对王子说，“我不是说过吗，我不要生小孩。我是巫婆的女儿，能够模糊地预知自己的命运。我一直觉得，若是生下孩子，一定会发生什么不好的事。我的预感一向很准。若是我现在死了灾祸便会平息，那还算好的。但我还有一个可怕的预感，灾祸似乎并非我死了就能解除。如果像你告诉我的那样，神真的存在，我也想向那个神祈祷。一定是有人恨着我们。我们是不是犯了什么要不得的错误呢？”

“没那回事，没那回事。”王子像没头苍蝇似的在乐佩的病床前走来走去，不停地反驳，内心却早已走投无路，喜得爱子的欢愉也转瞬即逝。如今的王子为乐佩不明原因的衰弱而魂不守舍、夜不成眠，整天只是像没头苍蝇一般在病床四周打转。他到底是真心爱着乐佩的。他迷恋的是乐佩美丽的容颜和身姿、和自己生长环境不同带来的新鲜感以及某种惹人怜悯的盲目无知，他只是着迷地疼爱着她。由此可见，王子的爱并非源于精神上的高度共鸣和信赖，也与祖先相同、血脉相连以至要为同样的宿命而牺牲的深刻领悟和理解无关。因此，我们也不该不停地质疑王子这份爱的本质。王子只是由衷地认为乐佩可爱，只是毫无办法地爱上了她。爱就是爱。这样不就够了吗？这就是纯粹的爱情。女人心底暗自追寻的，无外乎就是这样纯粹且真诚的好感吧。精神上的高度信赖、为同样的宿命牺牲只是说得好听，要是双方讨厌彼此，所谓的爱情就会变成一场闹剧，不会有任何结果。男女之间总要有莫名喜欢的地方，精神、宿命等矫揉造作的词汇听上去才会真像有那么回事。这些话只在归纳彼此泛滥的好感，或反省、辩解热情的举动时才有用处。在年轻男女的爱情中，没有比这种辩解更让人作呕的了。尤其是男人那种“为了拯救女人”的伪善，更让人难以忍受。喜欢就说喜欢，为什么不能直截了当地说呢？前天，我去作家D家里玩的时候，也和他聊到了这些。D当时竟说我是个俗物。可是，我很熟悉D的日常生活，就我的简单观察来看，D也无非是以自己的好恶为标准，精打细算地生活罢了。他这人是个骗子。我是俗物还是什么都无所谓，其实我挺喜欢对方实话实说的。人啊，最好还是做自己擅长的事。扯远了。我只是无法理解在恋爱中谈什么精神、理解。王子的恋爱是坦率的。我想，他对乐佩的爱才是纯粹的。他衷心爱着乐佩。

“不许说‘死’这种蠢话。”王子十分不满地噘着嘴，“你不知道我有多爱你吗？”他又说道。王子是个坦率的人，但仅凭坦率这一美德，无法治愈乐佩的重病。“你要活下去！”王子呜咽着，“不能死！”王子放声大吼。除此之外，他再没什么能说的了。

“拜托了，你只要活下去，活下去就好。”王子的声音逐渐变小，成了喃喃自语。就在这时，他的耳边传来一声沙哑的低语：“真的吗？只要她活着，你就别无所求吗？”王子愕然回首，顿时寒毛直竖，仿佛被人当头泼了一盆冷水——会魔法的老巫婆静悄悄地站在他身后。

“你来做什么！”王子情不自禁地大吼，却不是因为勇敢，而是太害怕了。

“我来救我女儿啊。”老巫婆心平气和地回答，然后微微一笑，“你们的事，我早就知道了。这世上的事，没有什么是我老巫婆不知道的。我全都一清二楚。我早知道你小子把我女儿带到这座城堡里，对她百般呵护。如果你对她只是三分钟热度，我也不会坐视不管。但我看你似乎并非如此，这才默默忍耐，直到今天。知道女儿过得幸福，我也是有些开心的。不过，看样子她这幸福的生活是过不下去了。你有所不知，巫婆的女儿一旦被男人疼爱，生下孩子，就只有两种下场：要么是死，要么就会变成世上最丑的女人。乐佩也许不清楚这一点，但直觉一定告诉了她。她明明是不想生小孩的，这下惨了。你小子究竟打算怎样处理乐佩？是打算眼睁睁地看她死去，还是想让她活着，变得和我一样丑陋？你刚才喃喃自语，无论发生什么，都希望她活下去。可现在呢？就算她变成我这副模样，你仍然希望她活着吗？我年轻时的美貌也绝不比乐佩差，却被一个四海为家的猎人宠爱，生下了乐佩。母亲问我是想活下去还是一死了之，我无论如何都想活下去，求母亲救我，于是母亲施了魔法，保住了我的性命。拜这魔法所赐，我拥有了你看到的‘美貌’。怎么样，你刚才的愿望还作数吗？”

“让我死吧。”乐佩在病床上微微挣扎着，“只要我死了，大家就可以平安无事地生活。王子大人，一直以来，承蒙您的照料，乐佩十分满足。我不想活着遭罪了。”

“让她活下去！”这一回，王子的确鼓起了勇气，果断地说出了自己的心愿。他的额头渗出苦闷的汗水。“乐佩不可能变得像你那样丑陋。”

“我为什么要骗你？好吧，既然如此，我就让乐佩获得永生。无论她变得多丑，你都会一如往昔地疼爱她吗？”

其五

次子躺在床上口述的内容虽短，但情节多少有了明显的进展。但他到底是卧病在床，有气无力的，一贯对所有日本的现代作家冷嘲热讽、傲慢无礼的天之骄子，其特别的才华此番也只是一闪而过，没能讲出深思熟虑的情节的三分之一便筋疲力尽。由此可见，可怜的才能终究抵不过一场感冒引起的低烧。情节刚刚展开，他就无奈地将接力棒交给了下一位选手。下一位选手次女也是个狂妄自大的姑娘。她抱着一种语不惊人死不休的心态，功利心很重，从第四天早上起就心不在焉的。一家人在餐桌前一起吃早餐的时候，唯独她吃得很少，只吃了面包和牛奶。或许是担心像其他人一样从味噌汤、腌萝卜等接地气的食物中摄取能量，会让肠胃浑浊、想象力枯竭吧。吃完饭，她来到客厅，兀自站在钢琴前面，胡乱地敲击琴键。肖邦、李斯特、莫扎特、门德尔松、拉威尔……她把临时想到的曲调杂乱地弹了个遍，希望灵感能从天而降。这孩子办事很夸张。灵感来了，她想。次女若无其事地走出客厅，来到浴室，脱下鞋子洗脚，其行为令人错愕。但次女认为这样做是在净化自身。真是变态的洗礼。这样一来，身心就都清净了。次女很是满足地缓步走回自己的书房，坐在椅子上沉吟一声："阿门。"实在是太奇怪了。这位次女明明没有任何信仰，似乎只是觉得这句话很适合表达自己此刻的紧张心情，便临时搬过来用一下罢了。阿门——原来如此，确实能让人心安。次女装模作样地在脚下那只濑户产的火盆中焚起名为梅花的香，做了个深呼吸，眯起双眼，感觉自己已经体会到了古代才女作家紫式部的心境。《春，曙为最》这篇文章在她的脑海中闪过，令她心情大好，但意识到那是清少纳言[1]的作品后，不禁有些扫兴。次女忙不迭地从桌上的书中抽出了《希腊神话》，也就是异教的神话。这一举动便能彻底说明她的那声“阿门”完全是冒牌货。据说这本书是她奇想的源泉，每当想象力枯竭的时候，她就会翻开这本书。听说只要翻开这本书，花朵、森林、泉水、恋情、天鹅、王子、妖精立刻会在她眼前层出不穷，但它们基本派不上什么用场。次女的所作所为着实难以令人信服。肖邦、灵感、洗脚礼、阿门、梅花、紫式部、《春，曙为最》、《希腊神话》，这些元素支离破碎，彼此毫无关联。所以说，她只是装样子罢了。她哗啦啦地翻着《希腊神话》，望着赤身裸体的阿波罗插画，泄出倒人胃口的轻笑。接着将书扔到一旁，拉开书桌的抽屉，拿出一盒巧克力和糖果罐，用极为做作的手势——只用食指和拇指这两根手指，剩下的三根手指直挺挺地向上翘着——捏起巧克力放进口中，迅速吞下，又刻不容缓地把水果糖丢到嘴里，嘎吱嘎吱地嚼碎。然后又迅速吃下一块巧克力和一块水果糖，有如饿鬼扑食一般狼吞虎咽。吃早饭时，为了让肠胃清爽，她特意只吃了面包和牛奶，这下就前功尽弃了。次女本来就很能吃，虽然装模作样地只吃了面包和牛奶，但显然是不够的，远远不够。所以她才躲进书房，避人耳目，立刻显露出大胃王的本性。总之，她是个虚伪的女孩。次女吞下二十块巧克力、十颗水果糖，若无其事地哼起《茶花女》来。她一面哼唱，一面吹散稿纸上的灰尘，用蘸水笔吸饱了墨水，拖拖拉拉地写起来。态度十分糟糕。

不懂得死心、照本心行动的女人，往往会引发悲剧——初

1　日本平安时期著名女作家，代表作有《枕草子》等。

枝（长女的名字）女士的暗示到这里似乎多少变得有些混乱。乐佩出生在魔法森林，从小吃串烧田鸡和毒蘑菇长大，在老巫婆的溺爱中任性无度地成长，以林中的乌鸦和鹿为伴，也就是所谓的野孩子。无论是她的兴趣爱好还是给人的感觉，都带着本能的野蛮，这一点是毫无疑问的。而她本能的言行举止反而成了让王子为之疯狂的魅力，这一点也不难推测。然而，乐佩当真是不懂得死心的女人吗？可以说她按照本心行动，性情粗野，但在这生死攸关的时刻，乐佩不是放弃了一切吗？乐佩说她要去死，她认为死了更好。这难道不是放弃一切的人才能说出的话吗？然而，初枝女士却指责乐佩是不懂得死心的女人。若是草率地予以反驳，我就会被骂。被骂是件令人讨厌的事，因此笔者姑且对初枝的判断表示赞同。乐佩确实是一个不懂得死心的女人。“让我死吧”之类的话虽然充满了令人怜爱的谦虚，但仔细想想，这实在是非常自负的发言。乐佩只想着被人宠爱。当她自负尚有资格被人宠爱的时候，活着就是有意义的，活在人世也是快乐的。这是必然的。然而，即使清楚地意识到自己没有资格再被人宠爱，人还是应该活下去的。即使一个人没了被爱的资格，爱人的资格总归是永远不会被剥夺的。在我看来，一个人真正的谦虚是了解爱人的欢愉。只寻求被爱的欢愉，才是野蛮、愚蠢的行为。一直以来，乐佩只想被王子宠爱，早已忘了去宠爱王子。她甚至忘了爱自己刚出生的孩子。不，她竟会忌妒自己的孩子。当她得知自己得不到任何人的爱时，便不想活了，祈求对方狠心将自己杀掉。她是多么任性啊！她应当对王子倾注更多的爱意才是。王子也是个寂寞的孩子。乐佩若是死了，他不知会多么消沉。乐佩必须回报王子的爱——我想活下去，我要想方设法活下去，无论自己遭遇多少痛苦，也要为了孩子活着。我爱这个孩子，想把他健康平安地抚养成人。不顾一切地央求这些，才是真正懂得死心的人的谦虚态度吧。既然自己容貌丑陋，无法被人疼爱，那就在暗中默默地爱着别人吧。无人知晓也无妨，没有什么东西比爱更能给人带来欢愉。这样愿意老实死心的女人，才真的是神的宠儿。纵使没有任何人爱她，她也一定会被神的大爱环绕。她真是幸福。虽然笔者口若悬河地讲得很玄妙，但笔者的本心未必和前面的那些陈述一致。笔者还是认为，人若是生来貌美，能被大家迷恋再好不过，但若是不说出上面那样神神叨叨的话，说不定会惹得初枝女士不悦。因此笔者提心吊胆地讲了这些言不由衷又遥不可及的话。初枝女士其实是笔者的亲姐姐，同时是笔者的法语老师，笔者向来不敢做出有悖她意见的事，必须对她卑躬屈膝、一味顺从。虽说长幼有序，但年幼的一方也真是痛苦。言归正传，既然乐佩如前所述是个不懂得死心的蠢女人，一想到自己恐怕会失去被人疼爱的资格，就希望赶快一死了之。她似乎固执地认为活着就要被王子宠爱，既然如此，谁也救不了她。

但王子也拼尽了全部的努力。人痛苦的时候会向神明祈祷，但若是痛到无以复加，便会心神狂乱，不惜向恶魔苦苦哀求。走投无路的王子正一个劲儿地跪拜会魔法的肮脏老巫婆，求她拯救乐佩。

“求您让她活着！”王子汗流浃背地大喊。他跪在地上，对着恶魔祈求。只要能留住心爱之人的性命，王子大人不惜舍弃自己的尊严和全部，真是奋不顾身、纯真可爱。老巫婆微微一笑：

“好吧。我就让乐佩获得永生。即使她的脸变得和我一样丑陋，你小子也会一如既往地疼爱她吧？”

王子用手掌胡乱地抹去额头的汗水。

“脸？我现在没心思想这些，只想再见到乐佩健康的样子。乐佩还那么年轻，只要她年轻、健康，无论脸变成什么样都不会丑。赶快让乐佩健康如初吧。”王子言之凿凿，眼中闪着泪光。或许让她在美丽的时候死去，才是真正的深爱。可是，啊，我不要她死。没有乐佩的世界一片漆黑，没有谁比背负被诅咒的命运而活的女孩更可爱。让她活下来吧，我想让她活着，永远陪在我身边。无论她变得多丑都无所谓，我爱乐佩。她是不可思议的花朵，是林中的精灵，是山岚孕育的女体，请让她永远都不要消失。哀愁和怜爱令王子痛不欲生，若不是老巫婆在他眼前，他恨不得扑倒在乐佩消瘦的胸口，号啕大哭。

老巫婆像欣赏什么优美的风景一般陶醉地眯着眼，愉悦地望着王子痛苦的神情。良久，她用沙哑的声音喃喃道：“是个好孩子啊，真是个诚实的好孩子。乐佩，你是个幸福的女人。”

“不，我是不幸的女人。”病床上的乐佩听见老巫婆的呢喃，回应道，“我是巫婆的女儿，王子大人越是爱我，我越是看清了自己卑微的出身，为此羞惭、痛苦。我总是怀念故乡那片森林、那座高塔，还是在塔里和星星、小鸟谈心的日子更轻松。我要逃离这座城堡，回到那片森林，回到妈妈身边。在这之前，我不知想过多少次了。可是，和王子大人分别令我难过。我爱着王子大人，假如有十条性命，我都愿意献给他。王子大人真的非常温柔，我无论怎样都舍不得他，所以才磨磨蹭蹭地拖到今天，仍然留在这座城堡里。从前的我并不幸福，这里的每一天对我来说都像地狱般煎熬。妈妈，女人不该陪在深爱的人身边。这一点儿也不幸福。啊，让我死吧。我根本无法接受和王子大人活着分开，只想以死与他作别。现在让我去死，我和王子大人就都能得到幸福。”

“这就是你的任性了。”老巫婆微笑着说，声音里带着慈母的深情，“王子大人发了誓，无论你变得多丑，他都会爱你如初。他一腔热忱，很了不起。照这样下去，你要是死了，王子大人恐怕会随你而去。好啦，就算是为了王子大人，你也不妨试着恢复健康。以后的事就以后再说吧。乐佩，你已经生下小孩了，你是妈妈了。”

乐佩轻叹一口气，静静地闭上了双眼。王子在一番激动后已经丧失了所有表情，像化石般呆站着。

一座魔法祭坛出现在他们眼前，老巫婆像一阵旋风般风风火火地离开病房，眨眼的工夫便提了些东西回来。刚刚回来却又一次消失了，如此往复，她将各种各样的东西带进病房。祭坛由四只野兽的脚撑起，上面铺了一块鲜红的布，是用五百种蛇的信子鞣制而成的，那抹鲜红是蛇信子里挤出的血的颜色。祭坛上摆着一口黑牛皮做的大得吓人的锅，分明没有点火，锅中的热水却煮得沸腾，眼看就要溢出来了。老巫婆将头发披散下来，口中念着听不懂的咒语，跑啊跑，跑啊跑，边跑边将各种药草和许多世上罕见之物扔进大锅里的沸水中。比如太古至今仍未融化的高山积雪，闪闪发光、即将消失的竹叶霜露，活了一万年的龟的背甲，在月光下一粒粒收集的金砂，龙鳞，出生以来从未见过天光的老鼠的眼珠，杜鹃吐出的水银，萤火虫屁股上的珍珠，鹦鹉的蓝舌头，永不凋零的罂粟花，猫头鹰的耳垂，瓢虫的脚，蟋蟀的臼齿，开在海底的一朵梅花，还有无数种世上难以获得的贵重之物。老巫婆将它们接二连三地扔进锅里，绕着锅转了大概三百圈。锅中腾起的水汽呈现出彩虹的七色光时，老巫婆倏地停下脚步，变了个人似的，严肃地呼喊病床上的女儿的名字：“乐佩！妈妈要施一生一次、极为困难的魔法。你要忍耐一下！”话音未落，她便扑向乐佩，将一把细长的小刀猛地刺进乐佩的胸口。王子还来不及惊叫，老巫婆已经双手抱起瘦弱如纸片的乐佩，高高举过头顶，扑通一声扔进大锅里。锅中传来一声海鸥鸣泣般微弱的呼唤，就再也没了动静。接着又只剩下热水煮沸的声音和老巫婆低沉的念咒声。

事情发生得太过突然，王子一时间竟说不出话来。过了好久，才哑着嗓子自言自语般嘟囔道：

“你干了些什么！我没有让你杀了她，没让你用锅子煮她。把她还给我，把我的乐佩还给我。你这个恶魔！”他也只说了这些，除此之外，再没有和老巫婆顶撞的气力，整个人往乐佩空荡荡的床上一倒，像个孩子似的哇哇大哭起来。

老巫婆不管王子，布满血丝的双眼盯着那口锅，汗水从额头滴滴答答地淌到脸颊，又从脸颊淌到脖子根，专心致志地念诵咒语。咒语倏然停顿，与此同时，锅里沸水蒸腾的声音也蓦地停止了，王子流着泪微微抬头，狐疑地望向祭坛。“乐佩，出来吧！”就在这时，伴着老巫婆自豪而清朗的呼喊，乐佩终于露出脸来。

其六

“是个美人，那张脸美得光辉灿烂。”——长子兴高采烈地接着写下去。他的钢笔实在太粗了，粗得像一根香肠。他端正地攥着这根气派的钢笔，昂首挺胸，紧抿着嘴唇，甚是庄重地将每个字写得又大又清楚。只可惜，这位长子讲故事的才华似乎比不上他的弟弟妹妹。弟弟妹妹仿佛因此有些瞧不起长子，但这是弟弟妹妹们不逊的恶德，长子自有长子无以伦比的优点。他从不说谎，为人正直，并且同情心强。此时此刻，他无论怎样都不忍心让锅中出来的乐佩变得像老巫婆一样丑陋而可怖。那样的话，乐佩就太可怜了，对王子也不公平。长子甚至有些义愤填膺，于是下定决心将乐佩写成一个美女，让她的脸美得光辉灿烂。可这样一来，后续的情节就很难展开了。长子大概太认真了，想象力也因此极为贫瘠。似乎只有满口胡言的狡猾之人，讲故事的才华才格外丰富。长子为人正派，心中燃着高洁的理想之火，爱意深沉，不会和人讨价还价，也没有任何心机，终归是不擅长虚构故事的。毫不客气地说，他写的故事很糟。无论写什么，都会很快变得像论文一样枯燥。现在这篇故事眼看着也要和演讲稿差不多了。不过，他写得很认真。写完“那张脸美得光辉灿烂”，他庄重地闭上眼睛思索了片刻，才慢慢地写下之后的文字。虽然算不得故事，也算不上什么像样的文章，但长子的诚实和爱意倒是在字里行间流淌。

> 那不是乐佩的脸。不，那还是乐佩的脸，却不再是乐佩生病前那汗毛浓密、野玫瑰般楚楚可怜的模样（对女人的样貌说三道四，实在不好意思）。若用花草形容此刻这张重获新生、带着淡淡微笑的脸孔（虽说用植物比喻万物之灵——人类的样貌是很愚蠢的行为），首先就是桔梗吧，或者是月见草，总之是秋天的花草。乐佩走下魔法祭坛，寂寞地笑了笑。这具身体有了从前的乐佩没有的淑雅气质，王子不由得向这位高贵的女王轻

轻鞠躬行礼。

“竟会有如此不可思议之事。”老巫婆歪着脑袋嘟囔道，“这原本是不可能的。我以为会有一位长得像癞蛤蟆的姑娘从锅里爬出来，想必方才有一股比我的魔法更强劲的力道打乱了我的魔法。我输了。我已经厌倦了魔法，不如回到森林里，做一个普普通通的无聊老太婆，度过余生吧。没想到这世上竟还有我不懂的事。”老巫婆说完，将魔法祭坛一脚踢进壁炉，付之一炬。听说摆祭坛所用的道具燃起蓝色的火焰，整整烧了七天七夜。老巫婆回到森林里，成了一个平凡而老实的老太婆，安静地度过了余生。

也就是说，王子爱的力量打败了老巫婆的魔法。但依在下看，两人真正的婚姻生活似乎从这里才刚刚开始。说得夸张一些，在今天之前，王子的爱情几乎可以用“爱抚”一词替代。青春年少的时候，这也是不得已的。但这样的情感一定会走进死胡同，一定会出现危机。怀孕、分娩也确实成了王子和乐佩爱情的龃龉。诚然，这也是神的考验。不过，王子赤诚的、拼命的祈祷令神降下怜悯，乐佩褪去肉感，重生为一个灵魂高贵的女子，以至王子情不自禁地对她鞠躬行礼。就是这里。从这一刻起，两人全新的第二段婚姻生活开始了。这就是所谓的相敬如宾。没有相互的尊敬，就不算真的结婚。乐佩不再是个野蛮的姑娘，也不再是人的玩物。她的唇边带着深深的悲伤、死心和充满体贴的微笑，冷静得仿佛是个天生的女王。王子只和乐佩轻轻交换了微笑，就变得宁静、快乐。人的一辈子里，夫妻之间必须重新结好几次婚。为了不停地发现对方的真正价值，也必须战胜一个接一个的危机，永不分离，夫妻必须一次次地重新结婚，才能携手走过人生的长路。五年后或者十年后，王子和乐佩或许又要重新结婚，但重新结婚也不会令他们丧失对彼此的深切信赖和尊敬。在下认为，他们一定会白头到老。

长子写得过分认真、用力，以至自己都搞不清自己究竟写了些什么，很是狼狈。这根本算不上故事，他也觉得自己搞砸了。长子握着粗杆钢笔，面露难色。他思虑过度，站起身从书架上抽出一本又一本的书翻阅，终于找到一样好东西——保罗的书信集《提摩太前书》[1]的第二章。长子暗暗点头，认为这段话很适合做乐佩故事的结尾，于是煞有介事地挥笔写道：

> 我愿男人无愤怒，无争论，举起圣洁的手随处祷告。又愿女人廉耻、自守，以正派衣裳为装饰，不以编发、黄金、珍珠和贵价的衣裳为装饰，只要有善行，这才与自称敬神的女人相宜。女人要沉静学道，一味地顺服。我不许女人讲道，也不许她们辖管男人，只要沉静。因为先造的是亚当，后造的是夏娃；且不是亚当被引诱，而是女人被引诱，陷入罪里。然而，女人若常存信心、爱心，又圣洁自守，就必在生产上得救。

如此便好。长子不禁莞尔一笑。这也会成为对弟弟妹妹们的良好规训。若没有保罗的这些语句，他的论点就显得语无伦次、甜腻松软、过于平庸，说不定会沦为弟弟妹妹们的笑柄。真是有惊无险。感谢保罗。长子有一种九死一生的感觉。他总忘不了对弟弟妹妹们

1 《圣经·新约》的一卷，记载了使徒保罗写给提莫太的第一封信。下文摘录了其中的一部分。

说教，因此过分较真，创作的故事也不够松弛，写着写着就会变成说教的口吻。长子毕竟有长子的苦衷，永远要一本正经。身为长子的责任感使他不允许自己和弟弟妹妹们一起玩闹。

言归正传，故事到这里已经写了五天，看样子即将在长子道德讲义般的画蛇添足中迎来尾声。今天是新年的第五天，次子的感冒也好了。正午刚过，长子从书房里意气风发地走出来："好了，故事写完了，写完了。"他边走边向弟弟妹妹报告，将大家叫到客厅。祖父也笑嘻嘻地来了。没过多久，祖母也被幺子硬拽来了。母亲和阿聪在客厅备好火盆，忙着将茶水、点心、代替午饭的三明治、祖父的威士忌等物什运到客厅。大家开始读故事，幺子第一个读。祖母凑上前去，每到故事的停顿处便"原来如此、原来如此"地附上称赞，令他读得很难为情。祖父趁乱将威士忌酒瓶放到自己身旁，拔掉瓶塞，自顾自地喝了起来。长子小声提醒："爷爷，您是不是喝得有点儿多？"祖父用更小的声音回答："浪漫故事要在微醺时听才顺畅。"幺子、长女、次子、次女用各自独有的技巧朗读完毕，最后轮到长子。他以忧国忧民的悲痛口吻，用和人激烈辩论似的腔调读完了故事。次子强忍着不笑，最后还是忍不住逃到了走廊上。次女的神情中带着戏谑，仿佛对长子的文采轻蔑至极，不时故意拍手喝彩。她真是个任性的家伙。

大家都读完后，祖父已经醉到了一定程度。"真好，大家写得都很好，瑠美（次女的名字）的尤其好。"他果然格外关照次女，"不过——"他睁开醉意蒙眬的双眼，意外地提出抗议：

"你们光写王子和乐佩的故事，却没有人写一写国王和王妃，太可惜了。初枝好像写了一点儿，但那根本不够。说到底，王子之所以能和乐佩结婚，又过上天长地久的幸福生活，全是拜国王和王妃的慈爱所赐啊。假如国王和王妃不理解他们，那么无论王子和乐佩多么相爱也是白费力气。所以说，忽视国王和王妃的宽宏大量，这个故事就不成立。你们还年轻，意识不到国王和王妃的理解，一心将焦点放在王子和乐佩的恋情上。看来你们的火候还不够啊。儿子给我推荐了维克多·雨果的作品，我很喜欢，他的作品实在是面面俱到。这个维克多·雨果啊——”祖父要提高嗓门的时候，被祖母呵斥了：“孩子们好不容易玩得这么开心，你在这儿说什么呢？”祖母还没收了祖父的威士忌酒瓶和酒杯。祖父的批评不乏中肯之处，但由于语气过于吊儿郎当而得不到任何人的支持，被晾在一旁。祖父立刻沮丧起来。母亲看不下去，悄悄将之前那枚银币勋章递给祖父——去年的除夕夜，母亲暗中帮祖父还清了他偷偷欠下的一点儿外债，因这份功劳而被授予了那枚勋章。

“祖父要给写得最好的人颁勋章哦。”母亲笑着告诉孩子们。她本想借这件事让祖父恢复心情，祖父却格外一本正经地说：

“哦，这勋章嘛，还是颁给美代（母亲的名字）吧。永远地颁给她。孙子孙女们就拜托你好好照顾啦。”

说不清为什么，孩子们都很感动。他们觉得那实在是一枚很棒的勋章。

图书在版编目（CIP）数据

太宰治的开开心心故事集 / （日）太宰治著 ； 烨伊译. -- 南京 : 江苏凤凰文艺出版社, 2025. 6. -- ISBN 978-7-5594-9548-8

Ⅰ. I313.45

中国国家版本馆CIP数据核字第202586UC68号

太宰治的开开心心故事集

[日] 太宰治 著　　烨伊 译

责任编辑	白　涵
特约编辑	王世琛
装帧设计	三　喜
责任印制	杨　丹
出版发行	江苏凤凰文艺出版社
	南京市中央路165号，邮编：210009
网　　址	http://www.jswenyi.com
印　　刷	天津盛辉印刷有限公司
开　　本	880毫米×1230毫米　1/32
印　　张	10.5
字　　数	254千字
版　　次	2025年6月第1版
印　　次	2025年6月第1次印刷
书　　号	ISBN 978-7-5594-9548-8
定　　价	58.00元